.

LE CASSE DE LA RUE ROYALE

SCOTTY CADE

LE CASSE DE LA RUE ROYALE

SCOTTY CADE

Publié par
DREAMSPINNER PRESS

5032 Capital Circle SW, Suite 2, PMB# 279, Tallahassee, FL 32305-7886 USA
www.dreamspinnerpress.com

Édition e-book en français : 978-1-63533-086-1
Édition imprimée en français : 978-1-63533-085-4
Première édition française : septembre 2016
v 1.0

Édité aux Etats-Unis d'Amérique.

À Kell, mon mari et compagnon depuis dix-sept ans, qui me dit tous les matins de ma vie que je suis beau. C'est grâce à son amour et à son soutien que je suis devenu l'homme que je suis. Je serais perdu sans lui. Je t'aime, Skeeter !

À Jane Harper Hicklin-Dollason, ma nièce par alliance, directrice de la galerie Renaissance, à Charleston (Caroline du Sud). Merci d'avoir répondu à mes innombrables questions, parfois stupides, sur le monde de l'art sudiste. Tes connaissances et ton expertise donnent de l'authenticité à ma création. Kell et moi t'aimons beaucoup.

I

CRYMES VILLERIE se tenait à côté de son break Chevrolet dans Garden District [1], Nouvelle-Orléans ; il regardait une des résidences de l'avenue Saint-Charles, un manoir magnifique, mais dans un sale état. Les yeux plissés pour contrer la luminosité du soleil de juillet, Crymes essayait de lire les numéros écrits au-dessus de la porte. Il dut détourner la tête quand sa vision devint floue et ses yeux noyés de larmes.

Maudissant en silence le soleil et la canicule étouffante, il sortit de la poche intérieure de sa veste un mouchoir qu'il plia avec soin, avant de se tapoter les yeux, l'un après l'autre. Dépliant le carré de lin blanc, il essuya ensuite la sueur de son front, de son visage et de son cou avant de le ranger dans sa poche.

Utilisant cette fois sa main pour se protéger du soleil, Crymes fit une nouvelle tentative et réussit à lire les trois premiers chiffres de la maison devant lui avant d'avoir à nouveau à se détourner. Il vérifia l'adresse griffonnée au dos d'une de ses cartes, à peu près convaincu de ne pas s'être trompé d'endroit. Il lissa l'avant de son blazer bleu marine et avança. Quand il poussa la grille en fer forgé, le grincement strident du métal lui martyrisa les tympans. Crymes grimaça. La porte se referma derrière lui avec un claquement sourd.

La veille, Crymes avait reçu un appel anonyme, l'invitant à examiner les œuvres proposées à l'encan avant le début de la vente officielle. Étant marchand d'art et propriétaire d'une galerie, rue Royale, au cœur du Quartier Français, il ne pouvait laisser passer l'occasion de découvrir une perle rare ou de compléter sa collection. Sa galerie, Renaissance, se spécialisait sur l'art historique sudiste, essentiellement pendant la Guerre civile [2]. Après quarante ans d'expérience dans le métier, Crymes savait que ce manoir était exactement le genre d'endroit où il avait des chances de découvrir des merveilles.

---

1 Quartier historique de La Nouvelle-Orléans, Louisiane.

2 Nom que les Américains donnent à la Guerre de Sécession

Il avança donc vers la maison, monta les quatre marches jusqu'au porche et frappa à la porte. Il fut accueilli par un homme corpulent, la soixantaine bien sonnée, la main tendue.

— Bonjour, je suis Dudley Robinette. Vous êtes sans doute M. Villerie ?

Il parlait avec un accent sudiste très marqué.

— Oui. Mais appelez-moi Crymes, je vous en prie.

Les deux hommes échangèrent une poignée de main.

— Entrez, Crymes, dit ensuite Dudley Robinette.

Par habitude, Crymes s'essuya les pieds sur le paillasson avant de franchir le seuil. Instantanément, il reconnut l'ambiance d'une riche et vieille maison traditionnelle, ses sens s'enflammèrent, son cœur battit plus fort. *Du calme, Crymes,* s'admonesta-t-il. *Ne montre pas ton excitation.*

Il jeta un regard nonchalant autour de lui pendant que ses yeux s'ajustaient à la pénombre du hall d'entrée. Il réussit de justesse à étouffer un cri de joie en voyant les tableaux alignés sur les murs, comme dans une galerie d'art, même dans le couloir et l'escalier. Déterminé à garder son sang-froid, Crymes se racla la gorge et tourna la tête de gauche à droite. À sa grande surprise, les pièces s'ouvrant de chaque côté du hall se ressemblaient beaucoup.

Il remarqua plusieurs autres personnes qui examinaient les tableaux exposés, ce qui le rendit impatient de se mettre au travail.

— Les prix sont indiqués, déclara Dudley, mais négociables, bien entendu. Faites le tour et n'hésitez pas à faire appel à moi si vous avez des questions.

Il jeta un coup d'œil à sa montre avant d'ajouter :

— Trois autres marchands sont là en même temps que vous. Il vous reste environ trois quarts d'heure avant l'arrivée du prochain groupe.

— Merci, répondit Crymes.

Dudley tourna les talons et disparut dans le fond de la maison.

En examinant les peintures exposées, Crymes eut l'impression d'être un enfant dans un magasin de bonbons. S'arrêtant devant chaque œuvre, il cherchait à reconnaître la signature de l'artiste, vérifiait la qualité du travail et des cadres. Toutes étaient remarquables, mais, à sa grande déception, aucune ne correspondait à sa spécialité.

Un autre marchand s'approcha pour admirer le tableau devant lequel Crymes s'était arrêté.

— Superbe, remarqua-t-il.

— En effet, reconnut Crymes.

Son confrère s'éloigna.

Ayant fait le tour du hall, Crymes décida d'examiner l'étage avant de s'aventurer dans les autres pièces du rez-de-chaussée. Après quelques marches, il s'arrêta au milieu de l'escalier.

Juste devant lui se trouvait un tableau qu'il avait vu, soit dans un magazine d'art soit sur Internet. D'après ses souvenirs, il s'appelait *Le Soldat*, ou quelque chose qui y ressemblait. L'étiquette indiquait un prix de soixante et onze mille cinq cents dollars.

Crymes sortit de sa poche son portable et appela sa galerie.

— *Renaissance.*

— Harper ! J'ai besoin que tu me cherches l'origine d'un tableau.

Harper Villerie Hayes était la gérante de sa galerie, et sa fille unique. Elle avait fait ses études à Tulane et obtenu un diplôme d'histoire de l'art, après quoi elle avait passé quelques années à New York à apprendre le métier. Ayant hérité de son père son amour pour l'art sudiste, elle était ensuite revenue suivre ses traces à La Nouvelle-Orléans.

— *Salut, Crymes*, dit-elle. *Attends une minute que je trouve un crayon.*

Crymes se renfrogna en entendant sa fille l'appeler par son prénom. Elle avait pris cette habitude peu après avoir commencé à travailler avec lui, laissant tomber le « papa » pour « Crymes », insistant qu'elle voulait faire carrière par ses propres mérites, pas parce qu'elle était la fille du propriétaire. Crymes ne s'y était toujours pas fait, mais il avait compris et accepté ses arguments.

— *D'accord, c'est tout bon*, déclara Harper. *Je t'écoute.*

— Regarde tout ce que tu peux trouver sur un tableau d'Eastman Johnson. Je crois qu'il s'appelle *Le soldat*. Le tableau est signé E. Johnson et daté de 1864 sur le coin inférieur gauche.

— *Quelle est sa taille approximative ?* demanda Harper.

— Attends…

Il fouilla dans la poche de son pantalon et en sortit un mètre ruban qu'il gardait toujours sur lui. Il mesura le tableau d'abord, puis le cadre.

— Pour la toile, quatre mètres trente sur trois mètres quarante. Et si tu rajoutes le cadre, ça fait six mètres vingt sur cinq mètres trente.

— *C'est noté. Je m'en occupe.*

— Harper ! Je n'ai plus que trente-cinq minutes avant l'arrivée d'un autre groupe de marchands d'art, alors, préviens-moi dès que tu trouves quelque chose.

— *D'accord.*

Crymes se remit à monter l'escalier et visita toutes les pièces du premier étage. La collection était aussi impressionnante que dans le hall, mais il ne trouva rien qui l'intéresse. Il redescendit donc et prit à gauche, pénétrant dans une imposante salle à manger. Il reconnut trois ou quatre des artistes exposés, et quelques scènes de La Nouvelle-Orléans et de la rue du Canal, mais rien, d'après son estimation, n'était de grande valeur.

Il entendait les pas et les voix feutrées de ses confrères, tous restés au rez-de-chaussée. Il poussa une porte battante et pénétra dans la cuisine. Dudley y était attablé, occupé à feuilleter un magazine. En le voyant entrer, il referma son journal et se releva vivement. Il paraissait nerveux.

— M. Villerie ? Puis-je vous aider ?

— Non, merci, répondit Crymes. Je n'ai pas tout à fait fini de faire le tour, mais j'ai vu un tableau qui pourrait m'intéresser. Justement, la gérante de ma galerie vérifie en ce moment même l'origine.

— Vraiment ? Lequel ?

Crymes tendit le bras derrière lui en disant :

— Le Eastman Johnson qui se trouve dans l'escalier.

Dudley eut un sourire.

— Oh, oui ! C'est une belle reproduction, n'est-ce pas ? D'après ce que je sais, il n'y en a pas eu beaucoup.

Crymes se racla la gorge.

— C'est exact, mais ce tableau aura besoin d'être sérieusement restauré avant de pouvoir être mis en vente.

Il fit de son mieux pour paraître calme et regarda autour de lui, cherchant à quitter la cuisine.

Dudley pointa une autre porte.

— C'est par là, déclara-t-il. En principe, c'est réservé au personnel, mais, pour le moment, il n'y a personne. Traversez la pièce, vous avez ensuite le bureau, la salle de musique et le boudoir. De là, vous pourrez retourner dans le hall.

— Merci, dit Crymes. Je reviendrai vous voir si j'ai des questions.

Dudley sourit à nouveau

— C'est entendu.

En traversant le bureau, Crymes accorda une attention particulière aux œuvres d'art et objets exposés, mais, une fois de plus, rien ne correspondait à sa spécialité. Il envisagea d'acheter quelques pièces qu'il pourrait revendre à d'autres marchands, avec bénéfice, puis se ravisa : mieux valait ne pas sortir de ce qu'il connaissait. Sinon, il risquait d'immobiliser son investissement trop longtemps en fonction de ventes dont il ignorait tout.

Il entra dans la salle de musique, décorée de tableaux d'origines diverses sur le thème de Mardi gras [3] au début du siècle. Certaines huiles aux couleurs vives représentaient des chars tirés par des chevaux – depuis les *krewes* [4] de Rex [5], Momus [6] et Proteus [7] –, avec des costumes Robin des bois, Pinocchio ou tiré du *Monde de la magie*. Crymes fut particulièrement impressionné par une excellente reproduction du *Bal Masqué* [8] du peintre péruvien Albert Lynch. Il resta plusieurs minutes planté devant à l'examiner.

Un monsieur qui passait derrière lui s'arrêta tout à coup à ses côtés, les bras croisés sur la poitrine

— Ravissant, n'est-ce pas ?

— C'est aussi mon avis, répondit Crymes. Ce n'est pas ma spécialité, mais j'hésite à faire une offre pour tenter une plus-value à court terme.

L'inconnu tendit la main.

— À propos, je suis Emanuel Della Penna. Seriez-vous marchand d'art ?

— Effectivement. Crymes Villerie, je possède la galerie Renaissance, sur la rue Royale.

— Ah, oui. Je la connais, déclara M. Della Penna. Un endroit remarquable !

— Merci.

À nouveau, il étudiait le tableau.

— Alors, ajouta-t-il, vous savez que ceci ne correspond pas vraiment à mes collections habituelles.

— Vous vous intéressez à l'art sudiste et la Guerre civile, si je ne me trompe ?

Crymes acquiesça.

---

3 En Louisiane, le carnaval débute le 6 janvier (jour de l'Épiphanie) et dure jusqu'au Mardi Gras où les parades qui débutent à 8 heures du matin jusqu'à minuit.

4 « Équipages », confréries du carnaval aux États-Unis, surtout à La Nouvelle-Orléans

5 Rex Parade, « Roi du carnaval » une des plus anciennes confréries du carnaval de La Nouvelle-Orléans

6 Les Chevaliers de Momus, idem

7 Le *Krewe* de Proteus, idem

8 En français dans le texte

— Vous avez raison. Et vous, êtes-vous marchand d'art ?

— Pas vraiment. Il m'arrive cependant de m'intéresser à l'art... à l'occasion.

— Je vois. Si vous tombez un jour sur un objet susceptible de m'intéresser, n'hésitez pas à me contacter.

Crymes sortit une de ses cartes et la lui remit

— C'est entendu, répondit Della Penna.

— Je suis heureux d'avoir fait votre connaissance. À présent, je vais vous demander de m'excuser. J'aimerais faire le tour avant l'arrivée du prochain groupe de marchands.

— Je comprends. Je vous souhaite une bonne journée, M. Villerie.

Sur ce, Della Penna s'éloigna dans la direction opposée.

Continuant son circuit, Crymes pénétra dans le boudoir. Là...

Il dut s'accrocher au chambranle de la porte pour garder l'équilibre en apercevant le tableau accroché au-dessus de la cheminée : une très ancienne peinture de Robert E. Lee [9] à la bataille de Chancellorsville [10]. De mémoire, Crymes savait qu'un peintre français nommé Louis Mathieu Didier Guillaume avait peint l'original, aussi retint-il son souffle en cherchant à lire la signature dans le coin du bas. Le peintre signait toujours ses œuvres par « L.M.D. Guillaume ».

Crymes effleura du doigt l'huile, légèrement écaillée, et il crut voir un L et un M. Son cœur se mit à battre plus fort quand il détermina un D et un G. Il lui était difficile d'avoir une certitude, vu le mauvais état du tableau.

— Oh, mon Dieu ! Souffla Crymes. Ce n'est quand même pas l'original, c'est impossible. À moins que...

La sonnerie de son téléphone l'arracha à ses réflexions. Il jeta un coup d'œil à l'écran pour savoir qui cherchait à le joindre : c'était Harper.

Il accepta l'appel et se couvrit la bouche pour étouffer sa voix :

— Harper ! Tu n'imagines même pas ce qui m'arrive !

— *Quoi ?*

---

9 Militaire américain de la Guerre civile (1807/1870), d'abord commandant de l'armée de Virginie du Nord, puis général en chef des armées des États confédérés.

10 Une des plus importantes batailles de la Guerre civile en 1863, surnommée « la bataille parfaite de Lee » suite à une tactique risquée, mais victorieuse, de diviser ses forces face à un ennemi largement supérieur en nombre.

— J'ai un tableau devant moi et je crois qu'il s'agit d'une œuvre originale peinte par Guillaume du *général Robert E. Lee à la bataille de Chancellorsville.*

— *Ce n'est pas possible !*

Crymes entendit sa fille taper frénétiquement sur son clavier

— Peux-tu vérifier la taille exacte du tableau originel et savoir où il est censé se trouver actuellement ?

— *Je m'en occupe déjà,* répondit-elle.

Elle marmonna quelques mots indistincts, sans doute ce qu'elle lisait sur son écran. Crymes sortit son mètre ruban.

— *Crymes !*

— Je suis toujours là.

— *Le tableau fait un mètre cinq sur quatre-vingt-cinq centimètres.*

Elle se remit à grommeler à toute vitesse : manifestement, elle continuait à lire la page qu'elle venait d'afficher.

Crymes monta sur une chaise et brandit son mètre ruban pour mesurer la toile horizontalement. Il eut la chair de poule. *Oh, mon Dieu !* Il se hissa sur la pointe des pieds pour prendre la verticale. Quand il lut le résultat, ses genoux fléchirent.

La toile était peu plus petite que ce que sa fille venait de lui annoncer, mais une partie restait cachée sous le bois du cadre, une imposante structure rococo, dorée à la feuille qui faisait au moins trente centimètres de large. Et qui paraissait en bien meilleur état que la peinture.

Les jambes flageolantes, Crymes redescendit de sa chaise et transmit d'autres informations à Harper. La peinture était affichée à cent quatre-vingt-quinze mille dollars. Connaissant le marché, Crymes savait que même une copie valait bien davantage.

— *Crymes !* cria à nouveau Harper.

— Quoi ?

— D'après ce que je lis – c'est un article du Musée de la Confédération –, l'œuvre originale aurait été volée par des soldats de l'Union [11] juste avant la fin de la guerre. Apparemment, pour être offerte à Grant [12]. Depuis, elle a disparu.

— Je viens de la retrouver, chuchota Crymes au téléphone.

---

11 Nom que les sudistes donnent aux soldats nordistes

12 Ulysses S. Grant (1822/1885), 18ème président des États-Unis, après avoir commandé les armées nordistes pendant la Guerre civile

— *Oh, mon Dieu ! Combien ?*

Crymes fixait toujours l'étiquette du prix.

— Un peu moins de deux cents.

— *C'est donné,* déclara Harper. *Au fait, j'ai failli oublier pourquoi je t'appelais. Tu sais, ce tableau dont tu m'as parlé tout à l'heure ? C'est* Le Petit Soldat, *il a été vendu pour la dernière fois en 1903 pour sept mille cinq cents dollars. Il est actuellement estimé entre six cents et huit cent cinquante mille dollars.*

— Parfait, c'est ce que je voulais savoir. Je te rappelle tout à l'heure.

Crymes avait le front perlé de sueur, il sortit son mouchoir de l'une de ses poches et il s'essuya avec soin. Puis il tenta de contrôler son expression avant de se mettre à la recherche de Dudley.

Crymes retourna dans la cuisine. Dudley n'avait pas bougé : toujours attablé, il feuilletait toujours le même magazine

— M. Robinette ? L'interpella Crymes.

Dudley se releva d'un bond.

— Oui, *monsieur.*

— Eh bien, le Eastman Johnson du couloir m'intéresse, ainsi que la représentation de Robert E. Lee qui se trouve dans le boudoir.

— Je vois, dit Dudley.

— Je vous offre deux cent mille pour les deux, déclara Crymes avec un calme qu'il n'éprouvait pas.

Dudley sortit une calculette et se mit à taper sur les touches.

— Voyons voir, si je me souviens bien, le Johnson est à soixante et onze mille cinq cents et le Lee à cent quatre-vingt-quinze mille… Ce qui nous fait un total de… deux cent soixante-six mille cinq cents dollars.

Il fronça les sourcils et ajouta :

— Je crains de ne pouvoir vous accorder un tel rabais.

Il fit un nouveau calcul, hésita. Après un moment de silence, il proposa :

— Je ne peux descendre en dessous de… deux cent quarante-sept mille cinq cents dollars ?

Crymes secoua la tête.

— Dans ce cas, je regrette, mais ce n'est pas possible. Le Lee va réclamer un gros travail de restauration. Le Johnson aussi, d'ailleurs. Écoutez, je peux faire un effort et monter jusqu'à deux cent dix mille. Qu'en dites-vous ?

— Je suis désolé, M. Villerie, mais je ne suis pas autorisé à descendre plus bas. De plus, j'ai encore huit autres marchands qui doivent arriver dans…

Dudley consulta sa montre et ajouta :

— …une dizaine de minutes pour quatre d'entre eux, trois quarts d'heure plus tard pour le dernier groupe.

— Huit marchands ? Et vous pensez réellement qu'ils achèteront la totalité de ce que vous proposez ? À mon avis, vous vous faites des illusions. Chacun d'eux, bien entendu, fera probablement une offre sur quelques tableaux, mais vous allez devoir revoir vos prix à la baisse avant de proposer votre collection au grand public. La plupart des gens n'y connaissent rien !

Dudley se mâchonnait la lèvre inférieure. Crymes devina qu'il était tenté d'accepter son offre. Il décida de tenter un coup de dés.

— Bon, tant pis ! dit-il avec entrain. Je vous souhaite une bonne journée, M. Robinette. Merci de m'avoir contacté !

Il tourna les talons. Il avait parcouru à peine la moitié du couloir quand Dudley le rappela :.

— M. Villerie ! Attendez ! Donnez-moi cinq minutes, je dois passer un appel.

Crymes se retourna.

— Bien entendu, M. Robinette. Je ne suis pas pressé.

Quelques minutes plus tard, Dudley le rejoignit dans le hall, un large sourire aux lèvres.

— Eh bien, M. Villerie, votre offre a été acceptée.

— J'en suis très heureux. Je me doutais bien que vous ne voudriez pas manquer une vente.

Il reçut les informations nécessaires pour faire un virement bancaire au nom du cabinet d'avocats qui gérait la vente des biens. Il appela Harper et lui demanda de procéder au paiement immédiat, préférant boucler l'affaire sans laisser à ses vendeurs la possibilité de changer d'avis.

— J'ai un peu de temps devant moi, annonça-t-il ensuite à Dudley. Je vais vous laisser vérifier que l'argent a bien été versé et remporter ces deux tableaux avec moi.

— Vraiment ? s'étonna Dudley. Sinon, je vous les ferai livrer dans la journée, ou demain au plus tard.

— Inutile de vous donner cette peine, déclara Crymes. Je comptais justement passer voir mon expert en restauration en sortant de chez vous, ça m'évitera d'avoir à y retourner.

Le Eastman Johnson, vu sa taille, était relativement facile à manipuler, mais, pour faire descendre le Lee de la cheminée, il leur fallut se mettre à deux. Le cadre était terriblement lourd.

QUAND CRYMES ferma le hayon de son break, Dudley et lui étaient en nage, le souffle court.

Crymes tendit la main

— Merci beaucoup, M. Robinette. Gardez mon numéro et appelez-moi si vous avez d'autres ventes.

— Certainement. Et merci à vous.

Crymes ressentait une vague culpabilité quand il remonta dans sa voiture et s'éloigna dans la rue. Il se secoua : les vendeurs avaient presque obtenu pour les deux tableaux le prix réclamé, non ? Même s'ils en ignoraient la vraie valeur.

— C'est la nature du business, remarqua-t-il à voix haute.

De plus, il n'était pas absolument certain que le Lee était une œuvre originale. S'il s'était trompé, peut-être en serait-il de sa poche après les frais de restauration.

Par contre, en ce qui concernait Eastman Johnson, il était sûr de lui.

II

Un peu plus de six mois plus tard

CRYMES ET son épouse Charmaine étaient sur leur trente-et-un, quelques minutes avant l'ouverture de la dernière exposition de la galerie Renaissance qui mettait en vedette deux tableaux parfaitement restaurés : l'œuvre originale de Louis Mathieu Didier Guillaume, *le général Robert E. Lee à la bataille de Chancellorsville*, et *le Petit Soldat* d'Eastman Johnson.

Le couple Villerie fixait fièrement les deux peintures présentées au centre du salon principal quand Harper et son mari, Jamie, vinrent les rejoindre.

Crymes gloussa en voyant Harper examiner sa mère des pieds à la tête, puis sourire. Charmaine portait une robe longue platine qui moulait sa haute taille – un mètre soixante-dix-huit – et sa silhouette de mannequin.

Harper étreignit sa mère.

— Tu es superbe, maman. Ta robe vient-elle de chez Saint John ?

— Tu as l'œil, chérie, répondit Charmaine avec un sourire.

Sans la lâcher, Harper ajouta :

— Salut, Crymes ! Tu as sorti ton plus beau smoking, pas vrai ?

Crymes répondit d'un clin d'œil amusé, puis il tendit la main à son gendre.

— Jamison.

Il raccourcissait rarement son prénom.

— Ravi de vous voir, Crymes, répondit Jamie en lui serrant la main.

Il embrassa ensuite Charmaine sur la joue.

— Harper a raison, Char. Vous êtes magnifique !

Elle battit des cils.

— Merci, tu es un vrai flatteur.

Harper eut un petit rire.

— Dites, les parents, que regardiez-vous avec autant d'attention quand nous sommes arrivés ?

Charmaine reporta son regard sur les deux tableaux.

— Ils sont vraiment beaux !

Harper croisa les bras, tapa du pied et regarda autour d'elle.

— Crymes, je dois reconnaître que tu as fait un super boulot avec l'éclairage et le décor. Les peintures font un effet bœuf.

Crymes acquiesça.

— C'est vrai, confirma Charmaine.

Jamie se pencha pour regarder l'étiquette du prix des tableaux et sifflota devant le montant indiqué.

— Waouh !

Après restauration, le Guillaume venait d'être évalué à un peu moins d'un million de dollars et le Eastman, à huit cent cinquante mille.

— Crymes, reprit-il, vous avez vraiment touché le gros lot avec ces tableaux. Harper m'a indiqué combien vous les aviez payés !

Crymes sourit.

— Oui, nous allons en tirer un joli petit profit.

Harper gloussa.

— C'est le moins qu'on puisse dire ! admit-elle à mi-voix.

Un serveur s'approcha et leur présenta un plateau de flûtes en cristal.

— Champagne ?

Crymes en prit d'abord une pour à sa femme, puis il se servit. Il consulta sa montre.

— C'est l'heure, déclara-t-il.

Il embrassa Charmaine et étudia la galerie pour s'assurer que tout était prêt.

À son tour, Jamie prit deux flûtes pour Harper et lui. Il porta un toast :

— Au *Petit Soldat* et à *Robert E. Lee*, annonça-t-il.

Ils firent tinter leurs flûtes et se retournèrent tous ensemble quand la cloche de la porte sonna, signalant les premières arrivées.

COMME À son habitude, Crymes était posté dans un coin de la galerie, d'où il évaluait l'expression des clients examinant les œuvres exposées et, par là même, leur intérêt. Alors qu'il parcourait la salle du regard, il sourit en voyant Charmaine jouer les hôtesses, allant d'un groupe à l'autre. Elle exécutait sa tâche avec aisance, sa chevelure argentée chatoyant dans son dos. Elle s'attardait quelques minutes près d'un client, puis passait au suivant. Sa silhouette longiligne semblait traverser facilement la foule. Elle souriait souvent, ce qui faisait étinceler ses yeux gris-bleu. Avec ses pommettes hautes et ciselées, elle attirait attention et admiration. *Quelle chance j'ai !* pensa Crymes.

S'approchant de lui, Harper passa le bras sous le sien.

— Elle est incroyable, non ?

Crymes serra le bras de sa fille.

— C'est vrai. Je me dis souvent que j'ai bien de chance de vous avoir, elle et toi. Même si je me demande un peu ce que j'ai fait pour le mériter. Au fait, je crains de ne pas te le dire assez souvent, mais ton travail à la galerie est vraiment impressionnant.

— Merci…

Elle fit une pause, puis se hissa sur la pointe des pieds et lui murmura à l'oreille :

— … papa.

Il sourit et l'embrassa sur la joue.

Tout à coup, une porte claqua et un silence tomba sur la galerie. Un homme grand, gros et échevelé venait d'entrer ; son équilibre était instable et son costume, froissé.

— Où est Crymes Villerie ? hurla-t-il

Il se balançait d'avant en arrière. Lâchant la main de Harper, Crymes avança vers le nouveau venu.

— C'est moi. Je ne pense pas avoir le plaisir de vous connaître.

— Je suis Anthony LeMoyne, marmonna l'ivrogne d'une voix pâteuse.

— Et ce nom est censé me dire quelque chose ?

Crymes scruta le trouble-fête, cherchant à le reconnaître. En même temps, il essayait d'ignorer le bourdonnement des conversations fébriles qui reprenaient dans la grande salle.

— Non. Nous… nous ne sommes jamais vus.

Le Moyne s'empara d'une flûte à champagne sur le plateau d'un serveur qui passait, puis traversa la galerie jusqu'aux deux tableaux vedettes.

Arrivé devant, il cria par-dessus son épaule :

— Voulez-vous dire que vous ne connaissez même pas mon nom ?

Le Moyne ? Crymes se remit à réfléchir. Une fois de plus, il ne trouva rien. Il rejoignit l'énergumène.

— Non, je suis désolé, j'ignore tout de vous, reconnut-il.

— Eh ben, c'est le pompon !

Le Moyne gesticulait en parlant, éclaboussant son champagne autour de lui. Et les gouttes s'approchaient dangereusement proche du Robert E. Lee.

— C'est à moi que vous avez volé ces deux huiles ! ajouta-t-il.

13

— Venez dans mon bureau, nous y serons mieux pour parler, déclara Crymes.

Il tenait absolument à écarter le plus vite possible cet excité de ses précieux tableaux.

— Je ne pense pas, marmonna M. LeMoyne. Je préfère rester ici.

Il se tourna pour apostropher la foule :

— Puis-je avoir votre attention ? cria-t-il. Vous voyez ces deux tableaux ?

Il fit une brève pause, le temps que retombe le silence. Puis il enchaîna :

— Les propriétaires de la galerie m'ont volé ! Ces œuvres appartiennent à ma famille !

— C'est ridicule, déclara Crymes.

Il vit Jamie s'approcher de LeMoyne. Malheureusement, son gendre était petit et mince, l'énergumène pouvait l'écraser d'un seul coup de poing. Crymes leva la main pour empêcher Jamie de s'interposer.

— J'ai la facture qui prouve que j'ai acquis ces deux peintures à une vente sur Saint-Charles, ajouta Crymes à la cantonade.

— Oh !

Le Moyne marmonna une suite de mots inintelligibles, puis retrouva sa voix pour dire :

— Bien sûr, vous les avez achetés chez ma mère, lors de sa succession. Mais vous ne les avez pas payés le prix qu'ils valaient, loin de là. C'est du vol !

Avant que Crymes puisse répondre, la porte d'entrée s'ouvrit une fois de plus : deux agents en uniforme entrèrent. *Dieu merci !* Il regarda autour de lui, croisa le regard de Harper et la vit acquiescer ; il comprit alors qu'elle avait prévenu la police.

Crymes leur fit signe de la main.

— Par ici, messieurs, appela-t-il. Ce monsieur semble avoir trop bu, il crée du désordre et je vous serais reconnaissant de bien vouloir le faire sortir.

Chacun des agents empoigna M. Le Moyne par un bras. Ensemble, ils l'escortèrent jusqu'à la porte.

Avant de quitter la galerie, il hurla par-dessus son épaule :

— Cette affaire n'est pas terminée, Villerie ! Vous entendrez parler de moi. Je récupérerai mes tableaux. Ils appartiennent à ma famille !

Il se tut quand les agents l'expulsèrent dans la rue Royale.

Peu après le trio avait disparu. Crymes claqua des mains au-dessus de sa tête.

— Je suis vraiment désolé, déclara-t-il. Mesdames et messieurs, oublions cet incident, reprenez du champagne et que la soirée continue !

Charmaine et Harper le rejoignirent peu après, Jamie les suivant de près.

— Qui était-ce, Crymes ? demanda Charmaine.

— D'après ce qu'il a dit, c'est le fils de celle qui possédait ces tableaux avant que je les achète.

Du pouce, il désignait le Johnson et le Guillaume accrochés derrière lui.

— À mon avis, reprit-il, il n'a pas apprécié le prix qu'il a touché pour ces œuvres. Il n'a qu'à s'en prendre à celui qui gérait la succession. Personnellement, j'ai fait une offre, elle a été acceptée. C'est ainsi que ça se passe dans les affaires.

— M. Villerie ?

Crymes se retourna : un homme en costume sombre cherchait à lui parler.

— Oui ?

— Pourrais-je vous entretenir en privé ?

— Certainement, répondit Crymes. Suivez-moi.

Il espérait une offre d'achat sur l'un des deux tableaux. Il prit congé de sa famille avec un clin d'œil :

— Excusez-moi. Je vous rejoins très vite.

Charmaine, Harper, et Jamie acquiescèrent à l'unisson et regardèrent les deux hommes s'éloigner ensemble.

Une fois dans son bureau, Crymes indiqua en désignant un siège :

— Asseyez-vous, je vous en prie. Que puis-je faire pour vous ?

— Je suis Robert Boudreaux, vice-président de la First Citizens Bank de La Nouvelle-Orléans.

Crymes sentit son visage se drainer de son sang – au sens littéral. Il se racla la gorge avant de pouvoir parler :

— Ah, oui, M. Boudreaux. Vous m'avez laissé plusieurs messages, n'est-ce pas ? J'avais l'intention de vous rappeler.

— Je n'en doute pas. Et appelez-moi Bob, je vous en prie. J'ai effectivement essayé de vous contacter par téléphone au cours des trois dernières semaines. Je suis également passé plusieurs fois à la galerie, sans vous y trouver.

— C'est exact. Je suis désolé, mais ces derniers temps j'ai été très occupé à acquérir de nouvelles œuvres pour Renaissance.

— À mon grand regret, M. Villerie, je vous apporte de mauvaises nouvelles. Vous recevrez demain un avis de forclusion [13] pour toutes vos

---

13 Terme de droit indiquant « aucun recours possible », par exemple suite au non-remboursement d'une dette.

propriétés : votre galerie, votre résidence de l'avenue Esplanade [14] et votre maison de vacances sur l'île Sullivan [15].

Crymes le fixa, éberlué

— Où est John Jacobs ? demanda-t-il. C'est à lui que j'ai affaire depuis des années. Pourquoi l'avez-vous remplacé ?

— Je suis désolé, M. Villerie, c'est M. Jacobs qui me l'a demandé. Croyez-moi, il a souvent pris votre parti, ce qui explique pourquoi vous n'avez pas été forclos plus tôt. Et comme je sais que vous êtes de ses amis, je l'ai assuré que je réglerai votre cas avec la plus grande discrétion possible.

— Je suis client de votre banque depuis plus de vingt ans. En cas de difficultés passagères, nous avons toujours trouvé un arrangement et j'ai *toujours* fini par vous rembourser.

Bob hocha la tête.

— Effectivement, M. Villerie, nous en sommes bien conscients, mais votre dette n'a cessé d'augmenter cette dernière année. À la date d'hier, vous avez sept mois de retard sur vos deux hypothèques de La Nouvelle-Orléans et six sur votre propriété de Charleston. En outre, vos emprunts dépassent largement vos avoirs. Je suis désolé, mais vous ne nous laissez pas d'autre choix.

Crymes s'adossa dans son fauteuil et ferma les yeux. Il avait espéré que ses deux récentes acquisitions lui permettent de se sortir d'affaire avant que la banque réagisse. Malheureusement, la restauration avait été bien plus longue que prévu. Et désormais, il était trop tard.

Il reprit avec un calme qu'il n'éprouvait pas :

— Bob, vous et moi sommes des hommes sensés. J'ai deux tableaux dans ma galerie, ils m'ont coûté plus de deux cent mille dollars. Avec les frais de restauration, j'ai investi en eux un demi-million. Ce sont des originaux qui devraient se vendre près de deux millions. Quand je leur aurai trouvé des acheteurs, je serai en mesure de vous rembourser mes dettes et d'avoir en plus un capital disponible. Je vous en prie ! Pouvez-vous m'accorder un délai de trente jours ?

— Je suis désolé, M. Villerie, c'est impossible, le processus est déjà en cours. C'est uniquement parce que nous avons longtemps travaillé ensemble que j'ai voulu vous prévenir en personne avant que vous receviez la notification d'huissier. Ce soir était ma dernière tentative.

---

14 Rue calme et pittoresque du Vieux Carré (ou quartier français) de La Nouvelle-Orléans.

15 Bourg américain, situé dans le comté de Charleston, Caroline du Sud.

Crymes se sentit vaincu.

— Très bien, merci, j'apprécie votre geste. J'avais espéré pouvoir vendre mes peintures avant qu'il ne soit trop tard. Combien de temps me reste-t-il ?

— Vous recevrez demain une mise en demeure concernant vos trois propriétés, mais les lois varient d'un État à l'autre, aussi la saisie de la propriété de Charleston ne suivra-t-elle probablement pas le même processus qu'en Louisiane. D'après moi, vous aurez de dix à trente jours pour libérer les lieux.

— Je vois, dit Crymes. Pourrais-je recevoir les papiers de forclusion chez mon avocat plutôt que chez moi ou à la galerie ? Je n'ai pas encore informé ma famille de ce qui se passait.

— Je regrette, mais ce n'est pas possible. La loi exige que les papiers soient délivrés à l'adresse concernée par le prêt hypothécaire.

— Et si je passais récupérer l'ensemble demain matin à la banque ? insista Crymes. C'est possible ?

— Oui, éventuellement, à condition que vous signiez l'accusé de réception.

— Bien entendu. Dix heures, ça vous convient ?

— Très bien.

Crymes se leva et tendit la main.

— Merci d'être venu.

— De rien, c'est bien normal, répondit M. Boudreaux. J'aurais aimé faire votre connaissance dans de meilleures circonstances. En fait, John a beaucoup d'admiration pour vous.

Crymes contourna son bureau.

— C'est bien gentil de sa part. Suivez-moi, Bob, je vais vous raccompagner.

Sur un signe de Crymes, le banquier quitta le bureau. À peine la porte franchie, il faillit bousculer Charmaine dans le couloir.

— Oh, Dieu ! Je suis vraiment désolé !

Crymes se chargea des présentations :

— Tu es là, Charmaine ? Voici Bob Boudreaux.

Puis se tournant vers le banquier :

— Bob, je vous présente ma femme, Charmaine.

— Encore une fois, toutes mes excuses, Mme Villerie.

Charmaine l'empêcha de continuer à s'excuser.

— Ne vous inquiétez pas, tout est de ma faute. Enchantée de faire votre connaissance, M. Boudreaux.

Elle s'approcha de Crymes pour lui dire :

— Excuse-moi de te déranger, chéri, je voulais juste savoir si tu voulais que je vous apporte quelque chose à boire.

— Merci, Char, mais ce n'est pas la peine, répondit Crymes. Bob doit s'en aller. Je le raccompagnai, justement.

— Très bien, dans ce cas… au revoir, M. Boudreaux.

Après un dernier signe de tête, le banquier s'éclipsa.

— Retournons vers nos invités, Char, dit Crymes à sa femme.

PLUS TARD dans la nuit, quand Crymes se mit enfin au lit, il était épuisé, mentalement et physiquement. Il poussa un profond soupir.

Charmaine leva les yeux de son roman.

— Ça va, Crymes ?

Il roula sur le dos, les mains croisées sur la poitrine, les doigts serrés. Il avait un dilemme : devait-il avouer à sa femme qu'ils n'allaient pas tarder à tout perdre ?

— Crymes ? insista-t-elle.

Il tourna la tête pour la regarder.

— Oui, chérie ?

— Est-ce que ça va ? Tu ne m'as pas répondu.

— Excuse-moi, je ne faisais pas attention. Je suis déjà à moitié endormi, mentit-il.

— Eh bien ?

Il décida de se taire. Au moins, elle dormirait bien une dernière fois avant d'apprendre la nouvelle demain matin, quand il passerait aux aveux.

— Oui, ça va, Char. Bien sûr. Pourquoi cette question ?

— Tu m'as paru distant ce soir, après avoir rencontré M. Boudreaux.

Crymes préférait éviter un mensonge flagrant ; il réfléchit rapidement pour trouver un prétexte plausible à son attitude.

— J'ai juste été déçu. J'ai vraiment cru que j'allais lui vendre un des tableaux, sinon les deux.

Voilà ! Au moins, c'était vrai.

— Que s'est-il passé ? demanda-t-elle.

— Nous n'avons pas pu nous mettre d'accord.

— Crois-tu que ce soit à cause de cet homme qui a prétendu que tu les lui avais volés ?

— Je n'en sais rien. Bonne nuit, Char. Je suis vraiment fatigué.

Il se pencha et posa un baiser sur la joue de sa femme.

18

— Bonne nuit, chéri. *Demain est un autre jour.*

Ça, c'est sûr !

POUR LA centième fois au moins depuis qu'il s'était couché, Crymes vérifia l'heure sur son réveil : 4 h 15. Il en avait assez de se tourner et de se retourner dans son lit, aussi se leva-t-il en prenant soin de ne pas réveiller Charmaine.

Il descendit dans la cuisine et se prépara un pot de café. Sa tasse à la main, il passa au salon. Il y faisait sombre. La maison datait du dix-huitième siècle et se trouvait sur l'avenue Esplanade. Crymes eut un petit sourire en regardant les photos encadrées qui remémoraient les années passées ici. Chacune d'elles évoquait en lui un souvenir de sa vie avec Charmaine, Harper, et même Jamison. *Comment vais-je leur annoncer que nous allons tout perdre ?*

Un peu plus tôt, en rentrant à la maison, il avait pris la décision de se passer de leur propriété à Charleston. Ils n'en avaient pas réellement besoin, après tout. Il avait offert cette maison, les pieds dans l'eau, sur l'île Sullivan, à Charmaine vingt ans plus tôt. Autrefois, quand Harper était plus jeune, ils l'avaient souvent utilisée ; désormais, elle ne servait plus qu'une semaine ou deux par an, durant l'été, ou à l'occasion d'un long weekend que Harper et Jamie y passaient avec des amis.

Par contre, comment accepter de perdre leur résidence principale et la galerie de la rue Royale ? Charmaine et lui avaient acquis la maison peu après la naissance de Harper, ils avaient fêté tous ses anniversaires dans ce même salon, après avoir rénové avec soin l'antique demeure de la cave au grenier, même si la décoration avait changé au moins dix fois au cours des années. Sa femme avait mis son cœur et son âme dans leur foyer. Et la galerie ? Crymes en était infiniment fier. Outre Harper et Charmaine, Renaissance était toute sa vie. Après avoir acheté le bâtiment, il avait surveillé le moindre détail de sa rénovation – en étroite collaboration avec l'Office des bâtiments historiques du Vieux Carré –, examinant d'innombrables anciennes photos et peintures du quartier pour s'assurer de bien garder l'esprit d'origine.

Crymes dut cligner des yeux pour retenir les larmes qui menaçaient de couler.

— Je ne peux pas leur annoncer une nouvelle pareille, murmura-t-il. Ça leur briserait le cœur. Je dois trouver une solution.

Il s'installa dans le fauteuil à oreillettes devant la fenêtre, son café refroidissant dans la tasse qu'il tenait toujours. Il regarda la nuit s'écouler, devenir peu à peu l'aube d'un nouveau jour qui s'annonçait sans espoir.

Il sursauta quand Charmaine posa la main sur son épaule.

— Depuis combien de temps es-tu levé ? demanda-t-elle.

Crymes couvrit la main de sa femme de la sienne.

— Quelques heures, répondit-il.

Charmaine s'assit sur le pouf en face de lui.

— Crymes, je m'inquiète pour toi. Ça fait des mois que tu dors de plus en plus mal.

Il se redressa et posa un baiser sur la tête de sa femme.

— Ce n'est rien, mon chou. N'y pense plus. J'aimerais passer un moment avec toi ce matin, mais j'ai un rendez-vous en ville. Je dois donc prendre une douche et me préparer.

CHARMAINE BENOITE Villerie offrit à son mari un demi-sourire. Après trente-sept ans de mariage, elle le connaissait bien et devinait sa détresse. Elle comprit aussi qu'il ne tenait pas à lui faire porter le fardeau de ses soucis. Elle ne bougea pas même après qu'il fut sorti du salon. Elle baissa juste la tête, frustrée. Très protectrice envers sa famille, elle ne comptait pas rester à ne rien faire pendant que son mari avait un problème.

Se relevant, elle s'approcha de la cheminée et caressa du bout des doigts la photo de leur mariage : un jeune couple plein d'espoir avec toute leur vie devant lui. Elle portait une longue robe blanche vaporeuse ; Crymes était superbe avec son beau visage et son smoking noir. Ils posaient devant la cathédrale Saint-Louis [16] chacun flanqué de ses parents.

Où sont passées les années ? se demanda-t-elle en son for intérieur. À présent, leurs parents étaient décédés et elle, enfant unique, n'avait plus que Crymes, Harper et Jamie. Les femmes sudistes avaient la réputation d'être fortes et solides, Charmaine était bien déterminée à faire le nécessaire pour protéger sa famille.

Elle redressa les épaules avec détermination et retourna dans la cuisine. Elle s'était déjà servi un café quand son mari descendit l'escalier. Elle l'intercepta dans l'entrée, prêt à partir.

---

16 Ou « basilique Saint-Louis-roi-de-France », au centre du Vieux Carré de La Nouvelle-Orléans.

Il l'embrassa.

— Je t'appelle tout à l'heure mon chou, dit-il. Passe une bonne journée.

Charmaine sourit.

— J'ai des courses à faire ce matin, mais je passerai plus tard à la galerie.

Elle remonta l'escalier, la soie de son peignoir ondulant derrière elle.

APRÈS AVOIR récupéré ses papiers de forclusion à la banque, Crymes se rendit directement chez son avocat. Ce dernier lui confirma ses inquiétudes. Bien sûr, la galerie pouvait déposer son bilan, une option qui lui ferait gagner un certain temps, mais s'il ne remboursait pas ses dettes, il risquait bel et bien de perdre tous ses biens. Autre possibilité : liquider l'inventaire, mais ça prendrait du temps.

Et le temps, justement, Crymes n'en avait pas beaucoup.

Il ne reçut qu'une seule bonne nouvelle durant cet entretien : son avocat lui assura qu'il ne devait surtout pas quitter ses propriétés, quel que soit le nombre de notifications qu'il recevait, avant d'avoir la preuve écrite que lesdits biens avaient été vendus. Et ça aussi demanderait un délai.

Du coup, Crymes se sentit moins obligé de tout révéler à Harper et Charmaine.

Son avocat lui expliqua aussi qu'il s'agissait d'une nouvelle politique bancaire : de nombreuses procédures de forclusion avaient été lancées pour faire quitter leurs demeures aux propriétaires endettés ; ensuite, le processus s'interrompait et l'État réclamait auxdits propriétaires des arriérés d'impôts pour des biens qu'ils pensaient ne plus posséder.

Crymes n'avait qu'un seul espoir de s'en sortir, financièrement parlant : ses deux dernières acquisitions.

IL REVINT à la galerie vers midi et trouva Harper et Charmaine dans son bureau devant un panier pique-nique.

— Quelle agréable surprise !

Avec un sourire, Harper se tourna vers sa mère.

— Maman nous a apporté de quoi déjeuner. N'est-ce pas adorable ?

— Si, absolument.

Crymes se pencha et embrassa sa femme. Elle lui offrit un sourire chaleureux.

— Tu ne manges pas assez, tu vas finir par t'évaporer, plaisanta-t-elle.

Il se tapota l'estomac.

— J'ai encore des réserves. En tout cas, ça sent très bon, mon chou. Merci beaucoup.

Harper croquait déjà dans un sandwich. Elle interrompit pour dire :

— Au fait, Crymes, j'ai failli oublier. Le musée de la Confédération a téléphoné ce matin concernant le *Robert E. Lee* et *Le Petit Soldat*. Je crois qu'ils ont remarqué mon communiqué de presse.

Crymes se sentit ragaillardi.

— Et alors ?

Harper avala ce qu'elle avait dans la bouche avant de répondre.

— Alors, ils vont nous envoyer un expert, ils veulent une authentification.

— C'est une excellente nouvelle, Harper ! s'écria Crymes avec enthousiasme.

Je comptais d'ailleurs leur téléphoner aujourd'hui pour en discuter.

— D'après leurs estimations, nos prix sont un peu chers, ajouta Harper.

Crymes sourit.

— Ça ne m'étonne pas, chérie. Tiens, puisqu'on en parle, as-tu appelé la Lloyd of London [17] pour vérifier que les peintures sont assurées pour leur valeur *après* restauration ?

— Oui, patron, répondit Harper.

— Parfait. À quel prix les as-tu mises ?

— Deux millions deux. La différence de tarif entre la valeur réelle et estimée était minime, alors, j'ai jugé que la dépense valait le coup.

Charmaine intervint :

— Et si nous cessions de parler affaires pendant le déjeuner ?

— Tu as raison, chérie, déclara Crymes. Mangeons tranquillement.

Il s'adressa à sa fille :

— Harper. Tu as entendu ta mère ? Interdit de parler boutique pendant la prochaine demi-heure.

— Oui, chef !

---

17 Marché britannique des assureurs. Contrairement à la plupart de ses concurrents, il ne s'agit pas d'une société commerciale, mais d'une bourse, régie par le *Lloyd's Act*.

Charmaine agita la main.

— Ça suffit, Crymes ! Je sais très bien que tu te moques de moi.

Il fit un clin d'œil à Harper avant de répondre à sa femme :

— Absolument pas !

III

CRYMES PRIT la rue de Chartres en direction du nord et tourna à gauche sur l'avenue Esplanade. Sa femme et lui revenaient de la galerie, où il avait organisé une soirée caritative. Il s'était efforcé d'être charmeur et bon vendeur, mais les événements récents n'avaient cessé de l'obséder. Au cours des derniers jours, il ne s'était rien passé, en tout cas, rien qui concernait les forclusions de la banque. Crymes n'avait reçu ni document ni appel. Conscient que ce répit ne durerait pas, il attendait de voir tomber le couperet.

Côté positif, la soirée avait rapporté des fonds et attiré l'attention d'éventuels mécènes. Tant mieux, car ses deux tableaux avaient bien besoin de toute la publicité possible.

En voiture, Charmaine demanda :

— As-tu des nouvelles du musée de la Confédération ?

— Non, pas depuis qu'ils m'ont donné leur estimation, répondit Crymes.

Il dépassait leur maison. D'un coup d'œil, il remarqua la beauté des jardins éclairés. Les flammes des lanternes à gaz qui encadraient la porte d'entrée dansaient sous la légère brise émanant du puissant Mississippi. Même à distance, la bâtisse était magnifique et son parc impressionnant.

— Tu trouves ça normal ? insista Charmaine.

— Pas vraiment. Quand ils sont attirés par un tableau ou une œuvre, ils n'hésitent pas à le faire savoir. Ils sont en général les premiers à faire une offre.

Crymes fit demi-tour et pressa un des boutons de la télécommande posée sur le tableau de bord. Le grillage en fer forgé s'ouvrit lentement. Peu après, la voiture pénétrait dans l'allée, contournait la maison et se garait sur le parking à l'arrière.

— Ça paraît logique, remarqua Charmaine. Un tableau leur coûterait sans doute bien plus cher s'ils laissaient la concurrence intervenir.

— Exactement.

Crymes descendit le premier et fit le tour de la voiture pour ouvrir la portière de Charmaine.

Elle sortit une jambe bien faite et un pied serti dans un mocassin à talons hauts et s'accrocha à la main qu'il lui tendait. Crymes réalisa combien sa femme restait belle et séduisante, en dépit des années. Il l'aida à sortir de la voiture.

— Tu es toujours aussi merveilleuse que le jour de notre mariage, mon chou.

Elle l'embrassa.

— Merci, chéri, murmura-t-elle. Et je suis certaine que le musée ne tardera pas à te contacter.

LA SONNERIE du téléphone arracha Crymes à un sommeil agité, il se redressa d'un bond dans son lit, tout tremblant, le cœur battant la chamade. Charmaine le rassura d'une voix douce en lui caressant le bras.

— Ne t'inquiète pas, Crymes. Ce n'est que le téléphone.

Il regarda le réveil posé sur la table de chevet : 3 h 25.

Il décrocha

— Allô ?

— *M. Villerie ?*

— Oui, je suis Crymes Villerie.

— *Ici Roger Ellis, de Sécuritas Quartier Français. Nous avons une alarme au 622, rue Royale. Nous ignorons encore s'il s'agit d'une effraction, la police a été prévenue. Elle est en route, ainsi qu'une de nos voitures.*

— Merci. Je serai également sur place d'ici peu, déclara Crymes.

— Très bien, monsieur.

Crymes quitta son lit et commença à s'habiller. Il insista afin que Charmaine reste couchée.

— C'est certainement une fausse alerte. Inutile que nous soyons deux à ne pas dormir.

Dix minutes plus tard, il arrivait à la galerie et trouva deux voitures de police garées devant la porte, tous feux clignotants. Quatre agents étaient postés sur le trottoir ; l'alarme sonnait toujours. Crymes se gara, sortit de sa voiture et s'approcha des uniformes.

Il dut crier pour se faire entendre :

— Messieurs, je suis Crymes Villerie, le propriétaire de la galerie.

Les agents n'eurent pas le temps de lui répondre : un homme s'approcha d'eux, un badge à la main, il était très grand, très beau et d'une assurance remarquable.

— Bonsoir, M. Villerie. Je suis l'inspecteur Jenkins de la NOPD [18]. Nous avons déjà inspecté la ruelle, la cour et la façade arrière du bâtiment, sans remarquer de porte ou de fenêtre forcée. Si vous voulez bien nous ouvrir, nous allons faire un tour à l'intérieur.

— Bien entendu.

Crymes déverrouilla la porte d'entrée de la galerie et tapa sur le clavier le code qui désactivait l'alarme.

— Qu'y a-t-il en haut de l'escalier ? demanda l'inspecteur Jenkins.

— Deux bureaux, le mien et celui de ma fille, et un duplex, un appartement d'hôtes qui s'étend aussi au second étage.

— Vous ne voyez pas d'inconvénient à ce que nous les vérifiions également ?

— Pas du tout, au contraire.

Tout en parlant, Crymes pressait l'interrupteur général pour éclairer la galerie. Quand il se retourna, il reçut un choc et devint blême.

Les genoux vacillants, il fixait deux cadres vides sur le mur : ses deux précieux tableaux avaient disparu !

Il s'écoula contre le chambranle de la porte. Seule une poigne ferme l'empêcha de tomber par terre.

— Apportez-moi une chaise ! hurla l'inspecteur Jenkins.

TROIS QUARTS d'heure plus tard, Crymes était assis à son bureau. Harper, Charmaine et Jamie s'agglutinaient autour de lui.

— Mon Dieu, Crymes ! s'exclama sa fille. Tu es livide !

Elle se tourna vers Charmaine et Jamie, et ajouta :

— Vous ne croyez pas que nous devrions appeler une ambulance ?

— Non ! répondit Crymes. Ça va aller. J'ai juste reçu un choc en voyant que les tableaux avaient disparu. Laisse-moi quelques minutes pour me faire à cette idée.

— Prévenez la brigade Homicides ! hurla un agent.

— Pardon ? s'étonna Crymes. Il s'agit d'un vol, pas d'un meurtre !

Il se redressa et se dirigea vers la porte. Dans le couloir, des uniformes couraient, manifestement très agités. Crymes les suivit jusqu'au bout du couloir, où se trouvait le duplex, avec sa famille sur ses talons. Charmaine et Harper cherchaient à le retenir d'une voix suppliante.

---

18 *New-Orleans Police Department*

En arrivant dans l'appartement, Crymes vit un agent placer une jaune bande de la police en travers de la porte de la salle de bain, pour délimiter une « scène de crime », comme à la télévision. Crymes traversa lentement l'appartement et se figea devant la porte. Un cri s'étouffa dans sa gorge quand il vit Anthony Le Moyne dans la baignoire, mort, une balle lui ayant perforé le front.

Une fois de plus, Crymes dut se tenir au chambranle pour ne pas s'écrouler. Les trois autres se pressèrent derrière lui. Il tenta de les empêcher d'avancer.

— Non ! Reculez !

Il était déjà trop tard. Charmaine poussa un cri et pressa la main sur sa bouche ; Harper hurla et se retourna pour cacher son visage contre la poitrine de son mari.

— Anthony Le Moyne ? siffla Crymes, sidéré. Qu'est-ce qu'il fout là ?

— Vous le connaissez ? demanda l'inspecteur Jenkins.

— ALORS, OÙ en sommes-nous ?

C'était l'inspecteur principal Montgomery Beaumont Bissonet, de la brigade Homicides de La Nouvelle-Orléans qui venait de parler. Il avança jusqu'à la porte de la salle de bain suivi par son partenaire, l'inspecteur August Hebert.

Les deux hommes échangèrent un coup d'œil en tombant sur l'inspecteur Bruce Jenkins, déjà au travail sur la scène du crime. Bissonet fronça les sourcils d'un air menaçant.

Jenkins esquissa un sourire.

— La victime est Anthony LeMoyne, esquire [19], répondit-il. Un avocaillon sans envergure. En fait, il avait même la réputation de chasser le client dans les faits divers des journaux.

— Peut-être a-t-il perdu une plaidoirie de trop, remarqua l'inspecteur Hebert.

— Qu'est-ce qui s'est passé ? intervint Bissonet.

— À mon avis, il s'est trouvé au mauvais moment au mauvais endroit. Il a dû déranger quelqu'un.

Bissonet lui jeta un regard interrogateur.

---

19 Terme d'origine britannique (dérivé du « écuyer » français) employé aux États-Unis par les avocats et les diplomates.

— Hein ?

— Suivez-moi, reprit Jenkins.

Il redescendit l'escalier, suivi par les deux inspecteurs, et retourna dans la galerie. Peu après, il désignait le mur vide où deux tableaux avaient été enlevés.

— Il y a eu un vol cette nuit, expliqua-t-il, deux œuvres originales datant de la Guerre civile se trouvaient à cet endroit même à la fermeture de la galerie après un gala. L'un s'appelait *Le Général Robert E. Lee à la bataille de Chancellorsville*, l'autre, *Le Petit Soldat*.

Hebert ne put s'empêcher de faire une vanne :

— A-t-on fouillé la maison d'Ulysse S. Grant ?

— Combien valaient ces tableaux ? demanda Bissonet.

— Pas loin de deux millions, répondit Jenkins.

Hebert leva un sourcil surpris.

— Waouh !

— Oui, hein ? reprit Jenkins. Le gamin était estimé à huit cent cinquante mille dollars et le général à environ un million. M. Villerie, c'est le propriétaire de la galerie, s'est porté acquéreur des deux toiles il y a six mois, lors de la succession de la défunte Mme LeMoyne, mère de notre victime. Apparemment, il les a achetés une misère, ce qui a fortement contrarié le légataire, le fils LeMoyne. Il a fait à la galerie une apparition remarquée, en état d'ébriété avancée, le jour du vernissage. Il a même émis des menaces publiques envers M. Villerie.

Bissonet regarda autour de lui.

— D'après ce que je vois, cette salle est sécurisée, il y a des détecteurs de mouvement. L'alarme n'a pas sonné ?

— Si, répondit Jenkins. Seuls les détecteurs intérieurs ont été activés, pas ceux de l'extérieur.

— Comment le voleur est-il entré ? demanda Hebert.

— Comme je vous le disais, il y a eu ce soir un gala caritatif à la galerie. Le voleur faisait sans doute partie des invités, il s'est sans doute caché à l'étage en attendant que tout le monde s'en aille.

— Comment est-il ressorti avec les tableaux ? demanda Bissonet.

— Nous pensons qu'il est passé par le toit : la terrasse donne sur l'immeuble voisin, où il y a un escalier incendie.

— Et l'alarme n'a pas sonné ?

— Non. Apparemment, seul le rez-de-chaussée est sécurisé, expliqua Jenkins.

— C'est bizarre, s'étonna Hebert.

— Pas vraiment. M. Villerie m'a indiqué qu'il n'y a qu'un seul accès au premier et au second étage : l'escalier que nous venons d'utiliser. Les propriétaires ne voyaient donc pas l'intérêt d'avoir une alarme supplémentaire.

Par-dessus son épaule, Bissonet jeta un coup d'œil à l'escalier en question.

— Apparemment, ils se sont trompés.

— C'est exact, reconnut Hebert.

— Je voudrais interroger M. Villerie, déclara Bissonet.

— Il est au premier, dans son bureau, avec sa femme, sa fille et son gendre. Ils semblent tous en état de choc, vas-y doucement avec eux.

Bissonet fixa Jenkins droit dans les yeux.

— Je n'ai pas besoin de toi pour me dire comment faire mon travail, Bruce !

— Allez, Beau. Ne me dis pas que tu m'en veux encore au point que nous ne puissions pas travailler ensemble ?

— De quoi t'en voudrais-je, Bruce ? rétorqua Bissonet, avec ironie. De m'avoir trompé avec un gamin, peut-être ?

Il ricana en voyant Jenkins reculer avec une grimace de dégoût.

— Ce n'était pas un gamin ! Et tu le sais très bien, Beau. Et si tu avais passé un peu plus de temps avec moi, à la maison, je n'aurais peut-être pas eu besoin de me chercher de la compagnie !

— Va te faire foutre, Bruce ! Nous avons déjà eu cette discussion un million de fois. J'en ai assez de ressasser la même chose. Maintenant, dis-moi plutôt où je peux trouver le propriétaire ?

— Je te l'ai déjà dit : au premier, dans son bureau, avec sa famille.

D'après le son de sa voix, il était triste et résigné.

Bissonet tourna les talons et reprit l'escalier, Hebert à ses côtés.

— Désolé de t'avoir imposé une scène pareille, Auggie, souffla Beau. Mais j'ai vraiment du mal à me trouver dans la même pièce que lui.

Son partenaire le rassura :

— Je sais, je te comprends. Si ma femme m'avait trompé, je serais probablement en prison pour meurtre à l'heure actuelle.

— Oui, mais il faudrait quand même que je me calme. Surtout si je suis censé travailler avec lui !

Auggie lui tapota l'épaule.

— Ça finira par s'arranger… avec le temps.

À la porte du bureau de Crymes, Bissonet s'immobilisa et échangea un coup d'œil avec Hebert : « *En état de choc* », c'est un euphémisme, pensa-t-il. Les deux femmes pleuraient, la plus âgée tremblait même, le visage blême. Les hommes faisaient de leur mieux pour les consoler, sans y réussir.

Bissonet frappa doucement sur le bois du chambranle.

— Excusez-moi. Désolé de vous déranger, mais j'aurais quelques questions à vous poser.

— Ça ne peut pas attendre ? demanda l'un des hommes.

Bissonet secoua la tête.

— Non, malheureusement. Lequel d'entre vous est M. Villerie ?

Le plus âgé releva la tête.

— C'est moi, je suis Crymes Villerie.

— Je suis l'inspecteur principal Bissonet et voici mon partenaire, l'inspecteur Hebert.

M. Villerie les salua d'un signe de tête. À son tour, il fit les présentations :

— Voici ma femme, Charmaine Villerie, ma fille, Harper Villerie Hayes, et son mari, Jamison Hayes.

Après un bref moment de silence, il ajouta :

— Inspecteurs ? Que s'est-il passé au juste ?

— Eh bien, d'après les premières constatations, la victime aurait été surprise – et tuée – par le voleur de vos tableaux.

Crymes mit les mains sur ses hanches.

— Si j'ai bien compris, Le Moyne voulait s'emparer de mes peintures, mais il est tombé sur un autre voleur ?

— C'est exact, répondit Hébert.

— Mais qui ça peut être ? demanda Harper. Vu la façon dont Le Moyne s'est comporté le soir du vernissage, c'est à lui que j'aurais pensé en priorité en constatant un vol.

Bissonet sortit de sa poche un carnet où il griffonna quelques notes. Ensuite, il releva les yeux.

— Vous auriez sans doute eu raison… s'il était arrivé un peu plus tôt.

— D'après ce que nous savons, il a créé une scène dans votre galerie et vous a menacé… intervint Hebert.

Harper répondit la première :

— Exactement ! Il s'est montré odieux envers mon père !

Les deux inspecteurs échangèrent un regard entendu.

— M. Villerie, enchaîna Bissonet, pourriez-vous m'expliquer comment vous avez rencontré M. Le Moyne ?

Crymes fit un bref compte rendu : l'appel anonyme le prévenant de la vente, sa visite sur Saint-Charles, son choix des deux tableaux. Il relata ensuite la réaction et les menaces de M. Le Moyne le soir de l'exposition.

— J'ai acheté ces peintures à celui qui gérait la vente, ajouta-t-il. La transaction a été légale : j'ai fait une offre qui a été acceptée, après consultation. Sur le moment, je n'étais pas certain de l'origine des peintures, voyez-vous, cela pouvait aussi bien être des originaux que de très bonnes reproductions.

— Il va nous falloir le nom de la personne à qui vous avez eu affaire, déclara Bissonet.

— D'après le prix que vous réclamez de ces tableaux, je présume que ce sont bien des originaux ? ajouta Hebert.

Crymes acquiesça.

— C'est exact.

— D'après vous, qui aurait pu vouloir vous les voler ? Un ennemi, un concurrent, quelqu'un d'autre ?

Crymes, sa femme, sa fille et son gendre semblèrent tous ensemble peser la question.

— Je n'en ai aucune idée, finit par répondre Crymes. Mais ces deux peintures représentent une somme énorme, susceptible de tenter n'importe qui.

D'un mouvement du menton, Bissonet interrogea Harper.

— Je ne sais pas, répondit-elle.

À leur tour, Charmaine et Jamie secouèrent la tête.

— La victime a été tuée d'un coup de feu, reprit l'inspecteur. Avez-vous une arme ?

— Oui, je…

Crymes ouvrit le tiroir de son bureau et se figea.

— Il a disparu ! s'écria-t-il. J'avais un 45 dans ce tiroir, je le gardais au cas où. Nous sommes quand même dans le Vieux Carré !

Bissonet acquiesça, avant de demander à son partenaire :

— Fais venir la police scientifique, peut-être allons-nous retrouver des empreintes.

Il reprit ensuite son interrogatoire :

— Une dernière question, l'inspecteur Jenkins m'a indiqué que vous n'aviez une alarme qu'au rez-de-chaussée, pas dans les étages. C'est bien ça ?

— Oui, répondit Harper. Tous nos tableaux de valeurs sont dans un coffre, ou exposés dans la galerie. À l'étage, nous n'avons que les bureaux et l'appartement que nous proposons de temps à autre à des clients privilégiés.

— Il semblerait que le voleur se soit échappé par la terrasse sur le toit, les peintures sous le bras, annonça Hebert. Il a pu sauter sur l'immeuble voisin et redescendre par l'escalier incendie. Manifestement, votre sécurité est à revoir.

— Vous avez raison, marmonna Crymes.

— Avant de vous laisser rentrer chez vous, dit Bissonet, je vais vous demander de tous faire votre déposition à l'inspecteur Jenkins, en particulier en ce qui concerne le soir où M. Le Moyne est venu à la galerie.

— Il nous faudra également la liste de toutes les personnes ayant assisté au gala, ajouta Hebert.

Bissonet retourna vers la porte en disant :

— Je vais vous envoyer l'inspecteur Jenkins. Merci d'avoir bien voulu répondre à nos questions. Je vous recontacterai sous peu.

Les deux inspecteurs s'apprêtaient à sortir quand Bissonet se retourna pour dire :

— Au fait, j'ai failli oublier, les tableaux étaient-ils assurés ?

— Oui, répondit Harper. Chez la Lloyd of London.

— Et pour combien ?

— Deux millions deux.

— Je vois, dit Bissonet. L'assureur a-t-il été informé du vol ?

— Bien sûr, déclara Harper. Je m'en suis occupée dès que je suis arrivée à la galerie.

— Bien sûr, enchaîna Bissonet. Pourquoi avoir assuré ces tableaux plus que leur valeur marchande ? S'agit-il d'une pratique courante ?

Harper se hâta d'expliquer :

— Inspecteur, quand il s'agit de peintures aussi rares que l'étaient les nôtres, le prix est une valeur relative qui peut augmenter de jour en jour. D'un autre côté, ils mettent souvent un certain temps à être vendus. Nous tenions juste à protéger notre investissement. De plus…

Bissonet écouta Mme Hayes expliquer qu'effectivement, des œuvres d'art étaient souvent surévaluées pour l'assurance, la petite différence sur la prime à verser justifiant cette précaution.

— Je vous remercie d'avoir répondu à mes questions. L'inspecteur Jenkins ne tardera pas à prendre vos dépositions.

Beau et Auggie redescendirent au rez-de-chaussée et passèrent au salon. Auggie se chargea d'approcher Jenkins pour lui indiquer que les propriétaires de la galerie l'attendaient. Quant à Beau, il retourna dans la grande salle et étudia le mur dépouillé.

Peu après, son partenaire le rejoignait.

— Alors, Beau ? Tes impressions ?

— Pour le moment, je n'ai que des soupçons, mais ça ne sent pas bon.

— Passons en revue ce que nous avons, dit Auggie. Le propriétaire reçoit un mystérieux appel *anonyme*, il achète pour deux cent mille dollars deux tableaux qui s'avèrent être des originaux et valent près de dix fois son investissement. Il les fait réparer – « restaurer », comme ils disent – et les expose à sa galerie en tentant de les vendre à leur valeur estimative.

Quand il s'arrêta de parler, Beau enchaîna :

— On ne sait trop comment, l'héritier Le Moyne découvre la vraie valeur de ses tableaux après les avoir bradés. Furieux, il se considère comme spolié, s'enivre, fait irruption durant le vernissage, menace les propriétaires et leur annonce qu'il se vengera.

— Pendant ce temps, reprit Auggie, les Villerie prennent une assurance qui dépasse la valeur des tableaux de plusieurs centaines de milliers de dollars. Trois jours après, il y a vol et meurtre.

— Le vol a lieu dans la nuit qui suit un gala caritatif, ajouta Beau, un invité étant resté caché dans le duplex jusqu'à la fermeture de la galerie. Ensuite, notre voleur redescend tranquillement et décroche les deux tableaux. Il se fait surprendre par l'héritier revendicatif – qui lui aussi avait l'intention de récupérer les peintures –, ils se battent, le premier voleur tue le second et s'enfuit par le toit. Il quitte l'immeuble d'à côté par l'escalier incendie avec les toiles sous le bras.

Auggie fronça les sourcils

— Sauf que notre premier voleur n'a pas eu le temps, une fois l'alarme déclenchée, de tuer LeMoyne, de le traîner dans la salle de bain et de redescendre chercher les tableaux avant l'arrivée de la police.

— Donc, reprit Beau, il a dû tuer Le Moyne *avant* de descendre et *avant* de faire sonner les détecteurs.

— Exactement ! confirma Auggie.

Une voix masculine inconnue intervint :

33

— Impossible ! La soirée était sur invitation et, d'après la liste que nous avons reçue, les invités étaient tous des marchands d'art ou des amis du conseil d'administration de l'œuvre caritative.

Bissonet se retourna : un homme approchait, grand et beau, avec des cheveux sombres ; il faisait claquer ses gants de latex dans sa main droite. La première pensée qui lui traversa l'esprit fut : *Merde, qu'est-ce qu'il est chouette !* Suivie de près par : *attends un peu ! Qui est ce gars-là ? Et pour qui se prend-il ?*

— Pardon ? aboya-t-il.

— À mon avis, le voleur est entré par les portes-fenêtres de la terrasse du toit.

— Veuillez m'excuser, insista Bissonet, mais qui diable êtes-vous ?

— Tollison Cruz, j'enquête pour la compagnie Lloyd of London, chez qui la galerie avait assuré les tableaux volés.

Bissonet fronça les sourcils.

— Dites-moi… juste pour rire, si le voleur est entré par le toit, comment en est-il ressorti ?

— Soit par la cour soit par le même chemin, répondit Cruz.

— Mais les capteurs extérieurs n'ont pas sonné, objecta Hebert.

Cruz examina le mur devant lui, puis il fit glisser ses doigts le long de la paroi.

— Si j'ai bien compris, reprit-il, l'alarme a sonné à cause des détecteurs de mouvement, n'est-ce pas ? C'est en tout cas ce que prétend le système informatisé. La porte de la cour a pu être désactivée une fois l'alarme déclenchée, à un moment où la société, suivant le processus habituel, avait déjà appelé le propriétaire et/ou la police.

— C'est possible, mais comment le prouver ? demanda Bissonet.

Cruz cessa de bouger et jeta ses gants de latex.

— Je n'ai pas besoin de preuve pour savoir que j'ai raison. C'est mon travail. Si ça vous intéresse, je peux vous aider à faire le vôtre.

— C'est-à-dire ? demanda Bissonet.

— En plus de mon salaire exorbitant, je touche une prime quand je récupère un objet volé : vingt pour cent de sa valeur. Je tiens à encaisser cet argent et vous tenez à mettre la main sur votre assassin. Nous avons donc un objectif commun. Je pourrais intervenir en tant que consultant et vous offrir mes conclusions, je vous signale que j'ai des années d'expérience dans le métier.

— Excellente idée, déclara Hébert. Nous avons toujours besoin de…

34

— Non, coupa Bissonet. Merci, mais *non, merci*.

Avec un sourire, Cruz l'examina des pieds à la tête.

— Eh bien, ça ne coûtait rien d'essayer, déclara-t-il. Messieurs, j'ai été enchanté de faire votre connaissance.

Il avait déjà tourné les talons et s'éloignait vers l'escalier.

En le regardant monter les marches deux par deux, Beau bava presque. Machinalement, il s'essuya le coin de la bouche, les yeux rivés sur le cul superbe dont les muscles gonflaient à chaque foulée. Pas à dire, Cruz remplissait vraiment bien le pantalon de laine noire !

Puis Beau se reprit et secoua la tête. *Il faut que je baise, ça fait bien trop longtemps.*

— Pourquoi l'as-tu renvoyé ? demanda Auggie. Il aurait pu nous être utile.

Beau trancha l'air d'un geste de la main.

— Non, nous l'aurions simplement eu dans les pattes.

— Tu crois ? Et s'il avait raison ?

Beau roula des yeux. Au même moment, Bruce redescendait l'escalier.

— Jenkins ! Appela Beau.

— Quoi ?

— Vérifie la porte de derrière pour savoir si on a bricolé le capteur de sécurité. Je veux aussi que tu regardes s'il est possible de quitter la galerie par la cour et la ruelle.

Il reporta son attention sur son partenaire :

— Je suis certain que notre voleur n'a pas été assez dingue pour déambuler tranquillement dans la rue Chartres, à 3 heures du matin, avec deux tableaux sous le bras.

Auggie lui sourit.

— Tu vois, ce n'était pas si difficile ?

Beau se contenta de ricaner.

— Bon, qu'est-ce que tu fais, Auggie ? Tu m'accompagnes ou tu préfères rester ici pour enquêter avec M. Cruz ?

UNE FOIS de retour au poste de police, Auggie téléphona à Jenkins pour avoir les dernières informations. Et Beau répéta les détails de l'affaire à haute voix :

— Donc, Le Moyne pénètre dans la galerie pour « récupérer » ces tableaux qu'il considère lui avoir été volés. Il tombe sur un autre voleur qui était là avant lui… La rencontre a eu lieu soit devant les tableaux dans la grande salle, soit au moment où le premier voleur tentait de s'échapper avec son butin. D'après l'endroit où nous avons retrouvé le cadavre de LeMoyne, je parierais pour le palier du duplex. Ensuite, l'assassin remonte l'escalier avec ses peintures, il passe dans l'immeuble voisin et s'enfuit par l'escalier de secours.

Auggie, qui venait de raccrocher, intervint avec un grand sourire :

— Non, ça ne s'est pas du tout passé comme ça. Cruz avait raison : le capteur de la porte de la cour a effectivement été altéré.

Beau se renfrogna.

— Il a eu la chance, c'est tout. Un pur hasard.

— Apparemment, les deux vis qui fixaient le capteur au chambranle ont disparu. Du coup, ça n'a pas sonné quand la porte a été ouverte et refermée, la société de sécurité a cru qu'il n'y avait pas effraction. Et… c'est par là que le voleur a quitté la galerie.

— Et ensuite, comment a-t-il pu filer ? demanda Beau.

— C'est très facile : il lui a suffi de traverser la cour, de remonter la ruelle et d'arriver sur la rue Chartres. Jenkins a retrouvé des traces de pneus récentes, sans doute laissées par une voiture qui a démarré brutalement.

— Merde ! grogna Beau. Envoie des agents interroger le voisinage pour savoir si quelqu'un a vu ou entendu quelque chose. Regarde aussi si tu peux mettre la main sur une caméra de surveillance dans le quartier.

— Jenkins s'en occupe déjà, répondit Auggie.

— Bissonet ? hurla le capitaine Trenchard. Dans mon bureau ! Tout de suite !

— Oui, Monsieur, répondit Beau.

Il se redressa d'un bond et roula des yeux en passant devant Auggie.

Il traversa le poste de police et entra peu après dans le bureau du capitaine. Il faillit s'étrangler en voyant Cruz, tranquillement assis, qui dégustait un café.

— Inspecteur, dit le capitaine Trenchard, je crois que vous connaissez déjà Tollison Cruz ?

Cruz lui adressa un clin d'œil assorti d'un sourire faussement timide. Il avait croisé les jambes au niveau du genou, une posture délibérément désinvolte.

— Coucou !

— C'est quoi ce bor…

Beau se reprit avec difficulté.

36

— Qu'est-ce que vous fichez là, Cruz ? demanda-t-il d'un ton grinçant

Ce fut le capitaine Trenchard qui répondit :

— Le maire m'a téléphoné tout à l'heure. Apparemment, M. Villerie est un de ses amis, aussi tient-il absolument à ce que l'affaire soit résolue le plus vite possible. Bissonet, vous êtes en terrain miné. Le maire insiste afin que nous employions les grands moyens. Ça tombe bien, M. Cruz m'a fait une offre très convaincante.

— Je n'en doute pas, dit Beau. J'ai déjà entendu la première, je suis impatient de savoir ce qu'il a inventé maintenant.

Cruz ricana. Le capitaine se renfrogna.

— J'ai déjà accepté, déclara-t-il.

— Capitaine, dites-moi que vous ne comptez pas le faire intervenir sur cette…

Trenchard l'interrompit :

— Si, bien entendu, M. Cruz a l'habitude de ce genre de cas, son aide nous sera précieuse. Je l'ai engagé comme consultant.

Beau fit un vaillant effort pour garder son calme.

— Monsieur, avec tout le respect que je vous dois, je préfère travailler avec mes propres hommes.

— M. Cruz participera à votre investigation.

— Mais…

Le capitaine leva un doigt.

— C'est un ordre, inspecteur.

Beau jura entre ses dents, mais il n'avait plus d'options. Il acquiesça.

Cruz se leva et lui tendit une main tannée.

— Je me réjouis à l'idée de travailler avec vous, inspecteur, déclara-t-il, sans cacher son sarcasme.

Beau hésita, puis accepta la poignée de main. La grande paume était chaude, ferme, solide. *Mmm…* Beau sentit ses pensées s'égarer – et s'en voulut aussitôt.

Quand il quitta le bureau de son capitaine, Cruz était sur ses talons.

À peine hors de portée d'oreilles, Beau annonça par-dessus son épaule :

— Je vous accorde que vous avez des couilles d'enfer !

Cruz leva un sourcil

— Merci. Je ne pensais pas que vous l'aviez déjà remarqué. Mais réservons pour plus tard ce genre de conversation anatomique, d'accord ? Nous pourrions prendre un verre ensemble, plus tard…

Ignorant le commentaire, Beau se servit du café, sans en proposer à Cruz.

— Alors, avez-vous vérifié ma théorie concernant le voleur ? demanda Cruz. J'avais raison ?

Beau prit une gorgée de son café et sourit sans répondre.

— Je suis très efficace dans mon travail, inspecteur Bissonet, insista Cruz. Unissons-nous, ce sera la meilleure façon d'obtenir ce que nous voulons tous les deux. Voyez ça comme une sorte de fusion.

— Ça ressemble davantage à une invasion, grommela Beau. Je vais demander à l'inspecteur Hebert de vous transmettre tout ce que nous avons pour le moment.

— VOILÀ OÙ nous en sommes, annonça Hebert à Cruz, une demi-heure plus tard.

Beau se tenait un peu à l'écart, l'air renfrogné.

— Et maintenant, quelle est notre prochaine étape ? demanda Cruz.

Bissonet se rapprocha d'un pas.

— La brigade des Affaires spéciales nous a envoyé la liste des collectionneurs qui s'intéressent à la Guerre civile, nous allons les appeler un par un pour tenter de savoir s'ils ont été contactés pour acheter les peintures.

— J'en doute fort, déclara Cruz. Pour le moment, elles sont invendables à cause du meurtre. Ce serait trop dangereux ! Le voleur le sait très bien. Jamais il n'approchera quelqu'un de votre liste. Il craindrait d'être dénoncé.

— D'accord, répondit Bissonet. Alors ? Avez-vous une meilleure idée ?

— Personnellement, déclara Cruz, je tiens surtout à retrouver les tableaux. J'ai donc l'intention de m'intéresser de très près au propriétaire de la galerie et à sa famille.

— Vous envisagez une fraude à l'assurance ? demanda Hebert.

Cruz acquiesça.

— Ça représente environ la moitié de mes enquêtes.

— Et l'intervenant qui s'est occupé de la succession ? proposa Hebert. J'ai l'impression qu'il n'est pas net. Et la femme de Villerie ? Elle m'a paru un peu trop bouleversée par la mort d'un homme qu'elle n'a rencontré qu'une seule fois, en état d'ébriété, alors qu'il menaçait son mari…

38

— Je doute qu'elle soit coupable, déclara Cruz. Par contre, concernant l'intervenant, je suis d'accord avec vous. S'il s'était douté que les tableaux étaient des originaux, jamais il n'aurait accepté l'offre de Villerie. C'est très étrange, car les liquidateurs font en général appel à des experts pour évaluer les biens mis en vente.

Beau écoutait en sirotant du café. Manifestement, Auggie traitait déjà Cruz comme un membre de l'équipe, ce qui l'énervait intensément.

Avant qu'il ait le temps de se reprendre, Jenkins s'approcha, un épais dossier à la main.

— Salut, les gars. Je pense avoir trouvé un truc intéressant.

Beau remarqua la façon dont Bruce se figeait, le regard avide, en remarquant le superbe spécimen assis sur le coin du bureau.

Auggie fit les présentations :

— Bruce, voici Tollison Cruz. Il travaille avec nous sur cette affaire.

Bruce acquiesça avec un sourire enthousiaste.

Beau fusilla du regard son partenaire, puis se tourna vers Jenkins et aboya :

— Qu'est-ce que tu as trouvé ? Nous sommes tout ouïe.

— Apparemment, Crymes Villerie est endetté jusqu'au cou. La banque a déjà entamé une procédure de forclusion pour récupérer son domicile, sa galerie et une propriété de vacances qu'il possède à Charleston, en Caroline du Sud. Bref, le naufrage n'est pas loin.

— Bingo ! déclara Cruz. Avec un peu de chance, l'affaire sera réglée avant le dîner.

— Si c'est le cas, c'est *moi* qui aurais de la chance, grommela Beau entre ses dents.

Cruz se tourna vers lui avec un sourire.

— Ma présence vous serait-elle à ce point désagréable ?

Enfoiré prétentieux !

Beau se redressa, sans se donner la peine de répondre.

— Bien, décida-t-il, allons rendre visite à M. Villerie.

Bruce les retint en disant :

— Attendez ! Ce n'est pas tout.

Il rangea son premier dossier et en brandit un second.

— M. Jamison Hayes, le gendre de M. Villerie, a lui aussi un problème : il joue… aux courses, pour être plus précis et il a des dettes auprès de bookmakers qui ont la réputation d'être impitoyables.

— Eh bien, eh bien ! dit Beau. Nous voilà avec un suspect et deux coupables potentiels.

— Je n'ai pas encore fini d'examiner leurs relevés téléphoniques, ajouta Bruce. Je vous en dirai plus en fin d'après-midi.

IV

Assis à son bureau, à Renaissance, Crymes était toujours dans un état second. Charmaine et lui n'avaient pas fermé l'œil de la nuit après être enfin rentrés chez eux ; elle était dans un état lamentable, presque hystérique. Il avait fait de son mieux pour tenter de la réconforter. Finalement, Harper avait glissé un Xanax dans le thé de sa mère et l'avait aidé à se coucher. Puis Crymes et elle avaient quitté la maison pour retourner à la galerie.

Le téléphone sonna, l'arrachant à ses pensées. Il décrocha.

— Oui, Harper ?

— *Les inspecteurs Bissonet et Hebert demandent à te voir.*

— Je descends tout de suite, répondit Crymes.

Il sortit de son bureau et descendit l'escalier. Harper s'entretenait avec un inconnu, Bissonet et Hebert étaient également présents.

Crymes s'approcha du groupe.

— Inspecteur Bissonet, dit-il. Je vous en prie, dites-moi que vous avez trouvé mes tableaux.

— J'aimerais bien, répondit Bissonet, mais nous sommes juste venus vous poser d'autres questions. Où pourrions-nous parler sans être dérangés ?

Sans laisser à son père le temps de répondre, Harper intervint :

— Crymes, voici Tollison Cruz, il enquête pour la compagnie d'assurances : la Lloyd of London.

Crymes tendit la main.

— Ravi de faire votre connaissance, M. Cruz.

— Je travaillerai avec les inspecteurs Bissonet et Hebert pour tenter de récupérer vos tableaux. Où pourrions-nous parler sans être dérangés ?

En l'entendant répéter ses paroles, mot à mot, Bissonet roula des yeux.

— J'avais déjà posé la question, M. Cruz !

— Vraiment ? Excusez-moi, M. Bissonet.

— Bien sûr, intervint Crymes. Suivez-moi, allons dans mon bureau.

Il monta l'escalier le premier, Hebert, Cruz et Bissonet le suivant de près.

Une fois dans le bureau, les trois hommes prirent place sur le canapé dans le coin salon. Lui s'installa sur un angle de son bureau.

— Je vais aller droit au but, M. Villerie, déclara Bissonet. Nous avons appris que vous étiez lourdement endetté et que la banque venait d'entamer une procédure de forclusion. Cette galerie est impliquée, mais également votre résidence principale et votre maison de vacances. Est-ce exact ?

Les genoux vacillants, Crymes s'accrocha au bord de son bureau pour rester debout. Il soupira et baissa la tête.

— Oui, malheureusement.

— M. Villerie, ajouta Cruz, vous imaginez bien que votre situation est des plus suspectes. Le vol tombe un peu trop à pic, je ne peux manquer d'envisager une tentative d'escroquerie à l'assurance.

Crymes le regarda, sidéré. Puis il réfléchit. Il n'avait jamais envisagé qu'on puisse le suspecter. Il se redressa.

— Ne me dites pas que vous insinuez que j'ai moi-même volé mes tableaux ?

— C'est possible, répondit Cruz. L'opération vous serait très profitable : d'abord, vous toucheriez la prime d'assurance, ensuite, plus tard, le montant de la vente.

Crymes carra les épaules et tenta de se grandir le plus possible.

— Vous vous trompez du tout au tout, messieurs. Je vous certifie que vos soupçons sont infondés. Je suis resté à la galerie jusqu'à la fin du gala. J'ai ensuite ramené ma femme à la maison et nous sommes allés nous coucher. Vous pouvez vérifier mes allers et venues, mes enregistrements téléphoniques, tout ce que vous voulez. Je n'ai pas volé mes tableaux, je n'ai payé personne pour le faire.

— Et votre fille ? demanda l'inspecteur Hebert.

Crymes sentit ses cheveux se hérisser sur sa nuque.

— Je me porte garant d'Harper. Elle n'a rien à voir dans cette histoire.

— Comment pouvez-vous en être certain ? demanda Bissonet. Si vous perdez la galerie, elle verrait disparaître son emploi et son héritage.

— Tout d'abord, fit remarquer Crymes, elle n'est pas au courant pour la procédure, elle ignore donc que nous sommes en train de tout perdre. D'autre part, je connais ma fille : jamais elle ne s'impliquerait dans l'illégalité, forclusion ou pas.

— Aux grands maux, les grands remèdes, déclara Cruz.

— M. Villerie ? intervint Bissonet. Qu'en est-il de votre gendre ?

— Jamison ? répondit Crymes. Jamais de la vie ! C'est un charmant garçon qui vient d'une excellente famille de La Nouvelle-Orléans. Il ne va pas tarder à devenir associé à part entière dans le cabinet d'avocats de son père. Jamais il ne risquerait d'être radié du barreau et de faire honte à sa famille pour un geste aussi ridicule.

— Il a autant à perdre que votre fille, fit remarquer Cruz.

— Oui, messieurs, convint Crymes effectivement, ce serait plausible si ma fille et mon gendre étaient au courant des saisies envisagées par la banque. Mais ce n'est pas le cas. Moi-même… eh bien, je ne l'ai appris qu'il y a quelques jours. J'ai été chercher les documents de forclusion directement à la banque, en personne, pour éviter qu'un huissier se présente à la galerie ou chez moi. J'avais l'intention d'en parler à ma famille, bien entendu, mais j'attendais… hum, le bon moment.

— Savez-vous que votre gendre aime les chevaux ? demanda Hebert.

— Oui bien sûr, répondit Crymes. Il lui arrive d'aller aux courses. Je l'ai même accompagné à plusieurs reprises.

— Et savez-vous qu'il joue ? insista Hebert. D'après nos sources, il risque d'avoir très vite un problème avec ses bookmakers.

Ses bookmakers ?

— Pardon ? Mais que me racontez-vous là ? demanda Crymes, incapable de dissimuler sa stupéfaction.

— M. Hayes est lourdement endetté auprès de deux bookmakers bien connus de nos services. Ils sont réputés impitoyables.

Crymes eut l'impression que l'oxygène avait disparu de la pièce : du coup, il ne pouvait plus respirer. La gorge contractée, il sentit sa vision se rétrécir. D'un pas vacillant, il contourna son bureau et s'écroula dans son fauteuil, ses jambes ne soutenant plus son poids. Il se frotta les yeux, puis s'accouda, le visage caché dans les mains.

— Je ne savais pas, reconnut-il quand il retrouva sa voix. Je n'en avais aucune idée.

— Je tiens à vous prévenir, déclara Bissonet, que nous continuons notre enquête. Nous allons examiner à la loupe la vie de votre fille et de son mari, ainsi que celle de votre femme.

Crymes se sentait de plus en plus perdu.

— Charmaine ? Mais elle ignore tout de ces forclusions !

— C'est possible, convint Hebert, mais nous n'en sommes pas aussi certains que vous semblez l'être.

Bissonet se redressa.

— Merci de nous avoir accordé cette entrevue, M. Villerie. Nous vous tiendrons au courant.

Crymes hocha la tête et fit l'effort de se relever.

Hebert l'en empêcha.

— Non, ne bougez pas. Nous trouverons notre chemin.

Totalement épuisé, aussi bien physiquement que mentalement Crymes s'adossa dans son fauteuil et ferma les yeux. *Harper, Jamie, et maintenant Charmaine ? Mais que se passait-il ?*

D'UN GESTE, Bissonet indiqua aux deux autres de passer devant lui. En redescendant l'escalier, il admira les larges épaules de Cruz et son cul superbe. Le gars était un emmerdeur, d'accord, mais quand même il était bien bâti ! Question nationalité… Beau penchait pour l'Amérique latine. Cruz avait la peau café-au-lait, les yeux sombres et les cheveux noirs. Quand on ajoutait à ces traits révélateurs un accent légèrement chantant, l'ensemble évoquait le Brésil, ou le Portugal.

Une fois au rez-de-chaussée, Cruz lui jeta par-dessus son épaule un coup d'œil assorti d'un sourire entendu. Beau en fut profondément énervé.

— Enfoiré ! grommela-t-il en passant devant lui.

— Voyons, voyons, Beau ! Se moqua Cruz. Restez poli.

Avec un ricanement sarcastique, Beau sortit le premier dans la rue Royale. Il laissa délibérément la porte claquer derrière lui. Il reçut comme un choc physique la chaleur et l'humidité de la rue. Il traversa à toute allure pour échapper au soleil de plomb et retrouver l'ombre.

Cruz et Hébert le rattrapèrent au moment où son téléphone sonnait. Beau le sortit de sa poche et regarda l'écran. Il fronça les sourcils en voyant apparaître le visage souriant de Jenkins.

Beau évoqua le jour où il avait pris cette photo : un peu plus de quatre ans auparavant, sur la terrasse du pub Bourbon, pour Mardi gras. Bruce et lui fêtaient leurs deux ans ensemble. Avec un pincement au cœur, Beau se souvint des yeux pétillants de son amant… Ils étaient tellement heureux tous les deux !

La rupture avait eu lieu dix-huit mois plus tôt. Et Beau en voulait encore à Bruce de l'avoir trompé, d'avoir foutu leur couple en l'air. Il avait toujours du mal à le voir, professionnellement parlant. Il devait bien s'y résoudre quand une enquête les forçait à travailler ensemble, mais ce n'était pas pour autant qu'il comptait pardonner, oublier, ou rendre à Bruce les choses plus faciles.

Tous deux étaient encore de simples agents en uniforme quand ils s'étaient connus. Une fois leur service terminé, il passait beaucoup de temps ensemble, aussi bien au lit qu'à l'extérieur. La situation s'était détériorée peu à peu, surtout quand Beau avait été promu inspecteur principal.

Sa charge de travail était devenue énorme. Beau passait dix-huit heures par jour au poste de police. Il s'investissait d'abord pour faire ses preuves, ensuite pour assurer son poste et sécuriser leur avenir. Il envisageait une vie plus large qui profiterait aussi bien à Bruce qu'à lui. Mais son amant n'avait pas la même optique.

Pour tenter de sauver son couple, Beau, à l'insu de Bruce, avait usé de son influence pour faire nommer son amant inspecteur. Oh, Bruce le méritait certainement et Beau n'avait fait qu'accélérer une promotion déjà prévue, mais il doutait alors que leur relation tienne jusque-là. Pendant un certain temps, les choses s'étaient calmées. Beau s'était senti plein d'espoir… jusqu'au jour où il avait découvert être cocu.

Après avoir extirpé des aveux à Bruce, Beau n'avait pu continuer. À ses yeux, la loyauté était fondamentale, jamais il ne resterait avec un homme auquel il ne pouvait plus faire confiance. Aussi la rupture avait-elle été immédiate et sans appel. D'accord, Beau était conscient que les torts étaient plus ou moins partagés : il avait négligé Bruce, mais c'était dû à son travail. S'il s'était trouvé à la place de son amant, jamais il n'aurait été infidèle.

Il avait évité de sombrer grâce à Auggie et sa femme, Jenny, qui l'avaient soutenu sans faillir, et réconforté jusqu'à ce qu'il retrouve son équilibre.

Et voilà où Bruce et lui en étaient à présent, un an et demi plus tard ! Ils travaillaient ensemble, ce qui leur déplaisait à tous les deux. Et c'était Beau qui avait eu la brillante idée de promouvoir l'inspecteur Bruce Jenkins !

Une nouvelle sonnerie de son téléphone l'arracha à ses pensées. Cette fois-ci, il accepta l'appel.

— Bissonet.

— *Beau, c'est Bruce.*

— Je t'écoute, répondit-il, sèchement.

En entendant un soupir à l'autre bout du fil, il éprouva un bref élan d'empathie. Il se reprit très vite et insista :

— Alors ?

— *J'ai obtenu les relevés téléphoniques de Harper Hayes, Jamison Hayes, Crymes Villerie et Charmaine Villerie.*

— Et ?

— *Pour Jamison, rien de spécial, même s'il téléphone souvent à ses bookmakers. Rien à signaler non plus concernant M. Villerie et sa fille.*

Il fit une pause.

— Et Charmaine Villerie ? insista Beau.

Bruce se racla la gorge.

— *Là, c'est très différent.*

— Vas-y, crache le morceau.

— *D'après ses relevés, Mme Villerie a appelé six fois le même numéro entre le lendemain du vernissage, c'est-à-dire juste après que les peintures ont été exposées à la galerie, et les jours qui ont précédé le vol. Nous avons ce numéro dans notre base de données : il appartient à un certain Emanuel Della Penna, condamné à cinq ans de prison pour le cambriolage du musée des Arts de La Nouvelle-Orléans, il y a dix ans. Depuis sa libération, nous n'avons plus entendu parler de lui.*

Avec un sourire, Beau essuya de la manche de sa veste son front emperlé de sueur.

— Parfait ! Il est temps que nous allions rendre visite à Mme Villerie. Retrouve Della Penna et fais-le conduire au poste pour un interrogatoire. Nous reviendrons dès que possible. C'est tout ce que tu as ?

— *Pour le moment, oui*, répondit Bruce, avant de raccrocher.

Beau baissa les yeux sur son écran où le visage souriant de Bruce venait de disparaître, puis il remit l'appareil dans sa poche.

— Enfoiré !

— Vous vous montrez toujours aussi aimable envers ceux qui travaillent avec vous ? demanda Cruz.

— Ça ne vous regarde pas, répondit Bissonet.

Hebert jeta à Cruz un regard entendu et ajouta :

— C'est une histoire compliquée.

Beau le fusilla d'un œil noir, puis il rapporta ce qu'il venait d'apprendre concernant les mystérieux appels de Mme Villerie. Les trois hommes remontèrent ensuite dans la voiture de Beau et se dirigèrent vers l'avenue Esplanade.

Bissonet se gara dans la rue, devant la maison. Il sortit de la voiture et avança jusqu'à la grille. Il sonna et attendit. Finalement, il y eut un grésillement dans l'interphone :

— *Oui ?*

La voix était pâteuse.

— Inspecteur Bissonet de la police de La Nouvelle-Orléans. J'aimerais parler à Mme Villerie, s'il vous plaît.

— *Je crains que ce ne soit pas possible pour le moment.*

Bissonet soupira.

— Désolé de vous déranger, madame, mais je vais devoir insister. C'est urgent.

Après un bref silence, la voix répondit, plutôt sèchement :

— *Très bien, dans ce cas, entrez. Je vous retrouve à la porte.*

Un son strident émana de l'interphone. Les trois hommes firent la grimace et pressèrent leurs mains contre leurs oreilles. Puis les grilles commencèrent à s'ouvrir.

Peu après, ils montaient les marches du porche. La porte s'entrouvrit, Charmaine Villerie apparut sur le seuil. Elle paraissait épuisée.

— En quoi puis-je vous être utile, inspecteur ?

— J'ai quelques questions à vous poser, Mme Villerie, répondit Beau. Pouvons-nous entrer ?

Charmaine recula et ouvrit la porte en grand. D'un geste, elle les invita à entrer. Bissonet fit les présentations :

— Voici mon partenaire, l'inspecteur Hebert. Et M. Tollison Cruz, de la compagnie d'assurances Lloyd of London, qui participe à notre enquête.

Charmaine les salua d'un signe de tête.

— Pourriez-vous aller droit au but, Messieurs ? Je me sens très oppressée.

— Je n'ai aucun mal à vous croire, déclara Bissonet. Je suis certain que vous avez été très choquée. Au cours de la même nuit, les peintures de votre mari sont volées à la galerie et un cadavre est retrouvé dans votre duplex.

— En effet, c'est atroce, reconnut Mme Villerie.

— Vous nous avez demandé d'être directs, Mme Villerie, intervint Hebert. C'est entendu. Nous aimerions en savoir plus sur votre relation avec M. Emanuel Della Penna.

Elle devint blême, sa tête roula de côté. Mme Villerie bascula en arrière. Cruz la rattrapa juste avant qu'elle heurte le sol.

Quelques minutes plus tard, elle reprenait connaissance et ouvrait les yeux, étendue dans son salon, sur le canapé où Cruz l'avait déposée. Beau était agenouillé auprès d'elle. *Quel tableau nous devons former !* pensa-t-il avec ironie.

Mme Villerie paraissait très désorientée.

— Puis-je vous apporter un verre d'eau ? proposa Beau.

Elle refusa en faisant rouler sa tête sur le coussin, sans un mot.

— Savez-vous qui je suis ? insista l'inspecteur.

Elle acquiesça et se cacha le visage à deux mains, avant d'éclater en sanglots hystériques. Beau se redressa pour rapprocher d'elle une boîte de Kleenex qu'il voyait sur la console. Il la laissa pleurer jusqu'à ce qu'elle se calme.

— Je voulais seulement aider mon mari, hoqueta-t-elle à travers ses larmes. Nous étions sur le point de tout perdre ! Je n'ai jamais pensé que quelqu'un puisse être blessé !

— Votre mari nous a affirmé que vous ignoriez sa situation financière, annonça Beau.

— Je l'ai entendu discuter avec son banquier le soir du vernissage, répondit-elle. Je ne lui ai pas dit que j'étais au courant.

— Vous avez contacté M. Della Penna ? demanda Cruz. Vous avez passé un accord avec lui ?

— Oui. J'ai pris tout l'argent disponible que nous avions au coffre, dix mille dollars en espèces. Il devait voler les tableaux, c'est tout. Je ne voulais tuer personne. Je vous le jure !

— Comment avez-vous remis l'argent à Della Penna ? demanda Hebert.

— J'ai trouvé dans ma boîte aux lettres des instructions et la clé d'une boîte postale, répondit-elle. Je suis allée en voiture au bureau de poste et j'ai déposé l'argent dans la boîte indiquée, dans une enveloppe.

— Où sont la lettre d'instructions et la clé ? demanda Bissonet.

— Je les ai jetées à la poubelle.

— Vous avez retenu l'adresse de la poste et le numéro de la boîte ? demanda Cruz.

Elle se frotta les tempes.

— Oui, c'était sur Metairie Road. Tout au bout de la rue.

— Et le numéro de la boîte postale ? insista Cruz.

— Quatre-vingt-quatre, je crois. Non ! Quatre-vingt-cinq. Oui, c'est ça.

Bissonet jeta un coup d'œil à Hebert.

— Je m'en occupe, dit son partenaire.

Aussitôt, il sortit son téléphone.

Quant à Bissonet, il s'approcha du canapé.

— Charmaine Villerie, vous êtes en état d'arrestation pour tentative de vol et d'escroquerie à l'assurance. Vous avez le droit de garder le silence...

— Nooon ! Je vous en prie, supplia Charmaine. Je n'ai jamais voulu ça !

Élevant la voix pour se faire entendre malgré les gémissements de Mme Villerie, Bissonet lui déclama ses droits Miranda [20]. Quand il se tut, Hébert aida Mme Villerie à se redresser, il lui passa les menottes et l'entraîna vers la porte.

Elle recommença à sangloter.

— Ne suis-je pas censée pouvoir... téléphoner ? demanda-t-elle.

Bissonet la plaignait beaucoup. Mais l'affaire était délicate et le maire impliqué, aussi tenait-il à suivre la procédure à la lettre.

— Vous pourrez prévenir votre mari ou votre avocat du poste de police. Nous devons d'abord vous enregistrer et vous incarcérer.

— M'incarcérer ? hurla-t-elle.

— Oui, confirma Hebert.

Bissonet intervint d'un ton aussi gentil que possible.

— Mme Villerie, de très graves accusations pèsent contre vous. Je vous signale que vous êtes déjà passée aux aveux, devant témoins.

Hebert la prit par le coude et l'entraîna.

— Je vous en prie, laissez-moi au moins appeler mon mari, supplia Charmaine.

Bissonet consulta Cruz du regard, ce dernier répondit par un demi-sourire.

— Et merde ! grogna Beau.

Il sortit son téléphone. Cruz, d'une main sur son bras, l'empêcha de composer le numéro.

— Non. Laissez-moi faire. En cas de problème, vous pourrez nier avoir eu connaissance de cet appel. Il ne pourra être utilisé contre vous.

Bissonet pensa d'abord que Cruz essayait de le piéger et le toisa d'un œil méfiant. *Qu'est-ce qu'il cherche au juste ?*

Cruz parut surpris.

— Quoi ?

— Pourquoi devrais-je vous faire confiance ?

---

20 Première étape de la procédure pénale américaine : un policier est censé prévenir un suspect arrêté de son droit à garder le silence et à bénéficier du secours d'un avocat.

— Voyons, Bissonet. Qu'ai-je à gagner en passant cet appel ? Je vous rappelle que nous travaillons ensemble. De plus, Mme Villerie me fait de la peine. De toute évidence, elle n'est pas des plus brillantes.

Bissonet décida l'argument valide.

— Très bien, allez-y.

Cruz sortit de la maison. Il revint quelques minutes plus tard.

— Il nous retrouvera au poste de police, annonça-t-il.

Beau acquiesça et croisa son regard.

— Merci de votre geste.

— De rien, répondit Cruz.

Son sourire était assez incendiaire pour faire fondre l'Antarctique en un seul jour. Ses yeux avaient une teinte de miel des sapins.

— Je vais prévenir Mme Villerie que son mari ne va pas tarder, ajouta-t-il.

Beau le regarda s'éloigner, en essayant de ne pas se lécher les babines comme le Grand Méchant Loup des dessins animés. Cruz avait une allure souple et assurée, un corps solide. Sans doute conscient de ses atouts physiques, il les utilisait sans vergogne.

Son partenaire l'appela :

— Tu viens, Beau ? Ou comptes-tu passer la journée à lui mater le cul ?

— Va te faire mettre, Auggie !

— Tu rêves en couleurs ! Combien de fois vais-je devoir te répéter que je ne suis pas gay ?

— Combien de fois comptes-tu me rabâcher cette vanne éculée ? Rétorqua Beau. Même la première fois, ce n'était pas marrant, alors la centième... Je ne t'en parle pas. Laisse tomber.

Beau soupira. Il se sentait épuisé.

Il se demanda si ça se voyait.

QUAND ILS arrivèrent au poste, ils apprirent qu'Emanuel Della Penna se trouvait déjà en salle d'interrogatoire. Et qu'il réclamait un avocat.

Bissonet laissa Hebert s'occuper de Mme Villerie. Cruz et lui allèrent sans attendre interroger le suspect.

— Je suis l'inspecteur Bissonet. Et voici M. Cruz, qui enquête pour la compagnie d'assurance.

Della Penna plissa les yeux. Cruz lui adressa un sourire timide.

— M. Della Penna, enchaîna Bissonet, Mme Charmaine Villerie a reconnu vous avoir versé dix mille dollars pour le vol de deux tableaux dans la galerie que possède son mari, sur la rue Royale. Qu'avez-vous à répondre ?

— Je ne connais pas cette bonne femme. Et je ne sais pas du tout de quoi vous parlez.

Cruz intervint :

— Voyons, Emanuel… je peux vous appeler Emanuel, j'espère ?

Sans répondre, Della Penna le fusilla d'un regard meurtrier.

Cruz se tourna pour dire à Bissonet.

— Je présume qu'il n'est pas d'accord.

Puis, s'adressant au suspect :

— M. Della Penna, tenez-vous vraiment à nous faire perdre notre temps ?

— Je ne connais pas cette femme, insista Della Penna. Je ne l'ai jamais vue.

— C'est possible, déclara Bissonet. Pourtant, vous avez été en contact avec elle. Vous avez accepté sa proposition. Nous avons son témoignage et les relevés téléphoniques qui confirment plusieurs conversations entre vous. Nous savons aussi où elle a déposé la somme convenue. Nos agents enquêtent au bureau de poste pour en avoir confirmation.

— Ce ne sont pas des preuves formelles, juste de regrettables coïncidences…

C'était Cruz qui venait de parler, sans laisser à Della Penna le temps de répondre le premier. Il semblait avoir pris le parti du suspect.

— Dans ce cas, essayons autre chose, déclara Bissonet. Comment avez-vous connu Anthony LeMoyne, M. Della Penna ?

— Qui ?

— L'homme que vous avez dû abattre quand il vous a interrompu en plein vol, répondit Cruz.

— Quoi ? hurla Della Penna. C'est absurde ! Je n'ai tué personne !

— Ce n'est pas notre avis, déclara Bissonet. Par conséquent, nous avons demandé – et obtenu – un mandat de perquisition. Nos agents fouillent actuellement votre appartement ; ils cherchent l'arme du crime et les preuves susceptibles de vous connecter à cette affaire.

Della Penna frappa la table du poing.

— Je veux un avocat !

— Bien sûr, déclara Bissonet. Vous le verrez bientôt.

— Où étiez-vous hier soir, M. Della Penna ?

Le suspect jeta un coup d'œil à Cruz.

— J'avais rendez-vous avec une… connaissance, j'ai dîné tard, répondit-il. Ensuite, je suis allé au casino d'Harrah, près du fleuve, où j'ai joué au blackjack avec des amis. Je suis rentré chez moi vers une heure du matin.

— Seul ? demanda Cruz.

Della Penna eut un sourire fat.

— Non.

— Vous savez bien que nous allons récupérer et visionner les vidéos de surveillance du casino pour vérifier votre alibi, annonça Cruz.

Della Penna joignit les mains, les cacha sous la table, sur ses genoux, et fixa Cruz avec assurance.

— Eh bien, faites-le.

— Écoutez, intervint Bissonet. Vous avez beau nier votre complicité, nous avons déjà, comme je vous le disais, les aveux de Mme Villerie, les instructions pour le paiement, la clé de la boîte postale et les relevés téléphoniques. C'est plus qu'assez pour vous arrêter pour vol, complicité d'escroquerie et meurtre.

Conscient d'avoir un peu modifié la vérité, l'inspecteur surveilla son « partenaire » du regard. Cruz ne tiqua pas. Au contraire, il se prêta à son jeu.

— C'est exact, confirma-t-il. J'ai vu des suspects inculpés avec beaucoup moins d'éléments.

Della Penna commençait à transpirer et à s'agiter, des signes que Bissonet ne manqua pas de reconnaître. Apparemment, le tandem qu'il formait avec Cruz était efficace : le suspect était prêt à craquer.

— Alors, M. Della Penna, insista Cruz, pourquoi ne pas nous donner votre version de l'histoire ?

— Très bien. Elle m'a téléphoné, c'est vrai. J'ai refusé, mais elle n'a pas voulu me croire. Elle m'a supplié d'accepter, encore et encore. Je n'ai jamais eu l'intention de m'impliquer dans une affaire pareille, mais qui va me croire, hein ? Ce matin, j'ai lu que les journaux parlaient du « casse de la rue Royale ». Et… je n'ai jamais utilisé de boîte postale !

— Voyons, Della Penna, intervint Cruz, vous comptez vraiment jouer vos cartes de cette façon ?

Avant que le suspect ait le temps de répondre, on frappa à la porte. Cruz se retourna ; Bissonet se leva et alla ouvrir la porte. Il fronça les sourcils en voyant Jenkins dans le couloir. Avec un bref signe de tête destiné à Cruz, il quitta la salle d'interrogatoire et referma la porte derrière lui.

— Qu'est-ce que tu veux ?

Jenkins lui tendit un sachet en papier brun.

— L'argent est là, annonça-t-il. Les agents l'ont trouvé dans la boîte postale du bureau que Mme Villerie nous a indiqué.

— Qui a loué cette boîte ? demanda Bissonet.

— Un certain Matthew Davis, répondit Jenkins. C'est très récent. Nous avons vérifié l'adresse indiquée : c'est une boutique abandonnée sur l'avenue Aris, à Old Metairie [21].

Bissonet ouvrit la bouche pour poser une autre question, mais Jenkins leva la main pour l'en empêcher.

— J'ai déjà vérifié, il n'y a rien à ce nom dans notre base de données.

— Et merde ! cracha Bissonet. Della Penna n'a jamais été récupérer l'argent !

Beau lui jeta un regard noir. Ça le tuait de devoir supporter son ex, mais il reconnaissait que Bruce Jenkins était un bon flic, un bon inspecteur. Il méritait largement sa promotion, son infidélité n'ayant rien à voir dans l'affaire.

— Envoie un agent prendre une photo de Della Penna. Il ira ensuite Chez Brennan vérifier que notre suspect dînait bien là hier soir. Je veux aussi qu'on me vérifie les vidéos de surveillance des tables de blackjack du casino Harrah de 22 heures à 1 heure du matin. Je veux m'assurer que Della Penna jouait durant cette période. Plus important encore, je veux savoir avec qui il a quitté les lieux.

Sans un mot de plus, Bissonet tourna les talons et retourna vers la salle d'interrogatoire. La main sur la poignée, il jeta un coup d'œil par-dessus son épaule. Bruce paraissait bouleversé, les traits de son beau visage crispés par le chagrin et d'amers regrets. Beau hésita : il avait vécu avec cet homme, couché avec lui. Il avait déjà vu à Bruce cette même expression une fois, au décès de sa mère. Il éprouva soudain l'envie absurde d'étreindre son ex pour le consoler.

Non ! Arrête les conneries, Beau ! Qu'est-ce qui te prend ?

Il jura entre ses dents.

— Et merde !

---

21 Faubourg historique de La Nouvelle-Orléans.

Il carra les épaules, maîtrisa les émotions erratiques qui risquaient de le conduire prématurément dans sa tombe. *Pas question de compatir.*

— Au fait, ajouta-t-il, je veux qu'on suive Della Penna dès que je l'aurai relâché.

Sur cette dernière tirade, il pénétra dans la salle d'interrogatoire et referma la porte au nez de Bruce. Il fit le tour de la table, posa les mains dessus et adressa à Della Penna un regard fulgurant.

— M. Della Penna, vous êtes libre. *Pour l'instant !* Veuillez ne pas quitter la Louisiane. Si votre alibi n'est pas confirmé, vous vous retrouverez très bientôt dans ce même siège.

Della Penna se redressa semblant un peu inquiet.

Cruz se tourna vers Beau, l'air outré.

— Pardon ? Vous le laissez s'en aller ?

Bissonet ignora la question.

— Je vous recontacterai, M. Della Penna.

Peu après, la porte se refermait sur le suspect.

Cruz fit claquer son poing sur la table.

— Qu'est-ce qui vous prend, bordel, Bissonet ?

Enragé, Beau le pointa du doigt.

— Ne vous avisez *plus jamais* de discuter une de mes décisions devant un tiers ! C'est clair ?

— Allez vous faire foutre ! Je pensais que nous faisions équipe. Et je dirais même que nous étions plutôt efficaces.

— Ne vous faites pas d'idées, Cruz, répliqua Bissonet, sarcastique. Si Hebert s'était trouvé à votre place, nous aurions également joué au bon flic, méchant flic, c'est une routine qui revient à chaque interrogatoire. Ne vous croyez surtout pas indispensable.

Cruz plissa les yeux et devint écarlate. Il serra les poings et marmonna entre ses dents quelques mots que Beau ne comprit pas. L'inspecteur se raidit, presque certain que Cruz allait renverser la table et se jeter sur lui.

Pourtant, Cruz fit l'effort de se calmer : il respira plusieurs fois, profondément.

— Pourquoi l'avez-vous libéré ? demanda-t-il, les mâchoires crispées.

— Parce qu'il n'a pas pris l'argent. La somme se trouvait toujours dans la boîte postale à l'endroit où Mme Villerie nous a indiqué l'avoir laissée.

Incrédule, Cruz secoua la tête. Il ne parvenait pas à articuler un mot.

— De plus, ajouta Bissonet, si son alibi se confirme, ce qui devrait être relativement facile à vérifier, nous n'avons quasiment rien contre Della Penna.

Cruz se mit à arpenter la salle d'interrogatoire de long en large.

— Nous savons qu'il a accepté de travailler pour Mme Villerie, déclara-t-il.

Bissonet réfuta l'argument d'un geste de la main.

— Non, nous ne pouvons pas le prouver. Actuellement, ce sera sa parole contre la sienne.

Cruz cessa de marcher et passa les doigts dans ses épais cheveux noirs.

— Écoutez, reprit Bissonet, un de mes hommes va suivre Della Senna. Nous saurons tout ce qu'il fait. Dès que nous avons une preuve solide contre lui, nous le ramenons au poste, menottes aux poignets. C'est tout simple.

Cruz se dirigea vers la porte.

— Très bien. J'ai assez subi vos plaisanteries pour la journée.

Avec un sourire satisfait, Bissonet quitta aussi la salle d'interrogatoire et suivit Cruz dans le couloir.

— Plus vite nous aurons réglé cette affaire, plus vite vous pourrez retrouver votre petite vie pépère d'enquêteur antifraude, annonça-t-il à son partenaire temporaire.

Cruz s'arrêta net. Bissonet dut faire un pas de côté pour ne pas le heurter dans le dos.

Cruz croisa les bras sur la poitrine et l'apostropha :

— Avant de m'en aller, j'aimerais quand même savoir ce qui vous a mis d'une telle humeur ! Même pour un enfoiré de première, je vous trouve sacrément amer et agressif !

Mentalement, Beau recula d'un pas… pour ôter le poignard que Cruz venait de lui planter dans le ventre. Dans le monde réel, il resta tétanisé, bouche béante. Il avait l'air d'un con – et il le savait !

Le hic, c'était que Cruz avait raison. Depuis sa rupture avec Bruce, Beau se comportait effectivement comme un enfoiré. Pourtant, personne n'avait encore osé le lui dire en face. La plupart de ses amis flics savaient comment s'était terminée sa liaison avec Bruce. Ils préféreraient donc le laisser tranquille ; ils ne protestaient même pas quand Beau s'en prenait injustement à eux. Pour avouer la triste vérité, Beau avait très mal pris cette rupture : il s'était senti trahi. Ensuite, totalement déconnecté, il avait peu à peu dérivé. En dix-huit mois, la situation s'était peu arrangée. Il aurait voulu se reprendre, mais ne savait pas comment faire.

Que Cruz aille se faire voir ! pensa-t-il. *Ça ne le regarde pas !*

Trop fatigué, il n'avait même pas envie d'engueuler Cruz ou de discuter davantage. Il préféra laisser passer le commentaire. Pour le moment. Avec un soupir las, il secoua la tête et s'éloigna.

— Je parie que ça implique l'inspecteur Jenkins ! Se moqua Cruz dans son dos.

À ces paroles, Beau s'arrêta une fois de plus. Il se retourna.

Cruz n'avait pas bougé, les bras toujours croisés sur la poitrine. Mais il affichait à présent un sourire entendu qui renforçait le sarcasme de sa posture.

Beau ferma les yeux et inspira profondément. Cogner sur son « consultant » ne lui apporterait guère de bons points en haut lieu : ni son capitaine ni le maire n'apprécieraient cette initiative.

Donc, l'inspecteur revint vers Cruz. Presque nez à nez, il choisit ses mots avec soin :

— Écoutez-moi bien, parce que je ne vous le dirai qu'une seule et unique fois. Je n'ai pas l'intention de discuter avec vous de mon attitude vis-à-vis de mes subordonnés ni de ma vie privée. Nous ne ferons pas ami-ami. Je me contrefiche de savoir combien de fois votre petit cœur a été brisé, ou s'il vous arrive encore de mouiller votre lit. Pour être franc, je ne veux rien savoir à votre sujet. Je veux seulement résoudre cette affaire et vous voir disparaître le plus tôt possible. C'est bien clair ?

D'après son sourire, Cruz savait qu'il avait touché chez Beau un point sensible. Du coup, l'inspecteur éprouva une envie terrible de l'étrangler. Sans doute une solution que son capitaine n'apprécierait pas non plus. Il décida que massacrer Cruz ne valait pas la peine d'avoir autant d'ennuis.

— Je vous attends demain matin à sept heures pétantes, aboya-t-il.

IL S'APPRÊTAIT à quitter le bâtiment quand il croisa Auggie.

— Alors, comment ça s'est passé avec Mme Villerie ? demanda Beau.

— Elle est en garde à vue, répondit Auggie. Son avocat discute déjà le montant de sa caution. Au fait, ledit avocat, c'est son gendre : Jamison Hayes. Et pour Della Penna, qu'est-ce que ça a donné ?

Pendant qu'ils retournaient ensemble au parking, Beau raconta à Auggie l'interrogatoire de Della Penna, la découverte inattendue de l'argent dans la boîte postale et qu'il faisait vérifier les alibis du suspect.

En arrivant devant sa voiture, Auggie déclara d'un ton docte :

— *Demain est un autre jour.*

— Dis-moi, Auggie, je peux te demander un truc ?

— Bien sûr.

— Professionnellement parlant, est-ce que je suis chiant ?

Auggie parut hésiter.

— Avec moi ? Non, ça va.

Sceptique, Beau haussa un sourcil.

— Et avec les autres ?

Auggie soupira.

— Eh bien, oui, ça t'arrive. Surtout avec Bruce.

Sans laisser à Beau le temps de rétorquer, Auggie leva la main et enchaîna très vite :

— D'accord, d'accord, je connais tes raisons d'agir comme ça envers lui, mais il faudra bien que tu lui laisses du mou, un jour ou l'autre.

Beau baissa les yeux. D'un coup de pied, il envoya voltiger une pluie de graviers. Quand il releva la tête et affronta le regard d'Auggie, ce dernier esquissa un sourire.

— Tu as raison, reconnut Beau. Mais il a fichu nos deux vies en l'air et ça me met en rogne chaque fois que j'y pense !

— Écoute, mec, essaie de ne pas me taper dessus, mais si tout allait tellement bien entre vous, je ne pense pas que Bruce t'aurait trompé. Je le connais, et c'est un brave garçon. Il a commis une erreur, d'accord, mais ça arrive à tout le monde.

— Si Jenny t'avait trompé, tu te verrais travailler avec elle ? La croiser tous les jours sans que ton humeur en pâtisse ?

— Sûrement pas ! répondit Auggie. Mais moi, je suis un Néandertalien de quarante-sept ans, marié à une gentille femme au foyer, bien obéissante et pleine d'admiration devant son seigneur et maître. Bref, le parfait cliché. Toi, tu es un gay de trente-quatre ans, moderne, censé être ouvert d'esprit. Tu devrais donc être capable de pardonner.

Beau gloussa.

— Je ne donnerais pas cher de ta peau si Jenny t'avait entendu parler d'elle comme ça.

— Je sais, répondit nerveusement Auggie.

Il ouvrit la portière de sa voiture, une Crown Vic noire. Beau claqua la main sur le capot.

— Merci, mon pote, dit-il. Je vais y réfléchir.

Auggie se baissa pour entrer dans la voiture. Il avait à peine glissé une jambe à l'intérieur qu'il poussa un cri de douleur et se figea, accroché à la portière.

— Nom de Dieu ! Beau !

En quelques secondes, Beau avait fait le tour du véhicule.

— C'est encore ton dos ? demanda-t-il.

— Oui, grinça Auggie. Je ne peux plus bouger.

— Qu'est-ce que tu veux dire par là ?

Auggie grogna.

— J'ai pourtant eu l'impression de m'exprimer en bon anglais. Qu'est-ce que tu n'as pas compris ?

— Tu ne peux plus bouger ? Tu es sérieux ?

Auggie tenta de remuer. Il faillit s'écrouler.

— Par pitié, reprit-il, dis-moi que tu as pris ton SUV ce matin.

— C'est le cas, répondit Beau. Pourquoi ?

— Parce que je n'ai qu'une seule option pour rentrer chez moi : entrer à l'arrière de ton break.

Beau vérifia le parking d'un coup d'œil.

— Je suis à l'étage supérieur. Tu peux rester tout seul le temps que j'aille chercher la voiture ?

Auggie acquiesça.

— Oui, cependant ne traîne pas.

Beau partit en courant vers la cage d'escalier et monta les marches deux par deux, jusqu'à sa voiture. Quelques minutes plus tard, il était derrière son volant. Il prit la rampe, descendit à l'étage en dessous, arriva près de la voiture d'Auggie et s'arrêta dans un grincement de pneus. Il descendit, ouvrit le hayon, jeta ce qui traînait dans le coffre – son équipement de squash et son sac de sport – sur le siège passager, rabattit la banquette et retourna vers Auggie.

Les deux hommes avancèrent lentement jusqu'au SUV, Auggie marchant à petits pas prudents. Il pénétra à quatre pattes dans le break et se coucha sur le côté, plié en deux. Beau retourna verrouiller la voiture d'Auggie, puis il claqua le hayon et la portière de son SUV.

— Tu le fais exprès ou quoi ? hurla Auggie. Tu prends toutes les ornières de la rue Rampart !

— Excuse-moi, répondit Beau. Je conduis aussi souplement que je peux. Tu sais très bien que toutes les rues de La Nouvelle-Orléans sont pleines de nids de poule.

— Oh, putain ! gémit Auggie. Vas-y mollo, sinon, je vais finir paralysé. Je n'ai aucune envie de passer les prochains jours en extension.

Beau sifflota.

— T'a-t-on déjà dit que tu es un malade extrêmement pénible ?

— Tais-toi et conduis.

Beau pressa sur son volant le bouton « mains libres » du téléphone de sa voiture.

— Appelle « maison Auggie », annonça-t-il d'un ton mécanique.

L'ordinateur intégré répondit : « Appel « maison Auggie » en cours. »

Au bout de quelques sonneries, Jenny répondit :

— *Qu'est-ce qui se passe, Beau ?*

Elle paraissait inquiète.

— Bonjour, Jenny. Pourquoi es-tu aussi pessimiste ? demanda-t-il en riant.

— *Tu ne m'as pas répondu. Qu'est-ce qui se passe ?* insista-t-elle.

— Auggie s'est à nouveau bousillé le dos.

Jenny soupira.

— *Quelle folie lui as-tu encore demandé de faire ?*

— Rien du tout, je t'assure, marmonna Beau. Il s'apprêtait simplement à entrer dans sa voiture quand il est resté coincé.

— *Mon Dieu ! Où est-il ?*

— Dans le coffre de mon SUV. Nous serons chez toi dans cinq minutes.

— *Je vous attends.*

Quand elle raccrocha, l'ordinateur reprit la main : « Appel terminé. »

— Au revoir, Jenny, déclara Beau quand le silence retomba.

UNE HEURE plus tard, après avoir remis Auggie aux mains de son épouse, Beau retournait chez lui, entre Prytania et Broadway [22]. Il ressassait sa conversation avec Auggie, évoquant son mauvais caractère chronique et la façon dont il traitait ces derniers temps ses collègues, Bruce en particulier. Il finit par conclure que son partenaire avait probablement raison. Bruce était

---

22 Rues situées au sud du quartier Garden District, à La Nouvelle-Orléans

un brave garçon ayant commis une terrible erreur. Et alors ? En quoi cette conclusion aidait-elle Beau à oublier son ex ?

Il en voulait toujours à Bruce d'avoir tout gâché, même si tous deux avaient des responsabilités dans la rupture. Plus Beau réfléchissait, plus il réalisait que, pour être encore aussi amer, il devait encore aimer son ex. Pourtant, se connaissant, il ne ferait plus jamais confiance à Bruce.

Et Beau n'était pas du genre à vivre en couple dans ces conditions.

— Nous deux, c'est fini, conclut-il à voix haute. Autant faire une croix définitive sur ce que nous avions. Ça ne sert à rien de ressasser le passé.

Le beau visage de Tollison Cruz apparut alors sur son écran mental.

— Le cas de cet enfoiré est tout à fait différent, reprit-il. Je n'en ai pas fini avec lui ! Il va m'entendre !

V

BEAU ÉTAIT à son bureau, occupé à relire les éléments de son enquête, quand Cruz entra avec une tasse de café et s'installa dans le fauteuil en face de lui.

Sans lever les yeux sur lui, l'inspecteur consulta sa montre.

— Je savais que vous seriez en retard.

— Et je savais que vous seriez toujours coincé. Vous avez un balai planté dans le cul ou quoi ?

Beau cacha son sourire et continua à lire.

— Je viens de recevoir un coup de fil, annonça-t-il. Un des tableaux volés a peut-être refait surface à Charleston.

— Ah, bon ? Lequel ? demanda Cruz.

— Le *Robert E. Lee*. J'ai réservé un billet, mon avion décolle dans deux heures.

— Je viens aussi, déclara Cruz.

— Je m'en doutais. Je vous ai réservé une place et le département voyage s'occupe de nous trouver un hôtel pour la nuit.

Cruz parut surpris.

— Merci. Vous n'emmenez pas Hebert, votre partenaire ?

Beau tapota son bureau avec la gomme de son crayon papier.

— Non, il a un lumbago, il sera absent les deux prochaines semaines.

Cruz poussa un juron.

— Bon sang ! En clair, je vais devoir vous supporter tout seul jusqu'à ce que j'aie résolu cette affaire ?

Salopard arrogant ! pensa Beau, sans répondre à la provocation.

— Apparemment.

Il agita la main en direction de la porte et ajouta :

— Vous devriez rentrer chez vous et préparer vos affaires.

Cruz se redressa.

— Combien de temps resterons-nous à Charleston ?

— En principe, une seule nuit, mais on ne sait jamais.

On frappa à la porte. Beau se retint à grand-peine de froncer les sourcils en voyant entrer Bruce, un dossier à la main.

61

— Tu as cinq minutes ? demanda Bruce.

Il agitait son dossier, indiquant qu'il avait du nouveau. D'un geste, Beau lui désigna le second siège devant son bureau. Bruce s'installa.

Sans un mot, Cruz se rassit.

— Qu'y a-t-il ? demanda-t-il.

Bruce se lança dans son rapport :

— Apparemment, Della Penna était bien Chez Brennan avant-hier, il a dîné avec 'un beau brun d'une trentaine d'années', d'après la description de la serveuse. Les deux convives ont eu une conversation assez intense. Nous cherchons actuellement à identifier cet inconnu. Ensuite, Della Penna a joué pendant trois heures au blackjack au casino Harrah. Une jolie petite brune a passé une heure à la même table et c'est avec elle, selon les caméras du parking souterrain, qu'il a quitté le bâtiment un peu avant 1 heure du matin.

— Merde ! s'exclama Beau. Ce n'est pas ce que j'avais envie d'entendre.

— Rien d'autre ? demanda Cruz.

— Non, pour le moment c'est tout.

Cruz se releva en disant :

— Bien, dans ce cas, excusez-moi, je vais aller préparer mes bagages. Je reviens dans une heure, ajouta-t-il pour l'inspecteur Bissonet.

Beau acquiesça. Cruz s'en alla, sans refermer la porte. Bruce, qui paraissait nerveux, se redressa à son tour.

Beau le retint en disant :

— Attends ! Avant que tu t'en ailles, je voulais… je voulais m'excuser pour la façon dont je t'ai traité ces derniers temps.

Bruce en resta bouche bée, les yeux écarquillés. Il ne répondit pas.

Beau leva une main et enchaîna :

— Comprends-moi bien, je t'en veux encore énormément pour… pour ce que tu as fait, mais j'ai fini par réaliser que j'avais aussi ma part de responsabilité. De toute façon, je n'aurais pas dû mélanger ma vie privée et ma vie professionnelle. Nous travaillons ensemble ; je crois qu'il vaut mieux tourner la page.

Bruce se leva et traversa le bureau pour refermer la porte. Quand il revint vers Beau, ses yeux étaient noyés de larmes.

— J'ai commis une erreur, Beau, la plus terrible des erreurs. Si c'était possible, je recommencerais à zéro, mais personne ne peut effacer le passé. Je t'ai perdu et je passerai le reste de ma vie à le regretter. Je ne me pardonnerai jamais de t'avoir tant fait souffrir.

— Inutile d'y revenir. Nous avons eu cette même discussion des centaines de fois et les mots ne changent rien aux faits.

Bruce essuya une larme qui coulait sur sa joue.

— C'est gentil de t'excuser, je te remercie. De toute façon, tu ne t'es jamais montré injuste envers moi. Je m'en veux terriblement, je mérite ta colère.

Beau quitta son fauteuil et s'approcha de Bruce, il le prit dans ses bras et le serra contre lui. Il inspira profondément. L'odeur familière de son ex-amant lui monta dans les sinus. Pendant un bref moment, il eut la sensation que tout était arrangé, mais, ce n'était pas vrai. Il éprouvait un reste d'affection, bien sûr, mais la flamme ancienne, désir et anticipation mêlés, avait disparu.

Beau en ressentit un grand vide. Il fut d'autant plus triste que Bruce s'accrochait désespérément à lui. Quand celui-ci nicha la tête dans son cou, Beau s'écarta aussitôt.

Bruce lissa l'avant de sa chemise et essuya ses yeux.

— Merci, Beau, chuchota-t-il.

Beau garda le silence, il ouvrit la porte et fit un pas de côté. Bruce passa devant lui pour sortir. Dans le couloir, il s'arrêta et jeta un coup d'œil en arrière.

— Je te préviens dès que nous saurons qui dînait avec Della Penna.

— Merci, Bruce.

L'I -10 [23] ÉTAIT complètement bouché du boulevard Causeway à la sortie vers l'aéroport. Le trajet fut stressant, c'était le moins que l'on puisse dire. Beau tenta une fois ou deux d'engager la conversation, en vain. Manifestement, Cruz n'avait pas oublié son petit discours de la veille. *Nous ne ferons pas ami-ami. Je me contrefiche de savoir combien de fois votre petit cœur a été brisé, ou s'il vous arrive encore de mouiller votre lit. Pour être franc, je ne veux rien savoir à votre sujet. Je veux seulement résoudre cette affaire et vous voir disparaître le plus tôt possible. C'est bien clair ?*

---

23 *Interstate 10*, autoroute sud des États-Unis reliant une côte à l'autre, de Californie en Floride.

La seule fois où Cruz consentit à une réponse autre qu'un grognement, ça concernait l'enquête. Et encore, il n'émit que quelques mots brefs allant droit au but.

Beau fut très soulagé d'arriver à l'aéroport. Il laissa sa voiture au parking. Peu après, il s'approchait du comptoir de la compagnie Delta pour payer leurs billets.

Cruz réalisa alors que leurs deux sièges seraient côte à côte. Moqueur, Beau l'écouta réclamer à l'hôtesse de changer de place.

— C'est impossible, monsieur, le vol La Nouvelle-Orléans-Atlanta est complet. Si vous voulez, j'ai un siège disponible sur le vol Atlanta-Charleston, mais c'est en queue, et vous aurez moins de place pour vos jambes.

À contrecœur, Cruz renonça à son idée. Beau comprit que son « partenaire temporaire » devait vraiment lui en vouloir s'il trouvait aussi insupportable de rester à côté de lui dans un avion !

Sortant son badge de la NOPD, Beau indiqua au steward avoir dans ses bagages une arme et des munitions. Il obtint sans peine l'autorisation de monter à bord. Pendant ce temps, Cruz parlait avec l'hôtesse. Comme il n'était pas de la police, elle refusait d'accepter qu'il monte à bord avec une arme, malgré son permis de port d'armes.

Beau s'approcha avec un sourire. Il lut le nom de la jeune femme agrafé sur son uniforme et sortit à nouveau son badge.

— Excusez-moi, Mme Tidale. Tidale ? Vous avez un bien joli nom !

— Merci, répondit-elle.

— J'ai entendu votre conversation, je vous félicite d'appliquer le règlement avec tant de rigueur. Manifestement, vous vous souciez de la sécurité de vos passagers.

Elle sourit et battit des cils.

— Merci, inspecteur.

— C'est bien normal, *madame* [24]. M. Cruz est avec moi, nous allons à Charleston pour une enquête. Je me porte garant de lui. Si vous préférez, je peux mettre son arme dans mon bagage à main. Ainsi, le règlement sera respecté. Qu'en pensez-vous ?

— Merci, inspecteur, c'est une bonne solution.

— Alors, allons-y.

---

24 Le « *ma'am* » anglais est bien plus déférent que le simple « *madame* » français.

Il adressa à Cruz un clin d'œil complice. Celui-ci se renfrogna. Sans un mot, il ouvrit son sac et il tendit à Beau son. 45, et une boîte de munitions. L'hôtesse enregistra les bagages et leur tendit leurs cartes d'embarquement.

Cruz s'éloignait déjà.

Beau le rattrapa.

— Vous pourriez me remercier ! s'exclama-t-il.

— Allez vous faire voir, Bissonet. Bon sang, les blancs sont tous les mêmes ! Toujours ce putain de complexe de supériorité vis-à-vis d'un latino [25] !

En voyant la rage qui brûlait dans les yeux sombres, Beau décida de ne pas utiliser le sarcasme, contrairement à son habitude.

— Que voulez-vous dire ?

— J'ai un passeport au nom de Tollison Eduardo Braga Cruz, je suis luso-américain [26], d'accord, mais est-ce que j'ai l'air d'un trafiquant de la drogue ou d'un terroriste ? Cette bonne femme…

Il gesticulait indiquant une direction derrière lui, sans même regarder l'hôtesse en question,

— … est raciste, point final. Pour qui se prend-elle ? Mme Tidale, une bonne petite banlieusarde mariée avec 2,5 enfants et un putain de clebs, se croit mieux que moi parce qu'elle est blonde, avec des yeux bleus ? Non, mais sans blague !

— C'est la vie, Cruz, répondit Beau. Il faut vous y faire. Je suis certain que vous n'êtes pas le seul à être victime d'un 'délit de gueule'.

Cruz le fusilla d'un regard meurtrier – ce qui commençait à devenir chez lui une habitude – et s'éloigna sans répondre.

Par chance, quand ils arrivèrent devant leur porte d'embarquement, le vol était déjà annoncé. Ils purent monter dans l'avion sans attendre. Leurs sièges étaient côte à côte, un hublot et un couloir. Cruz, qui arriva le premier, prit le hublot.

— Et si c'était aussi le siège que je voulais ? Lui demanda Beau.

— C'est la vie, Bissonet. Il faut vous y faire. Je suis certain que vous n'êtes pas le seul à vous faire piquer votre place dans un avion.

Beau cacha son sourire. Même si Cruz lui hérissait le poil, il devait lui reconnaître de l'humour et le sens de la répartie. Il avait toujours apprécié

---

25 Américain descendant ou originaire d'un des dix-neuf pays d'Amérique latine.

26 Américain descendant ou originaire du Portugal

les gens intelligents. Sans plus insister, il sortit un dossier de son sac, qu'il glissa ensuite dans le compartiment à bagages. Il prit le siège couloir – qu'il préférait d'ailleurs, parce qu'il avait plus de place pour les jambes. Il posa le dossier sur ses genoux, les yeux fixés devant lui.

Cruz descendit le store du hublot, posa la tête contre la paroi, croisa les bras sur la poitrine et ferma les yeux.

— Bonne nuit, grommela Beau.

Il avait retrouvé son ton sarcastique.

TOLLISON FULMINAIT de rage impuissante. Son cœur tambourinait, le sang circulait à toute vitesse dans ses veines. Il avait dû faire un effort surhumain pour cacher sa colère à Bissonet. Pour dire la vérité, il était sur les nerfs depuis son arrivée à La Nouvelle-Orléans, ou plutôt depuis qu'il était tombé sur les inspecteurs de la NOPD – pas très accueillants.

Tollison ne se souvenait pas d'avoir déjà été aussi en colère, surtout envers un coéquipier. D'un autre côté, il n'avait jamais été obligé de supporter un connard de cet acabit.

Pour qui se prend-il ? pensa Tollison. *J'essaie simplement de faire mon travail.*

Le vrombissement régulier des moteurs finit par le calmer. Sa respiration s'apaisa. Tollison put enfin se détendre. *Ne laisse pas ce sale con te prendre la tête*, se conseilla-t-il.

Quand l'avion atteignit son altitude de croisière, Tollison put à nouveau raisonner de façon rationnelle. L'esprit plus clair, il étudia la situation du point de vue de Bissonet. L'inspecteur avait l'habitude de travailler avec Hebert, son partenaire, qui ne remettait jamais en cause son autorité. Et voilà qu'un nouveau venu – Tollison – flanquait en l'air sa routine. Le problème, c'était que Cruz n'avait pas prévu l'intervention du maire, forçant Bissonet et Hebert à l'intégrer à leur équipe. Il en avait été sidéré.

De plus, même si Bissonet méritait un bon coup sur le nez, il était superbe – et Tollison n'avait pas manqué de le remarquer. Un visage de patricien, un corps d'athlète. *Il doit passer des heures à se muscler.* Non, impossible, vu qu'il travaillait comme un malade. Où aurait-il trouvé le temps de faire de l'exercice ?

Quand Bissonet laissait tomber son masque – ce qui n'arrivait pas souvent –, sa ferveur touchait Tollison en plein cœur. Par exemple, quand l'enquête progressait, Beau souriait, fier et satisfait, ses yeux gris-argent étincelaient. Ça ne durait que quelques secondes, car il se reprenait vite. En outre, quand il se détendait, sa voix devenait chaude et veloutée, Tollison la ressentait comme une caresse soyeuse qui l'enveloppait tout entier. Malheureusement, c'était assez rare. La plupart du temps, Bissonet était buté, agressif, et un odieux Monsieur Je-sais-tout qui n'écoutait d'autre opinion que la sienne.

Physiquement, il était plutôt intimidant, même s'il avait à peu près la même taille que lui. Plusieurs fois, Tollison s'était surpris à se redresser pour ne pas perdre la main. En les mesurant du regard, Tollison n'avait pu s'empêcher, une fois ou deux, de s'imaginer au lit, fantasmant sur le fait d'avoir Bissonet dans ses bras.

Avant de s'endormir, il pensa à Bissonet et Jenkins. Il aurait parié que le différend entre ces deux-là n'avait rien à voir avec la NOPD.

BEAU LUT et relut tous les documents de son dossier. C'était une vieille habitude : tout réviser régulièrement pour s'assurer de ne pas avoir manqué un indice. Malgré tous ses efforts, il avait du mal à se concentrer. Il ne cessait de jeter des coups d'œil furtifs à Cruz, endormi contre le hublot. Quelque chose, chez lui, attirait son attention.

Beau finit par céder. Abandonnant son dossier, il tourna la tête pour dévisager son voisin de siège : sa respiration s'était calmée, son visage s'était détendu, perdant ses rides de stress et d'inquiétude. De temps à autre, Cruz émettait dans son sommeil un petit gémissement étouffé, à peine audible. Beau sourit, intrigué, et il continua à le scruter. Il avait la tête détournée, aussi savait-il que les autres passagers ou les membres de l'équipage le penseraient endormi ; il pouvait donc satisfaire sa curiosité sans se faire remarquer. Dieu seul savait quand il aurait une autre occasion !

Les cheveux noirs tout ébouriffés retombaient sur le front haut. Beau évoqua les yeux caramel bruni cachés sous les paupières closes, avant d'admirer les longs cils noirs effleurant la peau des pommettes, naturellement bronzée. Le nez était fin, les lèvres renflées et le menton ferme complétaient le visage long. La tête était bien dessinée, le cou solide, les épaules larges. Une belle cravate en soie reposait sur la poitrine musclée. Cruz avait les bras croisés. Beau remarqua la façon dont les pectoraux tendaient le tissu de la chemise blanche bien coupée, sans doute onéreuse.

Plus bas, le ventre était plat, la taille mince, les jambes interminables. Le regard de Beau arriva aux chevilles croisées et aux belles chaussures noires et vernies, lacées serré. Pas de doute, Cruz était magnifique, même s'il était aussi un enfoiré de première.

En réalisant qu'il étudiait son voisin depuis un long moment, Beau reçut une sorte de choc : depuis sa rupture avec Bruce, c'était la première fois qu'il s'intéressait à un autre homme – à un emmerdeur !

Après son explication avec son ex, il se sentait un peu moins amer, sa colère avait commencé à se diffuser. Sans doute avait-il enfin échappé au tourbillon émotionnel dans lequel il vivait depuis dix-huit mois. Il était prêt à s'ouvrir à l'avenir.

Beau ferma les yeux et, une seconde durant espéra avoir l'option de renouer avec Bruce. Il se reprit très vite, car les jours d'antan ne reviendraient pas. Jamais. Il en avait assez de souffrir, il devait se reconstruire et retrouver une vision positive de la vie. Plus question de passer des heures dans la salle de gym à frapper un punching-ball en imaginant sur le cuir le sourire de Bruce. Plus question de soulever des poids, jour après jour, pour transpirer sa frustration et sa rage jusqu'à ce que l'épuisement l'empêche de réfléchir davantage. Beau voulait rire à nouveau et vivre normalement. Pour être franc, il devait reconnaître qu'avec le temps son chagrin s'était atténué, sa colère également, mais il avait délibérément choisi de s'accrocher au passé plutôt que penser à l'avenir.

Il était temps d'oublier.

Il fut arraché à ses pensées par le « *ding* » du signal lumineux lui annonçant d'attacher sa ceinture, puis vint l'annonce que l'avion entamait sa descente vers Atlanta. Le personnel de cabine commençait à préparer l'atterrissage.

Cruz dormait toujours. Beau lui effleura le bras.

— Cruz ?

Le bel endormi ne bougea pas.

— Cruz ? insista Beau. Réveillez-vous. Nous arrivons à Atlanta.

TOLLISON ENTENDAIT une voix douce, tentatrice. Il se retourna et posa la tête sur une épaule solide, enroulant le bras autour du cou de son voisin.

— Cruz ? Qu'est-ce qui vous prend ?

Paniqué, Tollison ouvrit les yeux et vit Bissonet qui le fixait d'un regard amusé. Il se redressa, s'écarta et se racla la gorge.

— Euh... désolé. Je dormais.

— Ben voyons ! ricana Bissonet. Vous me trouvez irrésistible, hein, Cruz ?

— Allez vous faire foutre ! chuchota Cruz pour la énième fois de la journée. Une fois de plus, vous vous faites des idées.

Il s'étira, les bras au-dessus de la tête – autant que le lui permettait l'espace restreint. Puis, d'une main sur la bouche, il tenta d'étouffer un bâillement.

Avec un léger rebond, l'avion toucha le tarmac. Tollison releva le rideau de son hublot, les yeux plissés pour se protéger de la luminosité du soleil.

Il consulta sa montre. *Pile à l'heure*, pensa-t-il. *J'espère que l'escale se passera aussi bien.*

Ce fut le cas. Ils changèrent d'avion et, une heure plus tard, ils atterrissaient à Charleston. L'aéroport était bondé. Bissonet et Cruz traversèrent la foule jusqu'au carrousel pour récupérer les bagages. Ils attendirent que l'avion soit déchargé. En regardant autour de lui, Beau remarqua parmi les passagers plusieurs hommes et femmes jeunes et athlétiques : leur musculature évoquait la course de fond.

— Oh, Seigneur ! s'exclama-t-il. J'espère que nous ne sommes pas tombés sur le weekend de la course de Cooper River Bridge. Si c'est le cas, nous sommes baisés.

— Ah, bon, pourquoi ? demanda Tollison.

— Parce qu'il y aura un monde fou ! Tout le centre-ville est impliqué. Entre les coureurs et les spectateurs, la circulation sera impossible.

Une fois leurs bagages récupérés, Bissonet vérifia que leurs armes étaient bien là, puis les deux hommes sortirent de l'aéroport pour louer une voiture.

Un peu plus tard, Beau prit le volant et quitta le parking. Il fouilla dans la poche de sa veste, posée sur la banquette arrière, et en sortit une pochette en plastique qu'il remit à Cruz.

— Il y a dedans les renseignements concernant notre hôtel et notre itinéraire. Regardez où nous allons et entrez l'adresse dans le GPS. Il est branché ?

Tollison sortit un document de la pochette.

— Nous serons au Planters Inn, sur Market Street.

— Oh, d'accord, déclara Bissonet. Pas besoin du GPS. Je connais.

Ils n'avaient fait que cinq kilomètres sur l'I -26 [27] quand ils tombèrent sur les premiers embouteillages.

— Et merde ! grogna Bissonet.

Il changea de file pour tenter de voir ce qui provoquait le ralentissement. Il ne remarqua rien de particulier.

Il demanda à son passager :

— Pouvez-vous regarder sur Google les dates de la course de Cooper River Bridge ? J'espère vraiment que ce n'est pas pour ce weekend !

Tollison sortit son iPhone et tapa sur l'écran.

— Si ! C'est bien ça.

Bissonet frappa le volant à deux mains.

— Quel satané manque de pot ! C'est un miracle que nous ayons trouvé de la place à l'hôtel !

— Si nous allons directement à la galerie, interroger le propriétaire concernant le tableau volé, pourquoi ne pas reprendre l'avion dès ce soir ? proposa Tollison.

Bissonet haussa les épaules.

— C'est une bonne idée. Regardez si vous pouvez nous trouver un vol.

Sur son iPhone, Tollison consulta le site delta.com et vérifia les horaires des vols de la soirée. Il secoua la tête.

— Ça va faire trop court. Le dernier avion quitte Charleston à 18 h 50. Au rythme où nous avançons, je ne sais pas quand nous arriverons en ville.

— Tant pis ! concéda Bissonet. Faisons bon cœur contre mauvaise fortune.

UNE HEURE trois-quarts plus tard, Beau faisait un créneau sur Broad Street, prenant la première place qu'il trouva. Les deux hommes allèrent à pied jusqu'au bout de la rue, tournèrent sur Church Street, puis encore à droite. Deux carrefours plus loin, ils étaient devant la galerie d'art.

Beau s'approcha de la vitrine, mettant les mains en coupe pour voir à l'intérieur. Comme Renaissance, la galerie Charleston d'antan semblait se spécialiser dans l'art sudiste durant la Guerre civile. Plusieurs des tableaux

---

27 *Interstate 26*, autoroute allant d'est en ouest de Charleston, Caroline du Sud à Mars Hill, Caroline du Nord

exposés représentaient des plantations entourées de champs de coton, l'un d'eux était sur l'attaque de Fort Sumter, d'autres peignaient la ville avant la guerre.

Beau n'eut pas le temps de faire un commentaire. Il entendit la porte d'entrée s'ouvrir et une clochette tinter. Quand il se retourna, il vit le dos de Cruz qui venait de pénétrer dans la galerie.

— Mais ce n'est pas vrai ! Il ne m'attend même pas ? Merde !

Ravalant le reste de ses jurons, Beau se rua à sa poursuite.

Cruz s'approchait de l'hôtesse.

— Pourrions-nous voir M. Ferry, le gérant de la galerie, je vous prie.

— Puis-je vous demander de la part de qui ?

— Oui. Je suis Tollison Cruz, envoyé par la Lloyd of London, et voici...

Il agita la main derrière sur son épaule,

— ... l'inspecteur Montgomery Bissonet, de la police de La Nouvelle-Orléans.

— Laissez-moi vérifier.

La fille disparut par une porte qui se trouvait derrière son comptoir. Elle revint quelques minutes plus tard, accompagnée d'un grand homme mince, avec des verres à monture épaisse et un nœud papillon.

Il ôta ses lunettes et regarda Cruz.

— Je suis M. Ferry. Que puis-je faire pour vous ?

Cruz ouvrit la bouche, mais Beau s'empressa de parler le premier :

— M. Ferry, je suis l'inspecteur principal Bissonet et j'enquête sur un vol ayant récemment eu lieu à La Nouvelle-Orléans à la galerie Renaissance. J'ai cru comprendre que vous avez été contacté pour acquérir un des tableaux volés ?

Cruz lui jeta un regard meurtrier. Beau y répondit par un sourire satisfait, avant de reporter son attention sur le gérant de la galerie.

Ferry acquiesça.

— Je présume que vous faites allusion à ce que la presse appelle 'le casse de la rue Royale' ?

— Exactement, confirma Beau. Mais c'est assez récent, je suis surpris que vous soyez déjà au courant.

— Inspecteur... euh, Bossi...

— Bissonet.

71

— Inspecteur Bissonet, le monde de l'art est un tout petit milieu, en particulier dans le Sud. Et tous les marchands qui partagent la même spécialité échangent volontiers des informations.

Cruz sortit de sa poche intérieure un bloc-notes et un stylo.

— M. Ferry, pourriez-vous nous confirmer…

Beau lui coupa la parole en élevant la voix :

— Je vois. M. Ferry, pourriez-vous *me* confirmer que vous avez été contacté pour acquérir un des tableaux volés ?

Cruz baissa la tête et détourna les yeux, ravalant sans aucun doute ses jurons les plus venimeux.

— C'est exact, répondit Ferry.

Beau jeta à Cruz un regard d'avertissement qui, il l'espérait, suggérait un message sans appel : « nom de Dieu, fermez-la ! »

Puis il continua à interroger son témoin :

— Pourriez-vous nous en dire plus ?

— Bien entendu. J'ai reçu hier soir un appel anonyme, on m'a demandé si la galerie était intéressée par un tableau original, récemment découvert et restauré, une œuvre de Louis Mathieu Didier Guillaume intitulée *Le Général Robert E. Lee à la bataille de Chancellorsville*. Sachant d'ores et déjà que le tableau avait été volé, j'ai refusé. Franchement, je doute qu'un marchand d'art accepte d'acquérir ce tableau à l'heure actuelle. Par contre…

Avec un sourire, Ferry leva un doigt et enchaîna :

— … j'ai demandé l'identité de mon mystérieux vendeur.

Coiffant Beau au poteau, Cruz réussit à placer :

— Et alors ?

— Il a raccroché, sans répondre.

Cruz annota son bloc. Puis il releva les yeux et demanda :

— Auriez-vous…

Cette fois, Beau intervint :

— Votre téléphone vous permet-il d'identifier les appels et de garder en mémoire les numéros correspondants ?

Cruz poussa un juron suffisamment audible afin que M. Ferry tressaille et lui jette un regard offusqué.

Beau s'empressa de lui expliquer :

— Veuillez excuser M. Cruz. Il semble ne pas avoir compris que *je* suis chargé de l'enquête.

— Oh, j'ai très bien compris que vous aviez cette illusion, aboya Cruz. Apparemment, le maire de La Nouvelle-Orléans n'est pas convaincu que vous êtes capable de gérer seul une affaire aussi délicate, puisqu'il a insisté pour m'engager en tant que consultant.

Outré, Beau dut à son tour détourner la tête pendant qu'il marmonnait une litanie d'insanités.

Ferry devenait nerveux. Ses yeux anxieux passaient d'un homme à l'autre.

— M. Ferry ?

— Oh ! Eh bien, euh… j'ai bien tenté de vérifier qui m'avait téléphoné, mais c'était un numéro caché. J'ai donc contacté la police de Charleston. Je présume que c'est par elle que vous avez été prévenus ?

Beau acquiesça.

— J'aimerais votre accord pour contacter votre opérateur et tenter ainsi de retracer l'origine de l'appel, ajouta-t-il

— Bien entendu. Si ça peut vous aider.

Beau échangea une poignée de main avec le gérant.

— Merci beaucoup, M. Ferry. Je vous recontacterai si j'ai d'autres questions à vous poser.

Il tourna les talons et quitta la galerie, sans se donner la peine de vérifier si Cruz le suivait. Il s'engagea dans Church Street, sans un regard en arrière.

Une fois revenu à la voiture, il se glissa derrière le volant, démarra et s'en alla.

TOLLISON ÉTAIT si enragé qu'il voyait des étoiles. Il haïssait Bissonet ! Pourtant, au cours des deux derniers jours, leur tandem avait plutôt bien fonctionné – notamment en salle d'interrogatoire quand ils avaient joué au « gentil flic/méchant flic ». Que s'était-il passé depuis lors ? Pourquoi l'inspecteur avait-il à ce point changé d'attitude ?

En quittant la galerie, Tollison vit Bissonet se hâter en direction de la voiture. Préférant se calmer un peu avant la confrontation inévitable, Tollison préféra prendre la direction opposée et héler un taxi.

— Je sais où se trouve l'hôtel, marmonna-t-il. Je n'ai pas besoin de ce connard.

Il grommelait toujours en s'installant sur la banquette arrière d'un véhicule de la compagnie Green Cab.

— Non, mais quel emmerdeur !

Puis, s'adressant au chauffeur :

— Planters Inn, sur Market Street, s'il vous plaît.

EN ARRIVANT à l'hôtel, il entendit dans le hall la voix furieuse de Bissonet. Pour une raison inconnue, l'inspecteur s'en prenait à la réceptionniste. Une fois de plus, Tollison vit rouge. Étant étudiant, il avait travaillé dans un petit hôtel et savait, d'expérience, combien il était pénible d'affronter toute la journée des clients pressés, irascibles et mal élevés. Une brute épaisse qui vous hurlait dessus n'arrangeait rien.

Tollison se précipita vers la réception et éjecta Bissonet d'un coup de coude.

— Veuillez excuser la grossièreté de mon compagnon, madame. De quoi s'agit-il ?

La jeune fille essuya ses yeux larmoyants.

— M. Bissonet s'attendait à deux chambres, mais je n'en ai qu'une de disponible. L'hôtel est complet ce weekend… à cause de la course de Cooper River Bridge, vous savez. D'autant plus que c'est une réservation de dernière minute, nous avons eu une annulation ce matin.

Bissonet s'était éloigné pour passer un appel : il hurlait de rage. *Sans doute contre le responsable « voyage » de la NOPD*, pensa Cruz.

Il reporta son attention sur la réceptionniste.

— Sauriez-vous si nous pourrions avoir une autre chambre dans un hôtel voisin ?

— Je voudrais bien vous aider, monsieur… ?

Elle s'interrompit et lui jeta un coup d'œil interrogateur.

— Cruz. Tollison Cruz.

— Je voudrais bien vous aider, M. Cruz, mais j'ai déjà passé toute la journée à chercher des chambres pour d'autres clients. Tous les hôtels sont complets à plusieurs kilomètres à la ronde. Je sais qu'une chambre individuelle vient de se libérer à l'auberge Days, à Mount Pleasant [28].

— Où est-ce ?

— À cinquante kilomètres.

— C'est trop loin, déclara Tollison. Nous reprenons l'avion tôt demain matin. Dites-moi, votre chambre a-t-elle au moins deux lits ?

---

28 Ville du comté de Charleston, quatrième plus grande de l'État

La jeune fille vérifia et secoua la tête.

— Non, c'est un grand lit

Cruz retint une malédiction.

Elle ajouta, avec un sourire timide :

— Il y a un canapé-lit, ça vous ira ?

— Il le faudra bien. Nous gardons la chambre. Et une fois de plus, je vous prie d'excuser la grossièreté de mon compagnon.

— Je comprends que ce ne soit pas l'idéal, monsieur, je suis vraiment désolée. Mais je n'ai aucune autre chambre disponible.

— Ce n'est pas de votre faute.

Tollison signa la réservation et reçut deux cartes magnétiques. Il traversa le hall, en donna une au passage à Bissonet et continua vers l'ascenseur.

— Chambre 315, jeta-t-il par-dessus son épaule.

Bissonet prit sans doute l'escalier, car Tollison, en sortant de l'ascenseur, le vit entrer dans la chambre et claquer la porte derrière lui. Tollison inspira profondément ; il insinua la carte dans le lecteur. La lumière rouge passa au vert.

Quand il ouvrit la porte, Bissonet l'attendait.

D'un coup de pied, l'inspecteur referma le panneau et y plaqua Tollison, les deux mains de chaque côté de sa tête.

— Écoute-moi bien, enfoiré ! La prochaine fois que tu te mêleras de mon enquête, ou que tu t'excuseras à ma place, je te garantis que ça se passera très mal.

Quand Bissonet cessa de crier, Tollison écarta les bras d'un geste brusque, délogeant les mains qui l'encageaient. Ensuite, il mit les paumes sur la poitrine solide et poussa de toutes ses forces.

Bissonet recula de plusieurs pas. Ses mollets heurtèrent le lit, il bascula et tomba sur le dos. Tollison se jeta sur lui, à califourchon, il lui prit les poignets, les releva et les épingla sur le matelas. Puis il se pencha…

Nez à nez, si près qu'il sentait le souffle de Bissonet lui caresser la peau, Tollison grommela :

— À toi de m'écouter, connard ! La prochaine fois que tu me couperas la parole, que tu me traiteras comme de la merde, ou simplement que tu me casseras les couilles, il va t'arriver de sacrées bricoles. C'est bien rentré dans ton petit crâne ?

Il se raidit, s'attendant à des représailles. Il envisagea rapidement diverses options d'attaque : un genou au bas-ventre, ou peut-être un coup de tête en plein visage.

Beau Bissonet réagit, mais le radar de Tollison n'émit même pas le moindre « *bip* » inquiet. Des lèvres fermes se pressaient contre les siennes dans un baiser torride et exigeant.

QUAND BEAU retomba sur le lit, Tollison paraissait ne plus savoir quoi dire, un silence de mort enveloppa les deux hommes. Ils se regardaient droit dans les yeux. Et Beau cherchait désespérément à décrypter Cruz. Il ignorait ce qui l'avait poussé à l'embrasser – un geste stupide qui le laissait stupéfait, choqué. Conscient qu'il allait certainement le payer, il attendait, le cœur battant avec frénésie, les yeux plongés dans ceux de Cruz, en se demandant sous quelle forme viendrait la réaction.

Mais Cruz ne bougeait pas.

Beau écarquilla les yeux et se détendit un peu. Tollison se coucha sur lui, hésita, puis roula sur le côté. Trop tard, car Beau avait senti son érection.

Cruz avait noté la tension existant entre Bruce et lui, Beau le savait, mais en avait-il deviné la nature ? Beau l'ignorait. S'il ne cachait pas son orientation sexuelle, ce n'était pas pour autant qu'il criait sur les toits : « je suis gay », surtout au travail. Bruce et lui avaient encaissé pas mal de vannes quand leurs collègues avaient fini par repérer ce qui les unissait, mais, au fil du temps, critiques et plaisanteries avaient fini par s'atténuer, leur couple entrant dans la routine du poste de police. Tous deux avaient la réputation d'être d'excellents flics, leur vie privée n'entachait pas leur vie professionnelle.

Pour Cruz, c'était différent. En quelques jours à peine, il avait mis Beau dans tous ses états.

Serait-il bi ? Ou bel et bien gay ?

Les deux hommes restèrent un long moment étendus côte à côte sur le lit, sans dire un mot.

Cruz finit par se racler la gorge.

— Euh… Tu as quelque chose à me dire, Beau ?

C'était la première fois qu'il utilisait son prénom. Et Beau aima l'entendre sur ses lèvres. Il hésita, cherchant comment formuler sa réponse.

— Pourquoi ? Tu as déjà compris, j'en suis certain, dit-il au bout d'un moment.

Il fut surpris de noter de l'incertitude dans sa voix.

— C'est vrai, répondit Cruz. Je crois…

Il paraissait nerveux.

— Et toi, tu as quelque chose à me dire ? demanda Beau.

Tollison se redressa sur un coude et se pencha sur lui. Ses yeux sombres étaient méfiants, mais un feu brûlait dans leur profondeur. *De l'intérêt, ou du désir ?*

Beau n'eut pas le temps de s'interroger davantage, car Cruz se remit à l'embrasser. Dès que leurs bouches se joignirent, Beau reçut toutes les réponses dont il avait besoin. Avec un frisson, il entrouvrit les lèvres avec prudence. Puis il ferma les yeux, empoigna Cruz par l'avant de sa chemise et l'attira plus près.

Le baiser s'approfondit, Beau ne put s'empêcher de gémir, avant de céder.

Cruz se coucha sur lui pour mieux dévorer sa bouche. La passion les emporta dans une vague de plus en plus irrésistible. À son tour, Cruz gémit quand Beau glissa une main sur sa nuque et referma les doigts sur ses cheveux, pour mieux le plaquer à lui.

Sa nature reprenant le dessus, Beau voulut contrôler les opérations : il roula sur Cruz et pesa sur lui. En réponse, Cruz serra les bras autour de sa taille, plaquant son bas-ventre au sien. Traversé d'un élan de plaisir, Beau ouvrit les yeux et découvrit que Cruz le regardait. Ce qu'il avait éprouvé précédemment, colère et hostilité, s'était transformé en passion. Pourtant, Beau ignorait où tout ceci pouvait les mener. Que se passerait-il une fois l'incendie apaisé ?

Il secoua la tête et décida de céder à la tentation. Au diable les conséquences !

En ce moment précis, il désirait Tollison Eduardo Braga Cruz, il le désirait désespérément.

Beau était costaud, il était rare qu'il perde un bras de fer – aussi bien avec ses collègues qu'avec ses amants. Il fut donc très surpris que Cruz le renverse et se couche à nouveau sur lui.

Cruz le regarda pour dire :

— Je savais qu'il y avait quelque chose entre Jenkins et toi !

— Et moi, je savais que tu étais un enfoiré. Nous sommes donc à égalité.

Beau lui mordit la lèvre. Cruz étouffa un gémissement.

— C'est l'hôpital qui se moque de la charité !

Beau ricana.

— Bon, qu'est-ce qu'on fait : on baise ou l'on continue à disserter sur nos personnalités respectives ?

Avec un sourire, Cruz hocha la tête.

— On baise ! Ça, c'est sûr…

Avec un autre gémissement, il se remit à l'embrasser. Son corps s'accordait parfaitement à celui de Beau, qui le tenait aux cheveux. Ils se frottèrent l'un contre l'autre.

Beau protesta :

— Nous sommes trop habillés ! Enlevons tout ça !

Cruz le libéra, roula sur le côté et se redressa. Il lui tendit la main. Beau l'accepta et se remit debout. Il débarrassa Cruz de sa veste de costume et la laissa négligemment tomber par terre. Il dénoua ensuite la cravate et tira sur une extrémité, regardant le ruban en soie coulisser dans le col de la chemise. Pendant ce temps, Cruz déboutonnait ses manchettes.

Impatient, Beau saisit la chemise et tira violemment, les boutons s'envolèrent dans toutes les directions.

— Bon sang ! Je venais de l'acheter ! grogna Cruz contre ses lèvres.

— Je t'en offrirai une autre, rétorqua Beau.

Il s'écarta le temps de débarrasser Cruz des lambeaux de sa chemise, puis replongea en avant pour un nouveau baiser. À l'aveuglette, il tâtonna pour détacher sa ceinture. Cruz ôtait ses chaussures au moment où son pantalon lui tombait aux chevilles. Il leva une jambe après l'autre pour l'enlever, puis se mit à déshabiller Beau. Très vite, ils n'eurent plus que leurs boxers.

Quelle vision ! décida Beau. Le corps solide et bronzé était encore plus beau qu'il l'avait imaginé, et le sexe érigé tendait le coton du caleçon.

Beau poussa Cruz à s'étendre sur le lit et il s'accorda un moment pour l'admirer. Cruz avait toujours ses chaussettes. Beau les lui enleva, l'une après l'autre.

— Je ne peux pas baiser un grand brun avec des chaussettes noires, annonça-t-il.

Il se jeta sur Cruz et dévora sa bouche.

Au bout d'un moment, Cruz s'écarta en disant :

— J'avais l'intention de TE baiser !

— Ça viendra. Ça te dit qu'on change de rôle au prochain round ?

— Tu as des préservatifs et du lubrifiant ?

Beau se releva pour aller fouiller dans son sac de voyage. Il en sortit sa trousse de toilette, puis jeta sur le lit un petit carré d'aluminium et un flacon.

S'agenouillant, Beau passa les doigts sous la ceinture élastique du boxer de Cruz. Il le fit glisser le long de ses jambes et le sexe érigé se colla au ventre dur avec un bruit mouillé. Beau ôta son caleçon, s'en débarrassa d'un coup de pied et avança sur le lit à quatre pattes. Il fit rouler Cruz sur le ventre et se coucha sur lui de tout son long, son sexe s'insinuant entre les fesses fermes. Beau frotta le nez contre la nuque de Cruz et inspira profondément, absorbant son odeur musquée. Il déposa ensuite une pluie de baisers sur les épaules et le dos, les entrecoupant de petites morsures qui laissaient de légères marques sur la peau hâlée. Cruz gémissait à chaque coup de dents. Ses cris étouffés rendaient Beau fou de désir.

Il caressa avidement le corps qui se tordait sous lui, de plus en plus excité, au point que c'en était presque douloureux. Incapable d'en supporter davantage, il dévissa le flacon et s'humecta les doigts. Cruz écarta les jambes pour mieux s'offrir. Beau le pénétra d'un doigt et commença à le dilater.

— Ça va ? murmura-t-il.

— Oui, vas-y, continue, supplia Cruz.

Beau considéra que c'était de bon augure. Il mit un deuxième doigt et l'enfonça profondément, provoquant un nouveau soubresaut chez Cruz, assorti d'un gémissement de plaisir. Avec un sourire satisfait, Beau ouvrit le préservatif et le déroula sur son sexe palpitant. Il était temps ! Enfin !

Il était tout de même un peu perplexe. Il détestait Cruz, non ? Alors, pourquoi s'excitait-il à ce point de le sentir se tortiller sous ses caresses ? Il ne se rappelait pas avoir déjà vécu une telle anticipation.

Il se positionna, prit son sexe dans la main et l'aligna avec la cible qu'il visait. Cruz tourna la tête sur l'oreiller. Beau chercha ses lèvres pendant qu'il commençait à le pénétrer. Dès qu'il força l'anneau musculaire, Cruz cambra le dos. Beau s'arrêta un moment pour lui laisser le temps de s'adapter. Puis il recommença à pousser.

Cruz haletait et serrait le drap dans ses poings crispés. Beau s'arrêta encore. Quand il reprit ses va-et-vient, ce fut dans un mouvement de bascule doux, mais régulier. Peu à peu, Cruz se détendit, oubliant la brûlure.

Beau pressa ses lèvres contre l'épaule durcie. Un long frisson le parcourut quand il fut enfoui jusqu'à la garde. Cruz souleva les hanches du lit et poussa contre lui, dans un appel silencieux à continuer. Beau était tout à fait disposé à y répondre. Il se redressa, empoigna à pleines mains les reins musclés et se mit à pilonner Cruz. Il passa une main entre les jambes de son amant et referma les doigts sur le sexe trempé.

— Plus fort ! réclama Cruz.

Il cherchait à accentuer la friction d'un côté et de l'autre : poussant ses reins en arrière et son sexe en avant. Il tourna aussi la tête, réclamant un nouveau baiser. Beau tenta de répondre à toutes ces demandes et Cruz haleta plus fort.

Beau apprécia de le voir ainsi soumis et pantelant, presque suppliant, ce qui ne correspondait pas du tout à son attitude habituelle. Colère et sarcasme avaient disparu, noyés sous le désir. Cruz frissonnait. Et Beau savait en être responsable.

Quant à lui, il ressassait depuis dix-huit mois sa rupture avec Bruce, trop blessé pour envisager une nouvelle relation. L'intensité de cette aventure inattendue lui faisait presque peur.

— Bon sang, Beau ! cria Cruz. Beau !

Entendre cette voix cassée prononcer son nom faillit le faire jouir prématurément. Et la chaleur interne de Cruz le malaxait dans un étau de velours. Beau serra les dents et continua ses va-et-vient, plus profonds, plus forts. Chaque poussée était ponctuée d'un long cri étranglé. Agenouillé, arc-bouté, il martelait Cruz, tout en le masturbant.

— Encore, encore ! Le supplia Cruz d'une voix presque méconnaissable.

Beau s'accrocha à ses hanches et glissa au bord du lit. Une fois les pieds au sol, il profita de cet effet de levier pour baiser Cruz avec plus d'ardeur, le balançant d'avant en arrière sous ses coups de boutoir tout en le maintenant en place d'une main sur la hanche. L'autre était toujours serrée sur son sexe. Beau grondait de plaisir. Il chercha vaguement à se souvenir s'il avait déjà été aussi sauvage avec amant… *non, jamais.*

— Cruzzzz ! cria-t-il.

Il se tétanisa, au bord de l'orgasme. Sans un mot, Cruz se cambra et se contracta, ce qui poussa Beau par-dessus bord.

— Nom de Dieu… !

Son orgasme fut apocalyptique, des vagues de plaisir brûlant le parcoururent des pieds à la tête. Avec un gémissement étouffé, Cruz enfouit son visage dans le drap et jouit à son tour.

Quand Beau s'écarta enfin, Cruz s'écroula sur le lit, pantelant. Beau s'étendit à côté de lui et ferma les yeux. Il avait du mal à retrouver son souffle.

Au bord d'un long moment, il roula sur le dos.

— Putain !

— Oui, hein ? fit Cruz.

Manifestement, il n'était pas en état d'en dire plus.

— Tu vois, grogna Beau, je savais bien que nous aurions dû prendre des chambres séparées !

Cruz ricana.

— Nous avons un canapé-lit. Si tu veux mon avis, nous n'en aurons pas besoin.

— Crétin ! répondit Beau.

— Connard ! Au fait, je crève la dalle !

— Qu'est-ce que tu veux que ça me foute ?

Cruz se redressa sur les coudes.

— Ne me dis pas que tu envisages de ne pas me nourrir après m'avoir baisé !

Beau ouvrit péniblement un œil. Il trouva hilarant l'air offusqué de Cruz.

— D'accord, d'accord, céda-t-il. De toute façon, je mettrai l'addition sur ma note de frais. Et ne te fais pas d'idées, hein ? Je continue à te détester.

— Moi pareil, déclara Cruz.

VI

CRYMES, DANS son fauteuil préféré, sirotait le cocktail qu'il s'accordait en début de soirée. Dans la cuisine, Harper aidait sa mère à préparer le dîner et Jamie ne devrait pas tarder.

Depuis que Charmaine faisait là une des journaux, Harper avait appris la vérité : ils avaient bien failli tout perdre. Côté positif, l'assurance – bien à contrecœur – avait fini par payer la prime concernant les tableaux volés après avoir eu la confirmation que Della Penna n'avait pas touché d'argent de Charmaine, et donc qu'elle n'était pas complice du vol. Crymes s'était empressé de rembourser la banque.

Il ne restait à régler que les dettes de Jamie, qui ignorait que son beau-père était au courant de son addiction. Crymes comptait bien l'aider, mais il savait que Jamison avait avant tout besoin d'une aide psychologique pour échapper à l'emprise du jeu. Dans le cas contraire, il se retrouverait sous peu dans la même situation. Crymes n'avait pas encore trouvé l'occasion de parler à sa fille. D'ailleurs, il se demandait si c'était bien à lui de révéler à Harper ce secret délicat. En attendant, il comptait bien avoir ce soir même un tête-à-tête avec Jamie pour tenter de trouver une solution qui satisferait tout le monde.

Légalement parlant, Charmaine n'était pas encore sortie d'affaire, loin de là. De lourdes accusations pesaient sur elle et Jamie, son avocat, travaillait assidûment sur son dossier. Quant à Crymes, il téléphonait à toutes les personnalités qu'il connaissait pour éviter à sa femme la prison. Jamie assurait que Charmaine risquait peu, vu son casier judiciaire vierge, son âge et les amis influents qu'avaient les Villerie dans les hautes sphères ; elle serait probablement condamnée à une peine symbolique, par exemple des TIG [29]. En attendant, elle avait été libérée sous caution et la famille tentait de retrouver une vie à peu près normale.

Crymes leva les yeux en entendant la porte s'ouvrir et se refermer. Peu après, Jamie le rejoignait au salon, un verre à la main.

— Bonsoir, Crymes, dit-il.

---

29 *Travaux d'intérêt général.*

Crymes le salua d'un signe de tête puis désigna le fauteuil en face de lui.

— Bonsoir, Jamison. Où sont les dames ?

— Elles préparent le dîner, père. Nous pourrons passer à table d'ici une demi-heure, m'ont-elles dit.

— Parfait, déclara Crymes. Ça nous donne le temps de discuter.

À ces mots, Jamie haussa les sourcils et pencha la tête.

— Bien volontiers. C'est au sujet de Charmaine ?

— Pas vraiment, répondit, déclara Crymes. Fils, je vais aller droit au but : l'inspecteur Bissonet m'a parlé de tes, euh…

Il se racla la gorge, gêné, avant d'enchaîner :

— … dettes.

Devenu blême, Jamie jeta un coup d'œil inquiet derrière lui, en direction de la porte, avant de reporter sur Crymes son attention.

— Que vous a-t-il dit au juste ?

Avant de répondre, Crymes but une grande gorgée de son cocktail.

— Que tu pariais aux courses et que tu t'étais endetté auprès d'individus plutôt… dangereux.

Le regard vide de toute expression, Jamie ne répondit pas.

Crymes insista :

— Tu réalises bien que ça te rend suspect, j'espère ?

Jamie baissa les yeux et regarda son verre, comme s'il pouvait y trouver la réponse à la question posée.

— Oui, admit-il au bout d'un long moment.

Crymes se pencha en avant.

— Jamison, j'aimerais t'aider, mais je ne compte pas me contenter de payer tes dettes. Je sais bien que cette solution ne serait que temporaire et que tu te retrouverais vite dans la même situation. Tu dois suivre une thérapie, fils. Tu as besoin d'une aide médicale. Et il faut également que tu en parles à Harper.

Jamie se redressa et se mit à arpenter le salon à grands pas.

— Je sais bien ! Mais j'ignore comment m'y prendre. Franchement, c'est arrivé si vite… au début, je pariais peu, sur quelques courses à l'occasion, et puis, tous m'est tombé dessus comme un mur de briques et j'ai dû emprunter à mes bookmakers pour couvrir mes pertes.

Crymes se leva et s'approcha de son gendre. Il lui posa la main sur l'épaule

— Mon garçon, tu as accompli le plus difficile : reconnaître que tu avais un problème.

Jamie secoua la tête.

— Non, le plus difficile a été de garder le secret. À présent que vous êtes au courant, je vais tout dire à Harper et me trouver un psychologue.

— Très bien. Préviens-moi quand tu te seras expliqué avec ta femme. Dès que tu auras commencé ta thérapie, je paierai tes dettes.

Jamie lui prit la main et la serra avec ferveur.

— Merci beaucoup. C'est très aimable de votre part.

CRUZ QUITTA le lit sans faire de bruit et commença à ramasser ses vêtements éparpillés. Il ne cessait de jeter des coups d'œil à Bissonet, couché sur le dos, le drap remonté jusqu'à la taille. Ses cheveux blonds ébouriffés lui cachaient en partie le front ; il paraissait plus détendu que Tollison ne l'avait jamais vu. La poitrine était solide, les bras gonflés de muscles. Bon sang, comment avaient-ils pu être aussi inconscients ? À un autre endroit, un autre moment, peut-être... mais pas maintenant. Il était très possible que Beau et lui aient tout fichu en l'air.

La veille, après un dîner et quelques verres en ville, ils étaient retournés à l'hôtel pour recommencer à baiser. Cruz avait pris Beau deux fois, sans réfléchir aux conséquences de ses actes.

Cruz se laissa tomber sur le canapé et grimaça : il avait mal au cul. En silence, il maudit Bissonet, puis reconnut qu'une nuit pareille valait bien de souffrir. D'ailleurs, Beau aurait la même difficulté à s'asseoir, sinon pire. À cette idée, Cruz éprouva un bref élan de satisfaction. L'inspecteur était bandant. Le sexe avait été explosif. Mais quel serait le prix à payer pour cette folie ?

Derrière lui, il y eut un bruissement, Cruz jeta un coup d'œil par-dessus son épaule en direction du lit.

— Salut, déclara-t-il, sans beaucoup d'originalité.

L'air endormi, Beau s'accouda dans le lit et se frotta les yeux.

— Quelle heure est-il ? demanda-t-il.

Cruz regarda sa montre

— Cinq heures trente. Notre vol part à huit heures, c'est ça ?

Beau acquiesça. Le silence retomba et devint vite assourdissant. Ne sachant trop quoi dire, Cruz se releva et s'approcha du lit.

— Alors, comment vas-tu ce matin ?

Beau laissa retomber sa tête sur son oreiller, il s'étira et bailla.

— J'ai sommeil. Et je me sens un peu vaseux de tout ce que j'ai bu hier soir, répondit-il d'une voix pâteuse. Toi ?

Sans réfléchir, Cruz lâcha :

— J'ai hyper mal au cul !

Il regretta ses paroles à peine les avait-il prononcées, mais il était trop tard pour les récupérer. Il s'assit sur le bord du lit et attendit la réaction.

Beau eut d'abord un rictus un peu narquois. Quand il remua ses hanches dans le lit, il changea vite d'expression.

— Pareil pour moi, reconnut-il.

Cruz retint un sourire. Il décida aussi d'abandonner cette conversation bizarre et d'aller prendre une douche. Beau l'avait déjà prévenu que le sexe ne changerait rien entre eux. Alors, pourquoi faire semblant ?

Tout à coup, Cruz fronça les sourcils : il venait de se souvenir d'avoir laissé son sac dans la voiture.

— Et merde !

— Quoi ?

— Mon sac est resté dans la voiture.

Beau l'examina d'un air pensif, puis il sourit.

— Je vais me doucher et m'habiller le premier. Ensuite, j'irai te chercher ton sac pendant que tu seras dans la salle de bain.

Étonné, Cruz leva un sourcil.

— Tu n'étais pas censé me détester ?

— Si, et alors ?

— Et alors, pourquoi te montres-tu aussi serviable ?

— Aucune idée. Je tiens peut-être à récompenser un mec aussi doué au pieu.

Cruz repoussa le commentaire d'un haussement d'épaules.

— Si j'avais su plus tôt qu'il ne te fallait que ça pour t'amadouer !

Beau se mit à rire. Il quitta le lit et fit quelques étirements pour se décontracter les épaules et le cou ; il y eut plusieurs craquements.

— Ouille ! protesta-t-il tout à coup.

Il se tenait le cul à deux mains.

Sur la chemin de l'aéroport, l'ambiance restait tendue, la conversation difficile, mais, par rapport à la veille, il y avait une amélioration. Ils discutèrent un peu de leur enquête et décidèrent ensemble d'aller rendre visite à Dudley Robinette dès leur retour à La Nouvelle-Orléans.

Une fois le sujet épuisé, le silence retomba. Il n'y avait plus de colère entre eux, juste un malaise de part et d'autre.

Dans l'avion, Cruz, les yeux fermés, réfléchit longuement à la situation. Il ignorait encore quelles retombées auraient leur incartade. En vérité, il considérait avoir accumulé les imbécillités. Et il était à peu près certain que Bissonet partageait son sentiment.

Pourtant, il aurait voulu revivre cette nuit passionnée et sauvage. Pour le moment, il ne pouvait qu'attendre et voir comment la situation allait évoluer. Mentalement, il envisagea différents scénarios, avant d'en retenir trois.

Leurs récents ébats pouvaient leur permettre de mieux travailler ensemble. Ou, au contraire, ajouter une nouvelle tension à un partenariat déjà tendu. Dans le meilleur des cas, Beau et lui devenaient bons amis, résolvaient cette affaire ensemble et décidaient ensuite de continuer à se voir. Mais là, Cruz avait comme un doute. Bissonet baisait comme un Dieu, d'accord, mais c'était bien sa seule qualité… d'après ce que Cruz connaissait de lui pour le moment.

Ils atterrirent à La Nouvelle-Orléans, récupérèrent leur voiture et retournèrent au poste de police. À ce moment-là, Cruz était épuisé d'avoir tant décortiqué la situation. Il garda un silence prudent, afin d'éviter qu'une réflexion mal interprétée déclenche la colère de Bissonet. Le mec tournait plus vite à l'aigre que du lait au soleil. Cruz trouvait cette constante tension encore plus stressante que leur antagonisme initial.

BISSONET DÉVERROUILLA la porte, alluma le plafonnier et jeta son sac contre le mur. Il contourna son bureau et se laissa tomber dans son fauteuil. Cruz prit le siège visiteur, en face de lui, sans dire un mot. Apparemment, il laissait à Beau l'initiative. Depuis son réveil, le matin même, Cruz paraissait réticent à parler.

Beau leva les yeux au ciel et s'adossa dans son fauteuil.

— Qu'est-ce qui ne va pas, Tollison ?

Cruz ricana.

— Tollison ?

— C'est bien comme ça que tu t'appelles, pas vrai ? répliqua Bissonet d'un ton sarcastique en accentuant son accent sudiste.

— Jusqu'ici, tu m'appelais Cruz.

Beau vérifia d'un coup d'œil que la porte était fermée. Avec un sourire, il s'accouda sur son bureau et se pencha en avant

— Une fois que j'ai planté ma queue dans un gars, je me sens en droit d'utiliser son prénom.

Cruz ricana de plus belle, cachant que la candeur de Beau le surprenait.

— Oh !

Il ne trouvait rien d'autre à lui dire. Beau changea de position et s'adossa à nouveau.

— Tu n'as pas répondu à ma question. Qu'est-ce qui ne va pas ?

— Pour être franc, je préfère quand nous ne nous disputons pas. Alors, j'essaie de ne rien dire pour ne pas te mettre en colère.

Beau grimaça.

— D'après toi, je m'énerve vite ?

— Oui, c'est ce que j'ai constaté depuis que je te connais.

Beau soupira.

— Écoute, on t'a imposé dans mon enquête sans que j'aie mon mot à dire. Je n'aime pas perdre le contrôle. D'accord, je n'ai probablement pas très bien géré la situation, mais je suis, qui je suis…

La porte s'ouvrit, Bruce passa la tête en disant :

— Bon retour !

Beau eut un sourire forcé.

— Merci.

Et voilà. Tu vois, ce n'est pas si difficile !

— Le capitaine veut te voir, ajouta Bruce. Sans attendre.

— D'accord, je viens.

Il se redressa trop brusquement, son siège recula et heurta le mur derrière lui. Tollison se releva également.

— Je t'accompagne, dit-il.

Jenkins s'interposa :

— Pourriez-vous m'accorder une minute, M. Cruz ? J'aurais quelques points de l'enquête à revoir avec vous.

— Bien sûr, répondit Tollison.

Il reprit sa place dans son siège.

— Merci, dit Jenkins. Je vais chercher mon dossier et je reviens.

Les deux flics quittèrent le bureau de Beau en même temps. Une fois dans le couloir, Bruce entraîna Beau dans une salle vide et referma la porte sur eux.

Beau l'interrogea du regard.

— Qu'est-ce que tu veux, Bruce ?

— J'ai des infos : je sais avec qui a dîné Della Penna la nuit du vol. Et ça ne va pas te plaire.

— Ah, bon, pourquoi ?

— Parce qu'il s'agit de Tollison Cruz.

Beau n'en crut pas ses oreilles.

— Quoi ? Comment le sais-tu ?

— Je suis allé interroger la serveuse de Chez Brennan. En entendant sa description, j'ai tout de suite pensé à Cruz. J'ai trouvé une photo de lui sur Internet et elle l'a aussitôt identifié.

Beau se passa la main dans les cheveux et se mit à aller et venir d'un pas nerveux.

— C'est Cruz notre voleur ! s'exclama-t-il.

— Il y a pire, annonça Bruce.

Bruce fit la grimace.

— Merde ! Je t'écoute.

— En tapant son nom sur Internet, je suis tombé sur une mine d'informations.

Bruce s'interrompit, il semblait hésiter.

— Vas-y, accouche, Bruce ! aboya Beau.

— D'accord, mais tu devrais peut-être t'asseoir.

— Bruce !

À son regard féroce, Bruce sentit qu'il valait mieux ne pas insister.

— D'accord, d'accord. Devine un peu ce que faisait Cruz avant d'être employé par la Lloyd of London ?

— Aucune idée. Savant de génie, peut-être ?

— Très drôle. Non, c'était un voleur de renommée internationale dans le monde de l'art et des chefs-d'œuvre hors de prix. En fait, comme il n'a jamais été arrêté, c'était un *présumé* voleur.

Beau secoua la tête comme si ses oreilles ne fonctionnaient pas. Il n'arrivait pas à y croire. *Un voleur ?*

— Quoi ? Dégage !

Il ne put en dire plus.

— Si, si, je t'assure. Il a été soupçonné d'affaires hautement rocambolesques, mais personne n'a jamais pu l'épingler.

— Comment une compagnie d'assurance a-t-elle pu l'engager ?

Bruce eut un demi-sourire.

— Il y a cinq ans, il s'est pointé à la Lloyd en annonçant qu'il voulait faire amende honorable. Il leur aurait donné d'excellents conseils pour renforcer leur sécurité.

Beau leva les yeux au plafond.

— Laisse-moi deviner la suite : il leur a suggéré de l'employer parce qu'il savait comment opérait un voleur.

— Exactement, déclara Bruce. Apparemment, ses remords n'ont pas duré longtemps.

— Sauf qu'il vient de franchir une étape : il n'est plus un simple voleur, il est devenu un meurtrier. En fait, tout est logique. Voilà pourquoi il savait comment le voleur était entré dans la galerie ! C'était lui, le coupable.

— Il s'est ensuite arrangé pour participer à l'enquête pour détourner nos soupçons vers Villerie et Della Penna, ajouta Bruce.

L'enfoiré s'est bien foutu de ma gueule !

La porte s'ouvrit avec fracas : le capitaine Trenchard entra.

— Cruz est-il vraiment impliqué dans cette affaire ? aboya-t-il.

— Nous n'en sommes pas encore certains, monsieur, répondit Beau. Mais les indices suggèrent que...

— Je le veux en garde à vue, inspecteur, coupa le capitaine. Immédiatement !

— Nous n'avons que des soupçons, expliqua Beau. Rien de probant.

— Dans ce cas, obtenez-moi des preuves indiscutables, trancha Trenchard. Je n'admets pas que la police de La Nouvelle-Orléans soit ainsi humiliée.

— Oui, monsieur.

Le capitaine jeta aux deux hommes un regard noir, puis il quitta la pièce.

— Le seul truc que je ne comprends pas, déclara Beau, c'est pourquoi il n'a pas déjà quitté la ville.

— Profitons-en, déclara Bruce. Après tout, il ignore ce que nous savons sur lui.

— C'est vrai.

Beau marchait toujours de long en large, furieux d'avoir été ainsi manipulé. Pour le moment, il n'avait pas trop le temps de s'y attarder. Il avait mieux à faire.

— Alors ? demanda Bruce. Comment s'y prend-on pour le piéger ?

— Simple, expliqua Beau. Pour commencer, il nous faut un mandat pour fouiller sa chambre d'hôtel. Appelle tous les juges qui nous doivent un service, il faut que ce soit fait rapidement. Cruz compte rédiger cet après-midi un rapport pour informer son patron des progrès de l'enquête. J'irai le retrouver à son hôtel de bonne heure, je dînerai avec lui, je l'occuperai le temps que toi et un autre ayez le temps de passer sa chambre au peigne fin.

— D'accord, convint Bruce. Je me charge d'obtenir ce mandat. Maintenant, il faut que je retourne voir Cruz. Si je m'absente trop longtemps, il risque d'avoir des soupçons.

— Très bien, vas-y. Ce soir, je te préviendrai par texto dès qu'il quittera sa chambre d'hôtel.

Bruce s'en alla et passa une vingtaine de minutes avec Cruz. Pendant ce temps, Beau sortit du bâtiment pour se calmer. Il se retrouva à flanquer plusieurs coups de pied dans le mur. *Je n'arrive pas à croire m'être laissé piéger comme un bleu.*

Quand il se sentit enfin capable de jouer son rôle, il retourna dans son bureau. Cruz y était toujours.

— Alors ? demanda-t-il. Qu'est-ce que te voulait le capitaine ?

— Rien de particulier. Il m'a demandé où nous en étions, bien sûr, mais notre entretien concernait essentiellement une autre affaire.

Beau posa une fesse sur l'angle de son bureau. Puis il enchaîna :

— J'ai demandé à Jenkins de vérifier les allées et venues de Robinette. En attendant, tu peux retourner à ton hôtel et t'occuper de ton rapport.

Pour ne pas alerter Cruz, Beau se leva et alla fermer la porte. En revenant, il déposa sur ses lèvres un ardent baiser.

— Et si nous dînions ensemble ce soir ? proposa-t-il. Je pourrais passer à ton hôtel en quittant le bureau.

Cruz parut surpris de cette proposition. Il l'accepta cependant.

— D'accord.

Il consulta sa montre avant d'ajouter :

— Il est presque 14 heures, j'ai largement le temps de fignoler mon rapport. On se retrouve au bar de l'hôtel ? Disons… vers 18 heures ?

Il ne veut pas de moi dans sa chambre ! pensa Beau.

90

— Parfait. Tu es bien au Royal Sonesta ?

— Oui.

Cruz se leva et se dirigea vers la porte. Beau le rattrapa pour l'embrasser une dernière fois.

— À tout à l'heure.

BEAU N'AVAIT pas eu le temps de se changer ; il portait toujours son costume quand il s'installa sur un tabouret, au bout du comptoir. De là, il avait une vue dégagée sur l'entrée du bar.

Il tapa un texto avec : « vas-y », mais sans l'envoyer.

À 18 h 10, il commença à s'agiter, à se demander si Cruz n'avait pas pris la fuite, se doutant d'avoir été démasqué. Au même moment, Cruz apparaissait.

Beau se détendit. Il envoya son texto à Bruce, rangea son téléphone dans sa poche et signala sa présence en levant le bras.

Cruz traversa le bar d'un pas souple, assuré. Beau l'examina avec attention. C'était la première fois qu'il le voyait en vêtements décontractés : une vraie fête pour les yeux. *Bon sang !*

Cruz prit le tabouret à côté du sien et s'accouda au comptoir.

— Tu es superbe ! déclara Beau.

Et il ne mentait pas, loin de là. En fait, Cruz ressemblait à un mannequin GQ [30], avec sa chemise blanche, serrée à la taille et soulignée d'une bande Paisley [31] en noir et blanc aux poignets et au col, son jean moulant et ses mocassins noirs. Beau dut faire un effort pour se souvenir que Tollison Cruz était à présent un suspect.

— Merci, déclara Cruz.

Le barman s'approcha et déposa un dessous de verre devant chacun d'eux.

— Qu'est-ce que je vous sers ?

Cruz jeta un coup d'œil sur ce que buvait Beau : un bourbon déjà à moitié vide.

---

30 « *Gentlemen's Quarterly* », magazine mensuel de référence en matière de style au masculin.

31 Dessins imprimés sur les châles, cravates et mouchoirs fabriqués en soie d'origine persane.

— Je vais prendre un martini Grey Goose, frappé [32], avec une olive.

— Tout de suite, répondit le barman.

Cruz se tourna vers Beau et le regarda droit dans les yeux.

— Alors, comment s'est passé le reste de ta journée ?

Beau détourna la tête pour ne pas se noyer dans ce regard ardent. *Merde ! Je ne pensais pas que ça serait aussi difficile.*

Il fixa son bourbon. Malheureusement, l'ambre doré lui rappelait les prunelles de Cruz. Beau pivota sur son tabouret, les yeux sur le col de Cruz.

— Rien de spécial. Au fait, ta chemise est vraiment géniale.

Le tissu était d'un blanc immaculé, le motif Paisley original et contrasté.

Cruz lui offrit un sourire éblouissant. Une chance que Beau soit déjà assis, sinon ses genoux auraient pu lâcher. *Qu'est-ce qui me prend ? Aurais-je un syndrome tardif du mauvais garçon ? Jusqu'ici, j'arrivais plus ou moins à me contrôler avec ce gars-là. Et maintenant que je le sais voleur et meurtrier, je deviens lubrique ?*

Il fut arraché à ses pensées quand Cruz répondit, d'une voix sirupeuse :

— Merci. Écoute, mec, je sais très bien que tu ne m'as pas invité ce soir pour échanger des banalités. Tu n'as pas caché ce que tu pensais de moi, je sais que nous ne pourrons jamais être amis.

Beau ne répondit pas tout de suite. Il ne voulait pas mentir à Tollison, mais il devait aussi le retenir le temps que Jenkins fouille sa chambre d'hôtel. Si Cruz s'énervait et le plantait là, l'opération tombait à l'eau.

— J'ai peut-être été un peu trop rapide à te juger.

Avec un gloussement amusé, Cruz pencha la tête pour le dévisager.

— Dis-moi, le Grand Méchant Inspecteur est-il en train d'admettre qu'il aurait pu se tromper à mon sujet ?

— Il y a une première fois pour tout, répondit Beau. Tu sais, *une fois* j'ai cru m'être trompé. Mais je me trompais.

Cruz éclata de rire.

— Ah, c'est davantage le Montgomery Beaumont Bissonet que je connais !

Le barman revint en apportant le martini-vodka, interrompant leur échange. Cruz goûta une gorgée de son cocktail.

— Délicieux ! Exactement, ce que m'a conseillé mon toubib.

---

32 Secoué énergiquement dans un shaker rempli de glace pilée pour un re-froidissement rapide.

Beau fixait la pomme d'Adam qui bougeait sur la gorge brune. Il en eut l'eau à la bouche, au sens littéral.

Cruz reposa son verre sur le comptoir et demanda :

— Alors, qu'est-ce qu'on fait ?

Beau eut une vision graphique de ce qu'il désirait, il la repoussa fermement et choisit ses mots avec soin. Il devait entretenir la conversation. Il n'arrivait pas à comprendre pourquoi il ne pouvait pas se résoudre à mentir à son vis-à-vis.

— Je n'en sais rien.

La réponse lui était venue d'instinct. *Parfait. Au moins, c'était la vérité.*

Cruz acquiesça.

— Qui es-tu ce soir : l'inspecteur Bissonet ou simplement Beau ?

— Un peu des deux, je pense, répondit franchement Beau.

— Je peux te poser une question d'ordre privé ?

Beau haussa les épaules.

— Pourquoi pas ?

— Que s'est-il passé entre Bruce Jenkins et toi ?

Beau comprit que passer aux aveux lui donnerait un certain répit. Bien entendu, il comptait ne fournir qu'une version expurgée, puis profiter du climat de confiance instauré pour tenter d'extirper à Cruz d'autres informations. Donner peu et recevoir beaucoup. *À la guerre, tous les coups sont permis.*

— L'histoire habituelle : rencontre, liaison, rupture.

— Ça se passe comme ça chez les Caucasiens [33] ? s'enquit Cruz.

Beau récupéra son verre et en prit une gorgée. Puis il acquiesça.

— Plus ou moins.

Cruz secoua la tête

— Je suis désolé pour toi, déclara-t-il. Mais j'aimerais vraiment que tu m'en dises un peu plus.

Beau sentit aussitôt ses épaules se raidir. Il tenta de se détendre avant de reprendre la parole.

— Nous étions tous les deux simples flics quand nous nous sommes connus. Nous sommes restés ensemble quelques années très heureux. Puis j'ai été promu inspecteur et je me suis retrouvé à travailler comme

---

33 Type anthropologique des États-Unis pour désigner les blancs.

un malade. Mon couple a commencé à dérailler. Alors, j'ai usé de mon influence afin que Bruce passe lui aussi inspecteur.

Il leva un doigt pour préciser :

— Attention, sa promotion était prévue, j'ai juste accéléré les choses afin que nous passions plus de temps ensemble. Malheureusement, c'était trop tard.

Cruz haussa un sourcil interrogateur.

— Pourquoi ? Que s'est-il passé ?

— Bruce trouvait qu'il restait trop souvent seul la nuit, alors, il a cherché ailleurs de la… compagnie. Rien de sérieux, d'ailleurs. Tout était déjà fini quand j'ai découvert la vérité. Pour moi, les dommages étaient irrémédiables. Je ne peux pas aimer un homme en qui je n'ai plus confiance. Voilà, c'est tout simple.

— Et comme tu l'avais aidé à devenir inspecteur, tu es obligé de travailler avec lui. Et réciproquement. Vous vous croisez tous les jours

— C'est une façon de résumer la situation, reconnut Beau.

Cruz se remit à siroter son cocktail. Puis il demanda :

— Et comment le prends-tu ? Je veux dire, de le voir régulièrement ?

— En fait, ça s'arrange depuis peu. J'en ai parlé avec Auggie : il m'a ouvert les yeux.

— C'est-à-dire ?

— D'après lui, les torts sont partagés, comme toujours en cas de rupture. Si j'avais donné à Bruce l'attention dont il avait besoin, il ne m'aurait pas trompé.

— Tu le crois vraiment ?

Beau réfléchit un moment avant de répondre.

— Oui.

— Dans ce cas, pourquoi ne pas lui donner une autre chance ?

Beau fit tourbillonner ce qui lui restait de bourbon dans son verre.

— Je ne peux pas. Comme je te l'ai dit, sans confiance, je ne peux pas aimer. Et je ne ferais jamais plus confiance à Bruce. Je me connais ! Chaque fois que je partirais en voyage d'affaires, ou que je travaillerais un peu tard, je me demanderais ce qui se passe à la maison. Et jamais je ne pourrais vivre comme ça.

Cruz changea d'expression, sans chercher à cacher sa tristesse.

— Je te comprends tout à fait. C'est quand même dommage qu'une erreur puisse tout changer aussi vite. Sans retour en arrière possible.

À cet aveu, Beau pointa l'oreille.

— On dirait que tu parles d'expérience.

Cruz n'eut pas le temps de répondre : l'hôtesse s'approchait d'eux.

— M. Bissonet ? Votre table est prête.

Sacré mauvais timing ! pensa Beau.

Il quitta son tabouret et, d'un signe, indiqua à Tollison de passer le premier.

Une fois attablés, ils commandèrent à boire. Beau chercha à revenir sur leur conversation précédente :

— Que voulais-tu dire, tout à l'heure, sur les retours en arrière impossibles ?

Cruz secoua la tête.

— Rien d'important. As-tu déjà mangé ici ? Que me conseilles-tu ?

Manifestement, il tenait à changer de sujet.

JENKINS PÉNÉTRA dans la chambre de Cruz, accompagné de l'inspecteur Tom Kloor et du responsable de la sécurité de l'hôtel. Il regarda autour de lui et sifflota.

— Il a une suite ? Nous, en déplacement, nous n'avons droit qu'à de minables motels !

— La police n'est pas riche, répondit Kloor. Tu fouilles la chambre et moi le salon, d'accord ?

— D'accord.

Peu après, Jenkins ouvrait le tiroir de la table de chevet et y trouvait un sac en velours noir. À l'intérieur, à sa grande surprise, il y avait un vibromasseur.

— Je le savais ! marmonna-t-il.

Il remit le sac à sa place. Kloor, qui l'avait entendu s'exclamer, le rejoignit.

— Tu as trouvé quelque chose ?

— Rien qui concerne l'affaire. Et toi ?

— Rien, dit Kloor.

— Merde ! cracha Jenkins. Il doit pourtant y avoir des preuves irréfutables.

— On dirait que tu tiens vraiment à épingler ce type.

— Bien sûr, répondit Jenkins. C'est mon boulot.

Kloor parut sceptique.

— À mon avis, il y a plus que ça.

Jenkins soupçonnait que Cruz et Beau avaient établi une nouvelle forme de « partenariat », mais il n'avait pas l'intention d'en discuter.

— Non. Continuons à fouiller.

LES MENUS étaient sur la table. Ni Beau ni Tollison ne paraissaient avoir envie de les consulter. Sous l'œil enamouré de Cruz, Beau avait du mal à garder son sang-froid. En vérité, le cul musclé qu'il avait pilonné vingt-quatre heures plus tôt l'obsédait. Et il aurait voulu recommencer, sans se soucier que Cruz soit un voleur ou un assassin. *Qu'il soit damné !*

Désireux de reprendre le contrôle de sa libido, Beau finit par étudier le menu.

— Qu'est-ce qui t'a poussé à travailler pour une compagnie d'assurance ? demanda-t-il à brûle-pourpoint. Ce n'est pas vraiment le genre de métier qu'un gamin envisage pour sa vie d'adulte.

Cruz hésita, puis parut choisir ses mots avec soin.

— Disons… que j'ai récemment changé de carrière.

Beau releva la tête pour croiser son regard.

— Sans blague. Et avant, que faisais-tu ?

Cruz jeta un coup d'œil furtif autour de lui. Il se pencha ensuite à travers la table et murmura :

— J'étais voleur.

— Nom de Dieu ! s'exclama Beau.

Il ne s'attendait pas à une telle franchise.

— En tout cas, corrigea Cruz, c'est comme ça que me traitaient les directeurs de musées. Personnellement, je me voyais davantage comme un 'récupérateur'.

Beau fit claquer son menu sur la table et s'adossa dans son siège.

— Il y a une différence ?

— Bien sûr, car je 'récupérais' des œuvres volées.

Perplexe, Beau l'interrogea du regard. Cruz s'empressa d'expliquer :

— Je retournais des objets d'art à leurs légitimes propriétaires. Pour commencer, j'ai récupéré un petit quelque chose ayant été volé à ma famille pendant la guerre.

Beau croisa les bras sur sa poitrine.

— En clair, tu étais le Zorro des temps modernes, sans le fouet et le masque noir.

— Sans le fouet, je te l'accorde, précisa Cruz, avec un sourire.

96

En imaginant Cruz avec un masque, Beau eut un coup de chaleur. Il agita la main devant son visage.

— Il fait sacrément chaud ici, non ?

Cruz vida ce qui restait de son second martini-vodka. Avec un clin d'œil entendu, il proposa :

— Tu sais, je n'ai pas tellement faim. Et si nous remontions tout de suite dans ma chambre ?

— Nous avons tout notre temps. Je t'assure que le menu est exceptionnel.

Cruz se pencha, il lécha ses lèvres et susurra :

— Je n'en doute pas. Mais si tu tiens vraiment à avoir la bouche pleine, j'ai un autre met *exceptionnel* à te proposer…

Beau sentit tout le sang de son cerveau se ruer dans son bas-ventre.

— Euh… ils ont aussi de très bons desserts.

Cruz se leva et posa sur la table un billet de cent dollars.

— Tant mieux. Quand j'aurai fini de te dévorer, nous passerons commande au room service.

Il tourna les talons et s'éloigna. Beau sortit son téléphone et il envoya un texto à Bruce : « Il remonte », puis il se lança à la poursuite de Cruz, qu'il rattrapa devant l'ascenseur.

JENKINS POSA son portable sur la commode avant d'en ouvrir les tiroirs. Il trouva un iPad dans le premier. Il vérifiait les emails de Cruz quand Kloor, qui fouillait la penderie, poussa un cri.

Jenkins le rejoignit avec l'iPad toujours à la main. Kloor était agenouillé devant une valise ouverte.

— Regarde ce que j'ai trouvé ! La trousse à outils du parfait gentleman-cambrioleur.

— Et moi, je viens de tomber sur pas mal de mails échangés entre Cruz, Della Penna et d'autres marchands d'art. Devine un peu qui propose de l'art sudiste ?

BEAU COMMENÇAIT à s'affoler : il avait beau vérifier son téléphone, Bruce n'avait toujours pas répondu. Ce fut seulement alors qu'il suivait Cruz dans le couloir de son étage qu'il reçut enfin un texto : « Presque fini. Retiens-le. »

Cruz pointa du doigt la porte au bout du couloir.

— C'est là, déclara-t-il.

Quand Beau entendit le bruit de la serrure, il réagit d'instinct, suivant la première idée qui lui traversait la tête. Il colla Cruz au mur et l'embrassa. Les deux inspecteurs, qui sortaient de la suite, se figèrent en voyant le couple. Jenkins se racla la gorge.

Beau et Cruz se séparèrent pour le regarder.

— Inspecteur Jenkins ? s'étonna Cruz. Que faisiez-vous dans ma chambre ?

— M. Cruz, vous êtes en état d'arrestation, déclara Jenkins. Vous êtes accusé de vol et d'assassinat. Tout ce que vous direz pourra être retenu contre vous...

Cruz se tourna vers Beau, le regard douloureux.

L'inspecteur Bissonet, les tripes nouées, lui passa les menottes.

AU POSTE de police, pendant qu'un commis relevait les empreintes de Cruz, Bruce fit son rapport à Beau concernant ce que lui et Kloor avaient trouvé dans la suite.

Beau se frotta les tempes.

— À mon avis, il est innocent.

— Bordel, qu'est-ce qui te prend ? Comment peux-tu dire un truc pareil ?

Beau passa la main dans ses cheveux blonds.

— Pourquoi m'aurait-il parlé de son ancienne vie s'il avait quelque chose à cacher ?

— Peut-être parce que tu couches avec lui ! cracha Bruce. Il t'a collé quelques bribes de vérité pour... pour mieux te faire gober ses mensonges !

Beau ne fut pas réellement étonné que Bruce ait découvert la vérité. Il soupira.

— D'abord, je couche avec qui je veux, cela ne te regarde pas. Ensuite, tu me crois vraiment assez con pour compromettre une enquête pour un plan Q ?

— Un plan Q ? À mon avis, il représente bien plus pour toi Beau.

Beau ne chercha plus à cacher sa frustration.

— Je me fous de ce qu'il représente ! hurla-t-il. Là n'est pas la question ! Je suis certain qu'il n'a rien fait.

Jenkins frappa du poing le bureau.

— C'est ta queue qui parle, pas ton cerveau !

— Je tiens au moins à entendre la version de Cruz, insista Beau.

— Tu plaisantes, j'espère ? Tu ne comptes pas l'interroger toi-même ?

— Bien sûr que si !

— Mais enfin, tu ne serais pas partial, Beau. Si tu continues à déconner, je vais devoir en informer le capitaine !

Beau se hérissa.

— Je te garantis une chose : si tu t'avises de cafter, il n'y aura plus rien entre nous, ni amitié, ni relation professionnelle, rien du tout. Et, je ferai tout afin que l'un de nous soit transféré au plus vite.

Bruce se figea un long moment, les traits crispés. Malgré son chagrin évident, Beau n'en démordait pas : il devait accorder à Tollison le bénéfice du doute.

Il fit un dernier effort pour convaincre Bruce :

— Je lui dois bien ça.

Bruce tourna les talons. La main sur la poignée de la porte, il s'arrêta et se retourna.

— D'accord, Beau. Tu as gagné. Comme toujours. J'ai cependant une condition. Tu assistes à l'interrogatoire, mais c'est moi qui pose des questions. C'est à prendre ou à laisser.

— Et merde !

Il envoya un coup de pied dans son bureau et grimaça de douleur – il venait probablement de se fracasser un orteil.

BEAU PRIT place en face de Cruz, qui ne se donna même pas la peine de le regarder.

Bruce Jenkins entama son interrogatoire :

— Je dois reconnaître, Cruz, que la façon dont vous avez dupé votre compagnie d'assurance m'impressionne beaucoup.

— Cruz, regarde-moi, intervint Beau.

Cruz releva la tête.

— Tiens, je suis redevenu 'Cruz' ?

Beau détourna les yeux.

Jenkins reprit :

— Convaincre la Lloyd que vous étiez réformé alors que vous prépariez simplement un nouveau coup, c'était une idée brillante. Je comprends ce qui vous a motivé.

Cruz fronça les sourcils.

— Qu'est-ce que vous racontez, Jenkins ?

— Le problème, continua l'inspecteur, c'est que vous avez voulu vous servir de Della Penna comme bouc émissaire. Et que vous n'aviez pu prévoir que Le Moyne tenterait lui aussi de voler les tableaux que vous convoitiez. Évidemment, vu que vous aviez déjà Della Penna à payer, un complice supplémentaire ne vous arrangeait pas, vous avez donc été obligé de vous débarrasser de LeMoyne. Ensuite, vous vous êtes arrangé pour participer à l'enquête afin de couvrir vos traces.

— Franchement, inspecteur Jenkins, on dirait un mauvais polard ! protesta Cruz.

— Je sais que vous avez rencontré Della Penna et je connais votre passé. Ça me suffit pour vous l'inculper.

— Je connais Della Penna depuis longtemps, répondit Cruz. Je cherchais à lui soutirer des informations concernant une autre affaire. J'ignorais à l'époque que Mme Villerie avait cherché à le convaincre de voler ses tableaux. Je ne l'ai appris que plus tard, durant l'enquête.

— Voyons, Cruz…

Beau l'interrompit en disant :

— Tollison ! Si ce dîner avec Della Penna n'était qu'un simple rendez-vous d'affaires, pourquoi ne nous en as-tu pas parlé plus tôt ?

— Parce que je regrettais de ne pas avoir compris plus vite que Della Penna était à nouveau impliqué dans une histoire louche. Si j'avais été plus perspicace, peut-être que le vol n'aurait pas eu lieu et que Le Moyne serait encore en vie.

D'après Beau, il était sincère. De plus, il s'exprimait avec un calme qui correspondait peu aux accusations pesant contre lui. *S'il n'est pas innocent, c'est un psychopathe.*

— Comment justifiez-vous la trousse à outils que nous avons trouvée dans votre chambre d'hôtel ? demanda Jenkins.

— Ma spécialité, c'est de *récupérer* des objets d'art ayant été volés, répondit Cruz. Mon patron s'intéresse plus à mon efficacité qu'aux moyens que j'emploie pour parvenir à mes fins.

— En clair, vous continuez à voler, déclara Jenkins.

— Je ne vole pas, je *récupère*, rectifia Cruz.

— Sans blague ? Et comment expliquez-vous avoir offert de vendre une peinture originale d'un million de dollars ?

Cruz s'agita dans son siège.

— D'après moi, le voleur va vouloir se débarrasser au plus tôt de ces tableaux. Je cherchais juste à débusquer les marchands les moins… scrupuleux.

Il posa les coudes sur la table métallique et le menton sur ses poings serrés. Son regard sombre passait de l'un à l'autre des deux inspecteurs.

— Messieurs, reprit-il sèchement, avant de venir à La Nouvelle-Orléans, je me suis renseigné sur votre compte. Vous êtes tous les deux notés comme des flics intelligents, méthodiques et consciencieux. Je suis certain qu'avec votre expérience, vous devez me savoir innocent. Dans ce cas, je comprends mal pourquoi vous vous en prenez à moi avec des éléments aussi vagues et circonstanciels. Aurais-je eu la mauvaise chance de tomber au beau milieu d'une querelle de couple ?

Beau jura entre ses dents. Jenkins secoua la tête.

— Absolument pas, il n'y a rien de personnel. Et je n'apprécie pas du tout vos insinuations.

Cruz se releva.

— Ce que vous appréciez ou pas ne m'intéresse pas, inspecteur Jenkins. À présent, soit vous m'arrêtez et je contacte mon avocat, soit vous me foutez la paix. J'ai du travail.

Beau se hâta d'intervenir :

— Tollison, si j'ai bien compris, ton travail consiste à *récupérer* – comme tu dis – ces tableaux. Bruce et moi devons retrouver un voleur et un meurtrier.

— Dans ce cas, conseille à ton ex d'oublier sa petite vengeance privée et revenons-en à l'enquête, d'accord ? Au fait, j'étais au téléphone avec mon patron au moment du hold-up.

Beau conserva son calme.

— Si c'est vrai, pourquoi m'as-tu caché des choses depuis le début ?

— Parce que j'ai déjà travaillé avec la police, Beau, je sais très bien qu'on ne me dit pas tout, ce qui me complique la tâche. Du coup, je fais la même chose et chacun magouille de son côté. Je te rappelle que je suis censé récupérer les tableaux volés, pas me faire des copains chez les flics. Mais tu as raison, j'ai traité cette affaire comme les autres sans tenir compte que la situation avait changé. À partir de maintenant, je promets de tout te dire.

— C'est inutile, déclara Jenkins. Vous ne travaillez plus avec nous.

Beau faillit exploser de rage. *Pour qui se prenait Bruce ? Ce n'était pas lui qui dirigeait l'enquête !*

— Dommage, ricana Tollison. J'ai une théorie qui pourrait mener à une arrestation. Ça ne vous intéresse pas ?

— Si, bien entendu, répondit Beau. Et tu es toujours dans l'équipe.

Il foudroya Bruce du regard, le défiant de contester sa décision – et son autorité. Bruce se redressa d'un bond, les deux mains sur ses hanches.

— Tu parles sérieusement, Beau ?

— Absolument ! Et si tu tiens à en discuter avec le capitaine Trenchard, ne te gêne surtout pas. Dans ce cas, je lui signalerai également ton parti pris dans cette affaire.

Fou de rage, Bruce quitta la pièce et claqua la porte derrière lui.

Cruz tourna vers Beau un visage vide d'expression.

— Je peux m'en aller ?

Son attitude était détachée, sa voix glaciale. Beau réalisa alors que tous les deux ne pourraient sans doute plus travailler ensemble. Sans même parler de baiser.

— Je suis vraiment désolé, mec. Je devais faire mon travail.

— Je peux m'en aller ? répéta Cruz d'un ton plus sec.

La colère brûlait dans ses yeux.

— Je te signale que tu m'as caché pas mal de choses ! insista Beau, qui devenait désespéré.

Buté, Cruz croisa les bras sur la poitrine, le regard fixé droit devant lui.

— Je suis vraiment désolé, *mec*, déclara-t-il d'un ton sarcastique, je devais faire mon travail. Maintenant, je peux m'en aller ou tu veux que j'appelle mon avocat ?

— Tu es libre de t'en aller, bien sûr. Tu veux que je te raccompagne à ton hôtel.

— Pourquoi ? Tu as envoyé quelqu'un fouiller ma chambre ? Ou préfères-tu t'en charger personnellement ?

Les épaules de Beau se voutèrent.

— C'est un coup bas, Tollison.

— Pourquoi n'as-tu pas joué franc jeu, Beau ? Pourquoi ne m'as-tu pas posé des questions au lieu de te montrer d'abord odieux, puis faire… semblant de t'intéresser à moi ? Bon Dieu, tu couches avec tous tes suspects ou quoi ? Tu ferais n'importe quoi pour résoudre une enquête, c'est ça ?

— Quoi ? Non, mais ça ne va pas la tête ? Tu n'as rien compris du tout !

— Ben voyons ! ricana Tollison.

— Je t'accorde qu'au début, tu m'as hérissé le poil. Je te détestais pour de bon. Ensuite, tu m'as... euh, plu et j'ai couché avec toi. Je n'ai appris ton passé qu'en revenant de Charleston.

Cruz le regarda fixement, comme s'il cherchait quelque chose dans ses yeux. *La vérité, peut-être*, pensa Beau.

Il prit place à côté de Cruz et saisit ses deux mains dans les siennes.

— Je te jure que c'est vrai, Tollison. Quand nous sommes revenus au poste, Bruce a prétendu que le capitaine voulait me voir. Il m'a attiré dans le bureau d'à côté pour m'annoncer ce qu'il avait découvert à ton sujet. Trenchard était déjà au courant, j'ai dû accepter d'enquêter sur toi.

— Tu aurais pu m'en parler.

Frustré, Beau passa les doigts dans ses cheveux. Il le faisait de plus en plus ces derniers temps – il allait finir chauve.

— Oui, je le suppose, mais le capitaine m'a donné un ordre. Et avant de pouvoir te parler, j'avais besoin de preuves, dans un sens ou dans l'autre. Si tu réfléchissais à tête reposée, en oubliant un peu ta colère à mon égard, tu comprendrais ma position. Tu aurais fait la même chose à ma place !

Cruz se détendit et hocha la tête. Beau en fut rassuré.

— Je regrette ce qui s'est passé, reprit-il. Pourrions-nous oublier tout ça et revenir à l'enquête ? Tu disais avoir une théorie ? J'aimerais l'entendre.

Tollison soupira.

— D'accord, mais, sortons d'ici. J'aurais moins la sensation d'être un criminel.

Beau gloussa.

— Bien sûr. Allons dans mon bureau.

Dans ledit bureau, un panneau reprenait les éléments de l'enquête – et listait les suspects. Cruz vit sa photo à côté de celles des Villerie, Charmaine et Crymes, des Hayes, Harper et Jamison, mais aussi d'Anthony LeMoyne, d'Emanuel Della Penna et de Dudley Robinette. Un grand X au stylo noir barrait les photos de Dudley Robinette et d'Anthony LeMoyne. Avant de s'asseoir à son bureau, Beau marqua du même X la photo de Cruz.

Sans faire de réflexion, Tollison sourit et s'installa sur son siège habituel.

Il expliqua sa théorie. Il n'avait pas de preuves pour l'étayer, mais il détailla les étapes de son raisonnement.

Beau l'écouta avec attention. Quand Cruz se tut, il réfléchit à ce qu'il venait d'entendre. Puis il secoua la tête et sifflota.

— Franchement, Tollison, je ne sais que dire. C'est assez compliqué. D'un autre côté, ça se tient. Il nous reste à présent à trouver des preuves. Nous devrions commencer par interroger Robinette.

— Je suis de ton avis. Sais-tu où il est ?

— Bruce cherchait à le retrouver. Nous en saurons davantage demain matin.

— D'accord. En attendant, nous sommes bloqués.

Beau consulta sa montre

— Il est vraiment tard. Laisse-moi te raccompagner à ton hôtel.

— Si tu veux, mais si tu espères que je t'invite dans ma chambre, tu rêves en couleurs.

Beau crispa le poing sur la poitrine et grimaça, comme s'il avait reçu une balle en pleine poitrine.

— Et vlan ! Droit au cœur !

— Quelle blague ! Tu n'as pas de cœur.

— Et merde, j'avais oublié ce détail !

Beau leva les yeux au ciel, puis il ajouta gentiment :

— Enfoiré !

VII

TOLLISON AVAIT le dos pressé contre la porte de sa chambre et Beau pesait sur lui, le plaquant au panneau. Deux grandes paumes avaient pris son visage en coupe et une langue plongeait dans sa bouche, en explorant les moindres recoins. Un sexe rigide se frottait au sien, ce qui rendait très difficile à Tollison de se concentrer sur la simple opération d'introduire sa carte-clé dans la serrure. Par miracle, la connexion finit par se faire avec un petit « *bip* » électronique.

La poignée tourna et les deux hommes furent éjectés dans la chambre, atterrissant lourdement contre le mur tandis que la porte se refermait derrière eux.

Le trajet du poste à l'hôtel s'était effectué presque en silence. Beau avait bien tenté d'entamer la conversation, mais Tollison n'avait répondu que par des monosyllabes. En vérité, il avait profité du délai pour réfléchir : allait-il pardonner à Beau ses soupçons à son égard ? Au fond de lui-même, il savait qu'un flic devait faire son boulot. Malgré tout, il était en colère.

Et Beau disait vrai en rappelant que Tollison lui avait caché des informations cruciales. Ce n'était pas la première fois que Tollison s'incrustait, par un moyen ou un autre, dans une enquête et il avait l'habitude de soutirer tous les détails d'une affaire. Pour lui, c'était en général un simple travail, rien de plus. Cette fois-ci, c'était différent. Le fait que son amant se soit méfié de lui le bouleversait.

Pour être franc, Beau avait dit vrai en affirmant que Tollison, dans la même situation, aurait réagi de la même façon. Étrangement, le fait que Beau le connaisse aussi bien ajoutait à sa mauvaise humeur.

En arrivant à l'hôtel, excédé de jouer au docteur Jekyll et M. Hyde, il avait décidé de ne pas s'entêter à bouder : pourquoi couper la branche sur laquelle il était assis ? Douleur, méfiance ou trahison, Tollison était prêt à tout accepter pour coucher avec Beau, point final.

Après avoir coupé le moteur, dans le parking, Beau s'était tourné vers lui comme s'il attendait un signe quelconque. Sans un mot, Tollison avait enlevé la clé du contact pour la lui mettre dans la main. Beau n'eut pas besoin de plus : avec un sourire, il avait jailli de la voiture, remit le trousseau au voiturier et entraîné Tollison jusqu'aux ascenseurs. Il avait paru déçu de voir d'autres clients qui attendaient également. Dans le couloir de l'étage de Tollison, ils étaient seuls, mais ils avaient tenu bon jusqu'à la porte de la suite. Puis leur passion avait flambé.

Avec un grognement d'impatience, Beau ôta sa veste et la laissa tomber par terre. Il empoigna la chemise de Tollison comme s'il comptait faire sauter tous les boutons.

— Non !

Tollison avait gémi dans la bouche de Beau. D'une pression sur la poitrine, il repoussa celui qui l'embrassait.

Beau s'écarta, perplexe et frustré à la fois.

— Cette chemise m'a coûté deux cents dollars ! protesta Tollison. Je ne veux pas que tu la déchires.

Rassuré, Beau eut un sourire rayonnant.

— D'accord ! On va aller doucement. Ce sera plus amusant d'ailleurs.

Il réclama à nouveau ses lèvres pendant qu'il déboutonnait la chemise, lentement, mais sûrement. Rompant le baiser, il leva la main gauche de Tollison à sa bouche pour mordiller chacun de ses doigts. Tollison sentit son sexe s'ériger davantage sous la succion chaude et humide. Beau détachait les derniers boutons de ses poignets. Quand Tollison fut enfin débarrassé de sa chemise, il était prêt à jouir.

Beau s'attaquait maintenant à un de ses mamelons. Il le caressa de la langue et referma doucement ses dents dessus. Tollison passa les doigts dans les cheveux blonds, puis empoigna Beau par la nuque pour le plaquer contre lui. Il renversa la tête en arrière et savoura les caresses qu'il recevait, tellement perdu dans ses sensations qu'il ne réalisa pas que Beau détachait sa ceinture et faisait glisser son jean avant que celui-ci tombe à ses chevilles.

Beau passa les doigts sous l'élastique de son boxer et il déposa une pluie de baisers sur son ventre, descendant vers le nombril. Il s'agenouilla pour baisser le caleçon et engloutit le sexe rigide jusqu'à la garde. Tollison sentit ses jambes le lâcher. Pour garder l'équilibre, il posa ses mains sur les épaules de Beau qui commençait de lents et savants va-et-vient. Une fois rassuré qu'il tenait debout, Tollison prit la tête de Beau à deux mains et guida ses mouvements, surfant sur les vagues du plaisir de cette bouche qui coulissait sur lui.

Sans lâcher son sexe, Beau s'humecta l'index de salive, puis il passa la main derrière son amant, s'insinua entre ses fesses fermes et trouva l'entrée de son corps. Il força l'anneau de muscles. Tollison gémit et faillit tomber à genoux. Son plaisir se multiplia sous la double sensation : le doigt de Beau qui, du premier coup, avait trouvé sa prostate, et les lèvres chaudes qui l'aspiraient avec force. Quand son orgasme commença à monter, Tollison se raidit et empoigna Beau par les cheveux. Sa tête bascula en arrière.

Il se mit à hurler :

— Beauuu ! Je vais…

Loin de s'écarter, Beau accéléra son rythme. Incapable de se retenir plus longtemps, Tollison explosa au fond de sa gorge. Son amant avala sans faillir et continua jusqu'à être certain d'avoir extirpé de lui la dernière goutte de plaisir.

Cette fois, les genoux de Tollison lâchèrent pour de bon. Les yeux fermés, il glissa le long du mur. Il cherchait encore à retrouver son souffle quand son cul heurta l'arrière de ses mollets. Beau enleva son doigt juste à temps, un peu brutalement, et Tollison fit la grimace. Pour le consoler, Beau l'embrassa avec ardeur. Sa bouche avait un goût de sperme et de musc, et Tollison s'en délecta, encore secoué par les derniers spasmes de son orgasme.

Il avait du mal à respirer, du mal à parler.

— Bon Dieu, Beau ! souffla-t-il.

— Ce n'était qu'un amuse-gueule – au sens littéral. J'ai d'autres projets en ce qui te concerne.

Il s'écarta. Tollison s'assit sur le marbre du sol et étendit les jambes, fixant d'un œil vide son jean et son boxer, toujours entortillés autour de ses chevilles. Beau lui ôta ses mocassins et ses chaussettes, puis le reste de ses vêtements. Son regard fiévreux restait fixé sur Tollison qui se sentait plutôt nu et exposé.

— Je me suis fait avoir, marmonna-t-il.

Sans le quitter des yeux, Beau eut un sourire de prédateur.

— Et alors ? Te voir comme ça me plaît beaucoup.

Tollison tendit les deux mains. Beau les saisit et l'aida à se relever.

Ensemble, ils passèrent dans la chambre. En chemin, Beau ôta son étui d'épaule qu'il jeta sur le fauteuil, près du lit. Puis Tollison se chargea de le déshabiller. Très vite, Beau ne porta plus que ses chaussettes. Tollison les lui avait laissées délibérément.

Il se pencha et ouvrit le lit, laissant la couette tomber sur le sol. D'une pression au centre de la poitrine, il poussa Beau à s'étendre. Il passa ensuite brièvement dans la salle de bain pour récupérer une boîte de préservatifs et du lubrifiant.

En revenant, il débarrassa enfin Beau de ses chaussettes.

— Je ne peux pas baiser un grand mec avec des chaussettes noires.

Beau se souvint d'avoir fait ce même commentaire lors de leur première nuit ensemble. Il eut un clin d'œil qui disait : « Touché ! »

Tollison se laissa tomber sur lui et dévora ses lèvres. Quand il releva la tête, Beau souriait.

— C'est comme ça que tout a commencé.

Après ce qui s'était passé à leur entrée dans la suite, Tollison avait envisagé de laisser Beau le prendre, mais il rebandait déjà, aussi changea-t-il d'avis : il décida de le baiser. Peut-être en avait-il besoin après la journée qu'il venait de vivre. Ses raisons de se sentir dominant étaient d'ailleurs sans importance.

Il allait baiser Beau et lui faire voir des étoiles.

Il montra les dents dans un sourire de fauve.

— Presque ! Sauf que cette fois, c'est moi qui vais te baiser.

Surpris, Beau écarquilla ses yeux gris-bleu. Déjà, Tollison se penchait et l'embrassait, les doigts refermés sur le sexe rigide qu'il se mit à pomper fiévreusement. Puis Tollison glissa le long du corps étendu, jusqu'à se trouver au niveau voulu. Le gland était déjà trempé, révélant l'excitation de Beau. Tollison le prit dans sa bouche et aspira, les joues creusées. Beau décolla du lit, étouffant un juron. Après plusieurs va-et-vient, Tollison mordilla la veine qui courait sur toute la longueur. Beau se tortilla de plus belle.

Se redressant, Tollison dévissa le bouchon du flacon de lubrifiant, il en versa un peu dans sa paume et enduisit généreusement le sexe de Beau. Relevant ensuite ses jambes, il les posa sur ses épaules et fit couler du lubrifiant entre ses fesses. Du pouce, il détendit l'anus palpitant, provoquant chez Beau des petits cris étouffés. Tollison enfonça un doigt, puis un second, qu'il fit coulisser le temps de s'assurer que les muscles étaient détendus.

Ensuite, il se positionna et pénétra Beau d'un mouvement à la fois fluide et puissant. Une fois enfoui jusqu'à la garde, il se figea, saisi par la sensation brûlante du corps contracté autour de son sexe. Beau serrait les deux poings sur les draps ; une fois de plus, il avait décollé du lit. Tollison resta immobile quelques secondes pour lui laisser le temps de s'adapter à son intrusion. Dès qu'il sentit son amant se décontracter, il commença à bouger.

— Plus vite, s'il te plaît, plus vite ! le supplia Beau.

La tête renversée tournait de gauche à droite sur l'oreiller ; le visage extatique exprimait un plaisir indicible. Comme hypnotisé, Tollison ne pouvait le quitter des yeux. Jamais il n'avait vu d'homme plus beau, plus sensuel !

Sans ralentir la cadence, il saisit le sexe de Beau et accorda les mouvements de sa main à ceux de ses reins. À chaque pression, Beau poussait un gémissement et un frisson d'excitation remontait tout le long de la colonne vertébrale de Tollison.

Tollison finit par lâcher le sexe de son amant pour lui attraper les jambes au niveau des talons, il les releva et les écarta davantage, se donnant ainsi un meilleur accès : il s'enfonçait plus fort, plus profond. Il fut récompensé de ses efforts par un grognement guttural qui le fit trembler d'un désir renouvelé.

Lâchant le drap, Beau se mit à se masturber fébrilement. Ses cris et gémissements montaient en intensité, Tollison comprit qu'il allait jouir en sentant ses muscles internes se contracter autour de lui.

— Maintenant ! le supplia Beau. Encore ! Oh, bon sang…

Son orgasme jaillit et son sperme heurta Tollison à la poitrine. Il continua à le marteler quelques secondes avant de le rejoindre dans le plaisir.

Beau avait les yeux fixés sur lui.

— Oh, Dieu !

Tollison hurla, traversé par une jouissance tellement intense qu'elle en devenait douloureuse. Il eut l'impression que ses spasmes duraient éternellement.

Ses bras tremblants ne parvenant plus à soutenir son poids, il s'écroula sur Beau, qui l'étreignit et le serra contre lui.

Le cœur de Tollison s'était emballé, son pouls battait la chamade. Il fit un gros effort pour se contrôler et retrouver son sang-froid. Beau était dans le même état, d'ailleurs, Tollison entendait son cœur tambouriner contre le sien.

Beau gémit quand Tollison se redressa et le libéra, avant de quitter le lit. Il se débarrassa du préservatif et passa dans la salle de bain. Il en revint avec une serviette humide. Il nettoya son amant et les traces de sperme sur le lit, puis il se recoucha, étendu sur le dos, la tête de Beau sur sa poitrine.

Ils gardèrent le silence un long moment.

Beau fut le premier à parler.

— C'est dingue, non ? Nous avons une connexion incroyable.

— C'est vrai, reconnut Tollison. Mais si ça ne te gêne pas, je préférerais ne pas entamer tout de suite une analyse en profondeur de nos sentiments respectifs. Pourquoi ne pas profiter de notre nirvana postcoïtal ?

Beau eut un gloussement.

— Désolé. J'ai la mauvaise habitude de toujours vouloir comprendre.

Tollison resserra son étreinte et ferma les yeux.

À SON réveil, Tollison se retourna et tendit la main vers Beau, mais il était seul dans son lit, les draps étaient froids. Il ouvrit des yeux incrédules et consulta son réveil : 5 h 45. Il venait d'allumer la lampe posée sur le chevet quand son attention fut attirée par un léger grincement. Beau sortait de la salle de bain sur la pointe des pieds, en partie rhabillé, la cravate autour du cou, mais détachée, ses chaussures et sa veste à la main.

Il s'était figé, l'air coupable.

— Désolé, murmura-t-il, je ne comptais pas te réveiller.

— Avais-tu l'intention de filer sans me dire au revoir ?

Beau leva les sourcils et gesticula pour désigner la table de nuit. Tollison tourna la tête et vit un morceau de papier plié à côté de la lampe.

Il s'en saisit et lut :

Passé un super moment. Je te revois au bureau.

Ça te dit de dîner chez moi ce soir ?

B

Il ne put s'empêcher de sourire.

— Viens ici et embrasse-moi avant de partir. Et c'est d'accord, bien sûr !

— D'accord pour quoi ? demanda Beau

Il avança jusqu'au lit, posa le genou dessus et se pencha.

— Pour dîner chez toi, répondit Tollison.

Empoignant Beau par l'avant de sa chemise, il le fit tomber sur le lit, la veste voltigeant d'un côté, les chaussures de l'autre. Beau, surpris, se retrouva étalé sur son dos, avec Tollison à califourchon sur lui, l'air très content de sa petite manœuvre.

— Ça t'apprendra à vouloir filer en douce !

— Je t'avais laissé un message, se défendit Beau.

— Oui, mais si je ne m'étais pas réveillé, tu aurais manqué ça.

Il se pencha, ses lèvres contre celles de Beau, mais sans l'embrasser. Après quelques secondes d'immobilité, il se redressa et quitta le lit en disant :

— Ne bouge pas !

Il disparut quelques secondes dans la salle de bain, puis revint et reprit la même position.

— Je devais me brosser les dents, expliqua-t-il.

— Et moi alors ? protesta Beau. Je n'ai pas de brosse à dents !

— Tais-toi.

Tollison dévora sa bouche dans un baiser torride. Il sentit l'érection de son amant, aussi sourit-il contre ses lèvres.

Il se redressa.

— Parfait, maintenant tu peux t'en aller.

Éberlué, Beau leva les mains.

— Tu es sérieux ?

Sans le quitter des yeux, Tollison détacha la ceinture, ouvrit la fermeture éclair du pantalon, baissa le boxer et empoigna les bourses.

— D'accord, je vais te faire une petite gâterie, concéda-t-il. Mais c'est juste afin que tu saches ce que tu manquerais si tu cherches encore à ficher le camp sans me dire revoir !

AU POSTE de police, Beau s'immobilisa à la porte de son bureau. Tollison était déjà installé dans son siège habituel : il dégustait un café, un sourire satisfait aux lèvres.

— Bonjour, dit Beau.

Il s'assura d'un regard alentour qu'il n'y avait personne à portée d'oreilles puis ajouta à mi-voix :

— Je devrais plutôt dire : rebonjour.

Tollison le salua en levant sa tasse de café.

— Bonjour, bel étalon.

Beau se redressa, quelque peu flatté.

— Hé, hé.

— Tu le mérites bien, pas vrai ?

Beau réfléchit un moment.

— Eh bien, j'ai été traité de pires qualificatifs.

— Je sais, renchérit Tollison avec conviction. Surtout par moi !

— Tu n'es pas le seul !

Beau entra et s'installa dans son fauteuil.

— Tiens, en parlant du diable… commença Tollison.

Il désignait celui qui venait d'entrer : Bruce Jenkins. Il n'avait pas l'air content. Il désigna Tollison d'un geste furieux et demanda à Beau :

— Qu'est-ce qu'il fout encore là ?

Beau secoua la tête, son regard passant de l'un à l'autre de ses vis-à-vis.

— Voyons, voyons, messieurs, restons professionnels, si vous le voulez bien. Nous avons du travail. À ce propos, Bruce, tu as des nouvelles de Robinette ?

L'inspecteur arracha une des pages de son bloc et la remit à Beau.

— Oui. Il a des bureaux sur la rue Magazine. Voici l'adresse. Et nous cherchons toujours à en savoir davantage sur Jamison Hayes. À mon avis, il y a quelque chose de louche chez ce type-là.

Tollison adressa à Beau un clin d'œil complice.

— Tu as pu trouver des vidéos de sécurité autour de la galerie ? demanda Beau à Bruce.

— Oui, plusieurs, dans des résidences privées, mais aussi dans des boutiques et bureaux voisins. Du coup, nous avons récupéré suffisamment de films pour avoir une bonne idée de ce qui s'est passé. Nous sommes en train de les visionner, nous devrions avoir fini d'ici un jour ou deux.

— Parfait. Préviens-moi dès que tu as des nouvelles. En fait ! Tu as eu des news d'Auggie ? Comment va-t-il ?

— Je lui ai parlé ce matin. Il est toujours couché, il ne peut toujours pas bouger, mais il dit que son état s'améliore.

— Tant mieux ! Je l'appellerai tout à l'heure.

Beau se tourna vers Tollison pour demander :

— Ça te dit de m'accompagner pour rendre visite à M. Robinette ?

— Bien sûr, répondit Tollison avec une nonchalance affectée. Un mot de toi et je te suivrai jusqu'au bout du monde.

Beau leva les yeux au ciel. Il sentait bien que Bruce bouillonnait de colère, aussi décida-t-il qu'il valait mieux le séparer de Tollison.

— Dans ce cas, on y va, dit-il en se levant.

BEAU SE gara dans la rue Magazine, devant un parcmètre. Tollison fouillait déjà ses poches pour chercher de la monnaie. En vain, apparemment.

— Je n'ai pas de pièces, déclara-t-il.

— Pas besoin !

Il posa sa carte de police sur le tableau de bord. Amusé, Tollison leva un sourcil. Beau eut un sourire satisfait.

— C'est un des petits avantages du job, autant en profiter !

Il y avait plusieurs boutiques aux vitrines désuètes. Au 410, les deux hommes s'arrêtèrent devant un petit immeuble : un panonceau sur la porte indiquait « Syndic de liquidation immobilière ». Beau leva les yeux pour examiner le bâtiment qu'il trouvait plutôt chouette. On se serait vraiment cru dans la parfaite petite ville de Mayberry [34] – de la série télévisée ! Beau n'aurait pas été étonné d'apprendre que tante Bee, Andy, Barney et Goober vivaient ici.

Beau s'écarta pour laisser Tollison passer le premier. Quand il ouvrit la porte, une clochette minuscule annonça leur arrivée. Une dame aux cheveux blancs approcha – elle ressemblait terriblement à tante Bee ! – avec un sourire chaleureux.

— Puis-je vous être utile, Messieurs ?

Beau sortit son badge.

— Je suis l'inspecteur Bissonet de la police de La Nouvelle-Orléans, et voici M. Cruz. Nous aimerions parler à M. Robinette, s'il vous plaît.

La dame pressa la main sur son cœur.

— Oh, mon Dieu ! J'espère qu'il n'a pas d'ennuis !

— Je n'ai pas la liberté d'en parler, Madame. Pourriez-vous, je vous prie, le prévenir que nous l'attendons ?

— Malheureusement, il est absent.

Beau et Tollison échangèrent un coup d'œil sceptique.

— Où pourrions-nous le trouver ? insista l'inspecteur.

— Il s'occupe aujourd'hui d'une succession sur l'avenue Louisiane.

— À quelle adresse ? demanda Tollison

Il sortait déjà de sa poche intérieure un petit carnet.

La dame hésita.

— Je ne suis pas certaine de pouvoir vous donner ce renseignement, déclara-t-elle.

— Écoutez, Mme… ?

---

34 *The Andy Griffith Show*, série télévisée américaine des années 1960 est très populaire aux États-Unis : les aventures d'Andy Taylor, shérif d'un petit bourg de Caroline du Nord, et de son adjoint Barney Fife, qui vit avec sa tante Bee, et de son petit garçon Opie.

Tollison fixa la vieille dame d'un regard interrogateur

— Bourse, répondit-elle. Fiona Bourse.

Fiona Bourse ? Sans blague ? « Fion » et « couille » en même temps, il fallait le faire !

— Vous avez un bien joli nom ! déclara Tollison,

Il sentit peser sur lui le regard de Beau et dut faire un effort pour rester impassible.

— Merci bien. C'est le nom de mon mari, vous savez, Earl Bourse. Il est décédé à présent.

— Mme Bourse, M. Robinette a-t-il fait paraître une annonce dans les journaux pour annoncer la vente d'aujourd'hui ?

— Oh, oui, bien entendu. C'était dans le *Times-Picayune* [35] de dimanche dernier.

Tollison acquiesça avec un grand sourire.

— Et l'adresse était-elle indiquée dans l'annonce ?

Mme Bourse s'éclaira en commençant à comprendre où il voulait en venir.

— Oui !

— Dans ce cas…

Elle l'interrompit en levant la main :

— Bien sûr, M. Cruz. Une minute.

Elle récupéra sur son bureau un carnet d'adresses et le feuilleta avant de reprendre :

— Voici, c'est au 1324 avenue Louisiane.

— Merci beaucoup, Madame.

— Auriez-vous le numéro du portable de M. Robinette ? intervint Beau.

Elle fronça les sourcils et ouvrit la bouche, sans doute pour protester une fois de plus. Puis elle se ravisa, réalisant sans doute qu'elle ne pouvait refuser de répondre à la police. Elle écrivit le numéro sur un post-it et le tendit à Beau.

— Merci, Madame. Je vous souhaite une bonne journée.

Tollison la salua d'un signe de la tête, puis quitta l'établissement derrière Beau.

À peine dans la rue, Tollison s'exclama :

---

35 Journal local de La Nouvelle-Orléans et de ses environs avec une très large notoriété nationale.

— Non, mais sans blague, tu as déjà entendu un nom pareil ? Fiona Bourse ? Je me demande quel était son nom de jeune fille ! Elle aurait dû le garder, je doute qu'il puisse être pire.

Beau se lança dans le jeu :

— Oh si, c'est possible, Queue, par exemple. Ou Couille, pour rester dans le ton. En fait, les possibilités sont infinies. On croirait presque au nom de scène d'une *drag-queen* !

Tollison éclata de rire.

— C'est vrai.

Ils remontèrent dans leur voiture.

Peu de temps après, ils se garaient à nouveau.

— Nous y voilà ! annonça Beau.

Tollison jeta un coup d'œil par la fenêtre et sifflota d'admiration.

— Sacrée baraque !

— M. Robinette s'en sort plutôt bien. Je me demande quel pourcentage il réclame pour ses commissions.

La porte d'entrée était grande ouverte, les gens allaient et venaient. En pénétrant dans un hall peu éclairé, Beau attendit quelques secondes que sa vision s'adapte. Puis, accompagné de Tollison, il se mit à explorer la maison. Devant la porte de la cuisine, il se figea, étonné de trouver Della Penna accoudé au comptoir et plongé dans une discussion animée avec un petit homme trapu qui tournait le dos à la porte.

Beau recula rapidement. Du bras, il bloqua Tollison. Puis désignant la cuisine d'un geste du menton, il chuchota :

— Regarde sur qui nous retombons !

Sans se faire voir, Tollison jeta un coup d'œil à l'intérieur de la pièce.

— Della Penna !

— Et je présume que son interlocuteur est Dudley Robinette, répliqua Beau. Ils se disputent !

Il tendit l'oreille, mais les deux hommes parlaient à mi-voix et il ne réussit pas à percevoir un seul mot. Il demanda :

— Tu entends quelque chose ?

En silence, Tollison secoua la tête de gauche à droite.

Beau révisa ses options : il ne pouvait compter que sur l'élément de surprise. Il fit signe à Tollison de le suivre et pénétra dans la cuisine.

— Bonjour, messieurs.

Della Penna faisait face à la porte, il fut donc le premier à relever la tête. Il soutint un moment le regard de Beau – avec l'air affolé d'un gamin pris sur le fait. Il se reprit relativement vite et esquissa un sourire arrogant.

— Inspecteur Bissonet. Enquêteur Cruz. Nous nous retrouvons ! Vous formez un curieux tandem, vous savez.

Beau adressa un clin d'œil à Tollison avant de répondre :

— Vous n'êtes pas le premier à nous faire cette remarque.

Bien entendu, l'acolyte de Della Penna s'était également retourné. Et sans doute avait-il noté la formulation « Inspecteur Bissonet », car, s'il souriait, il paraissait nerveux.

— En quoi puis-je vous aider, messieurs ?

— M. Robinette, je présume ? s'enquit Beau.

— Oui, je suis Dudley Robinette.

Une fois les présentations faites, Beau enchaîna :

— Je suis surpris de vous retrouver, M. Della Penna. J'ignorais que vous connaissiez M. Robinette. Vous paraissiez plongés dans une conversation bien houleuse.

Sans relever la dernière phrase, Della Penna se contenta de répondre :

— Le petit monde des arts de La Nouvelle-Orléans est relativement restreint : tout le monde connaît tout le monde.

— Pourquoi êtes-vous venu ? demanda Beau.

— J'ai vu l'annonce concernant la vente et je me suis dit que je pouvais passer jeter un œil.

Beau afficha son sourire le plus éclatant – et le plus factice.

— Vraiment ? Je vous croyais voleur, pas acheteur.

Della Penna pinça les lèvres et se renfrogna.

— C'était le passé, inspecteur. J'ai changé.

— C'est en tout cas ce que vous cherchez à nous faire croire.

— Comptez-vous m'arrêter ? demanda Della Penna.

— Pas pour le moment, répondit Beau.

— Dans ce cas, je vais vous quitter, messieurs, si vous voulez bien m'excuser.

— N'oubliez pas mes précédentes instructions : ne quittez pas l'État.

Sans répondre, Della Penna les salua d'un geste de la main et quitta la pièce.

Robinette déplaça divers documents sur le comptoir, puis releva les yeux.

— Encore une fois, inspecteur Bissonet, en quoi puis-je vous aider ?

116

— J'aurais des questions à vous poser concernant les tableaux que vous avez vendus à Crymes Villerie, le propriétaire de la galerie Renaissance.

Robinette posa l'index sur son menton et leva les yeux au plafond.

— Crymes Villerie ? Ce nom ne me dit rien du tout.

— Voyons, voyons, M. Robinette, intervint Tollison. Vendez-vous si souvent des œuvres originales qui datent de la Guerre civile ?

Robinette fronça les sourcils.

— Qui êtes-vous au juste, monsieur ?

— Tollison Cruz, je suis mandaté par la compagnie d'assurance Lloyd of London.

— M. Cruz, je vous rappelle que je vends chaque année des centaines de tableaux. En fait, la quasi-totalité des liquidations dont je m'occupe comporte d'innombrables peintures et objets d'art. Comment voulez-vous que je me souvienne de tous ? Cette vente aurait eu lieu quand ?

— Il y a un peu plus de six mois, répondit Beau.

— Et j'aurais géré la succession ?

Beau commençait à s'impatienter.

— Oui, M. Robinette ! aboya-t-il. Voulez-vous que je vous rafraîchisse la mémoire ?

Robinette acquiesça et manifesta un peu plus d'intérêt.

— Bien volontiers.

— Il s'agit de deux tableaux originaux, *Le Petit Soldat* et *Le général Robert E. Lee à la bataille de Chancellorsville*. Ils ont tous les deux étaient vendus au cours de la succession LeMoyne, sur l'avenue Saint-Charles, à M. Crymes Villerie. Vous l'avez rencontré personnellement, vous avez vous-même accepté son offre. Ensuite, les huiles ont été réparées – ou plutôt *restaurées*, comme on dit chez vous –, exposées à la galerie Renaissance, et volées quelques nuits après le vernissage. Tout ça ne vous dit rien ?

— Si, vaguement, répondit M. Robinette. Mais comme je vous le disais, je ne me souviens pas tous les tableaux que je vends. Par contre, je pense avoir lu cette affaire de vol dans les journaux…

Tollison sortit son smartphone de sa poche et fit défiler ses photos, jusqu'à trouver les deux tableaux et le portrait de Crymes Villerie – qu'il avait téléchargé sur le website de Renaissance.

— Peut-être que vous vous rappellerez mieux en voyant ceci, annonça-t-il.

Il les montra une par une à Robinette, qui secoua la tête.

— Non, désolé, ça ne me dit rien.

117

Beau et Tollison échangèrent un regard sceptique.

— Très bien, reprit Beau, parlez-moi de votre relation avec M. Della Penna.

— Relation ? Le terme est excessif, je le connais à peine. Je sais juste que…

Robinette regarda derrière son épaule et tout autour de lui avant d'enchaîner :

— … sa réputation de voleur est davantage qu'une simple rumeur. Si vos tableaux ont disparu, vous devriez le considérer comme suspect.

— Merci de ce conseil, déclara Beau, sarcastique, mais pour quelqu'un que vous connaissez à peine, vous aviez avec lui un échange plutôt intense à notre arrivée.

Robinette agita nerveusement la main

— Intense ? Bien sûr que non, nous discutions art, c'est tout.

Tollison applaudit avec enthousiasme.

— Ça m'intéresse ! J'adore l'art. Sur quoi portait votre différend ?

Robinette prit l'air hautain.

— Je ne m'en souviens déjà plus. À présent, messieurs, veuillez m'excuser, mais j'ai du travail et une succession à liquider.

Il tourna les talons et quitta la cuisine avec une hâte manifeste.

— Il ment !

Beau et Tollison avait parlé en même temps.

— Comme un arracheur de dents, ajouta Beau. Je vais demander à Bruce de creuser la vie de M. Dudley Robinette, histoire de voir ce que nous pouvons déterrer.

— Bonne idée.

UNE FOIS dans sa voiture, Beau passa un appel à Bruce, pour l'informer de ce qui venait de se passer avec Robinette. En même temps, il démarrait et s'insinuait dans la circulation de ce quartier rupin.

Tollison le dévisageait, conscient que son attirance ne faisait qu'empirer. Beau était un amant remarquable et un homme superbe. Et la façon dont ses yeux gris-bleu changeaient de couleur et d'intensité en fonction de ses humeurs était presque hypnotisante. Bien sûr, Beau n'avait pas que des qualités : il pouvait se montrer sacrément arrogant et condescendant. En une fraction de seconde, il réussissait à faire bouillir le sang de Tollison, puis désamorcer sa colère tout aussi vite, d'un simple regard, ou d'un sourire

118

éblouissant. Tollison lui aurait pardonné n'importe quoi en voyant ses yeux pétiller entre les mèches cendrées des cheveux. Pas de doute, Beau le manipulait par les sens ! Tollison le savait, ce qui le contrariait beaucoup.

Il se doutait bien que l'inspecteur avait utilisé son arrogance innée pour asseoir sa carrière, ou son style interrogatoire, mais cette attitude, d'après lui, devait rester au poste de police, elle n'avait sa place ni dans une chambre ni dans un lit. Jamais il n'accepterait un compagnon qui ne le traitait pas en égal.

Un compagnon ? Non, mais ça ne va pas, la tête ? Éberlué par le cheminement de ses pensées, Tollison secoua la tête.

— À quoi tu penses ? demanda Beau.

Il venait de raccrocher et, manifestement, avait noté son expression choquée. Tollison chercha rapidement un mensonge plausible, car il n'était pas encore prêt à discuter de leur « relation ».

— Euh… à Robinette.

Au regard que Beau lui lança, il n'était pas convaincu. Mais il n'insista pas, laissant probablement à Tollison le bénéfice du doute.

— Il en sait certainement plus qu'il ne l'avoue. Je veux savoir ce qui se passe ! La façon dont il s'est empressé d'accuser Della Penna d'être notre voleur m'a assez surpris.

— J'ai eu la sensation qu'ils se connaissaient, déclara Tollison. À mon avis, ils ne s'entendent pas, peut-être une ancienne querelle de partage ?

— Je pense comme toi. Et si c'est vrai, Bruce le découvrira. D'ailleurs, en parlant de lui, il va falloir que vous trouviez un terrain d'entente. Au moins jusqu'à la fin de cette enquête.

« Au moins jusqu'à la fin de cette enquête ». Tollison n'appréciait pas le sens de cette phrase. *Manifestement, je suis le seul à croire qu'il y a plus entre nous que du sexe. Crétin !* Se fustigea-t-il.

Il perçut vaguement le mot « poste », mais ce fut d'entendre son nom qui l'arracha à ses réflexions.

— Quoi ?

— Je t'ai demandé si ça te disait de déjeuner avant de retourner au poste. Dis, tu as l'air bizarre. Ça va ?

— Oui, très bien. Et déjeuner me paraît une bonne idée. Merci.

PEU APRÈS, Beau se garait dans la rue Poydras et remettait sa carte de police sur le tableau de bord. Tollison lut l'enseigne du restaurant : « Mother's Restaurant ».

— C'est la meilleure table de La Nouvelle-Orléans ! annonça Beau.

Tollison tenta d'afficher un enthousiasme qu'il ne ressentait pas.

— Ça paraît génial.

Durant le trajet, il avait conservé le silence, les yeux fixés devant lui. Il avait bien senti les regards perplexes que lui jetait Beau, mais il n'en avait pas tenu compte. Il ne cessait de ressasser cette foutue phrase : « Au moins jusqu'à la fin de cette enquête ». Il se répétait qu'il venait juste de rencontrer l'inspecteur – et qu'il l'avait détesté à première vue ! Et voilà que moins d'une semaine plus tard, il l'avait dans la peau ? Tollison n'était pas du tout content.

Le restaurant était bondé, le chaos total : l'affluence habituelle à l'heure du déjeuner. Quand ils finirent par avoir une table, Beau commanda un *po'boy* [36] aux huîtres, Tollison tenta la spécialité locale, le *jambalaya* [37]. La serveuse leur apporta aussi deux grands verres de thé glacé. Quand elle s'éloigna, Beau posa ses coudes sur la table et joignit les mains.

— Bien, maintenant veux-tu me dire ce qui ne va pas ?

Tollison ne tenait toujours pas à révéler son problème. Il sortit donc la première idée qui lui traversa le crâne.

— Et si Della Penna et Robinette étaient complices dans cette histoire ?

— Je t'écoute.

— Disons que Robinette savait que les tableaux étaient des originaux. Il n'a pas prévenu le propriétaire, mais il a passé un coup de fil anonyme à Villerie, sachant très bien qu'un spécialiste de l'art sudiste durant la Guerre civile ne manquerait pas de s'y intéresser. Il savait aussi que Villerie allait devoir les faire restaurer avant de les revendre. Il a donc attendu six mois, puis il a demandé à Della Penna de dérober les tableaux à la galerie.

Beau réfléchit durant un moment à cette hypothèse.

— C'est possible, mais pourquoi Robinette n'a-t-il pas directement acheté les tableaux ?

— Il y a peut-être une clause dans son contrat qui lui interdit de se porter acheteur. Ou alors il craignait pour sa réputation : s'il avait escroqué

---

36 De l'anglais *poor boy*, « *pauvre garçon* », spécialité de Louisiane : un sandwich fourré à la viande, ou aux fruits de mer, et frit.

37 Spécialité emblématique de la Louisiane à base de riz épicé

un client en payant des originaux des clopinettes il n'aurait pu continuer à exercer.

Beau acquiesça

— Ça se tient, reconnut-il.

— Maintenant, continua Tollison peut-être qu'il n'avait pas les deux cent cinquante mille dollars réclamés, il lui a donc fallu faire financer son projet.

— C'est également très possible. Je te signale quand même que Della Penna possède un alibi.

— Je sais. Je n'ai pas encore réussi à contourner ce détail.

La serveuse revint avec leurs commandes et Tollison fut heureux de cette interruption. Beau s'attaqua à son plat avec la même énergie qu'il mettait à tout ce qu'il entreprenait. Par contre, Tollison n'avait pas faim ; il se contentait de jouer avec la nourriture dans son assiette. D'après lui, il passait bien trop de temps à réfléchir à sa relation avec Beau. Il fallait absolument que ça cesse. Ce n'était qu'une aventure, voilà tout. Et elle prendrait fin dès que l'enquête serait conclue. Tollison devenait obsédé, ce qui commençait à affecter son travail. Il devait se reprendre, se concentrer et accomplir sa tâche.

Une chance pour lui d'avoir trouvé comment justifier son changement d'humeur – que Beau avait repéré, bien entendu. Inconsciemment, Tollison avait sans doute dû réfléchir au lien entre Della Penna et Robinette, car ses hypothèses avaient jailli d'un coup, déjà construites. Et parfaitement cohérentes. Bien sûr, il leur restait à trouver des preuves étayant ces accusations, mais l'idée que Della Penna et Robinette étaient des complices avait une bonne chance de résoudre leur affaire.

— Tu recommences, déclara Beau.

Il avait un morceau de salade au coin de la bouche. Tollison tapota du doigt sa commissure pour l'en prévenir.

— C'est-à-dire ?

Beau cessa de croquer son *po'boy* ; il s'essuya la bouche de sa serviette et dévisagea Tollison.

— Tu rumines.

— C'est normal, c'est mon travail : je repasse dans ma tête les indices que nous avons.

— Tu ferais mieux de t'accorder un moment pour manger, tu ne crois pas ? Tu as à peine touché à ton *jambalaya*. Tu n'aimes pas ?

— Si, c'est délicieux. Tu en veux ?

— Volontiers !

Beau brandit sa fourchette à travers la table et piocha dans l'assiette de Tollison. Il mâcha, l'air pensif.

— C'est *vraiment* délicieux, constata-t-il.

Tollison poussa l'assiette dans sa direction.

— Dans ce cas, prends-le, j'ai fini.

Beau soupira.

— Non, merci. Continuons à discuter de l'enquête, puisque tu y tiens.

Tollison secoua la tête. Dans son état d'esprit, il n'avait pas envie de parler.

— Non, merci. Pas tout de suite. Je préfère réfléchir. Je te ferai un bilan dès que nous retournerons au poste.

— Comme tu veux, dit Beau.

Il attaqua le *jambalaya*. Il n'eut pas le temps de porter sa fourchette à sa bouche, car son téléphone se mit à sonner.

— Zut ! J'y étais presque.

Il sortit son portable de sa poche et regarda l'écran pour savoir qui cherchait à le joindre.

— C'est Bruce, déclara-t-il avant de prendre l'appel. Allô ? Montgomery... Oui...

Il hocha la tête, puis se figea, les yeux écarquillés. Tollison, qui le surveillait, vit plusieurs émotions se succéder sur son visage expressif.

— Sans blague ? s'exclama Beau, toujours au téléphone. D'accord... Nous y allons tout de suite.

Il raccrocha et annonça :

— Robinette est mort.

Tollison posa les deux mains à plat sur la table.

— Quoi ?

— On vient de découvrir son cadavre. Et tu ne devineras jamais dans quelles conditions !

ILS RETOURNÈRENT à l'avenue Louisiane. En arrivant, Beau s'étonna de voir déjà l'endroit envahi d'uniformes, d'inspecteurs et d'agents de la police scientifique. Plusieurs camionnettes de la presse s'agglutinaient dans la rue.

— Fichus journalistes ! maugréa Beau.

Il présenta son badge au plancton et passa sous le ruban jaune qui protégeait la scène de crime. Il fit signe à Tollison de le suivre.

— Ces gars de la presse sont de vrais fouille-merdes. À mon avis, ils passent leurs journées à écouter les radios de la police.

Bruce les attendait devant la porte d'entrée, sous le porche.

— Où est-il ? demanda Beau.

Il retint un ricanement en voyant le regard noir que Bruce lançait à Tollison.

— Suivez-moi.

Il tourna les talons et entra dans la maison, les conduisit jusqu'à l'arrière, dans une pièce qui semblait être un bureau. Robinette était assis dans un fauteuil en cuir derrière une table en acajou, les yeux vitreux, un grand cadre doré autour du cou.

Beau ne put retenir un rictus devant cette touche d'humour noir.

Jenkins expliqua :

— Bien sûr, nous devons attendre les résultats de l'autopsie, mais regardez… il a une marque rouge autour du cou : il a dû être étranglé.

— Par le tableau ? demanda Tollison.

Beau gloussa. Ignorant la réflexion, Bruce enchaîna :

— La peinture a été placée là, post-mortem.

Beau étudia le portrait de plus près. C'était celui d'un vieillard, assis derrière le même bureau en acajou – ou du moins un meuble qui lui ressemblait beaucoup. Le plus étrange était que la tête de Robinette, en traversant la toile, se trouvait à l'endroit exact où aurait dû être celle du portrait.

Beau se tourna vers Tollison pour demander :

— Tu penses la même chose que moi ?

— Della Penna ?

— Exactement, dit Beau. Bruce ?

L'inspecteur sortait déjà son téléphone.

— Je m'en occupe. Au fait, pendant que j'y pense, nous avons une vidéo de Della Penna qui déambule dans la rue Royale la nuit du vol, vers 19 h 45 à proximité de la galerie.

— D'après vous, il était au gala ? demanda Tollison.

— Apparemment.

Beau demanda à Tollison.

— À quelle heure l'as-tu retrouvé pour dîner Chez Brennan ?

— À 21 heures.

Beau fit le calcul dans sa tête : un quart d'heure de marche entre Renaissance et le restaurant, en supposant bien entendu que Della Penna y soit allé à pied, ça lui laissait encore trois quarts d'heure à passer dans la galerie.

— À ton avis, combien de temps faut-il pour forcer une serrure ?

— Ça dépend, répondit Tollison. Mais celle de cette galerie ? Une demi-heure, pas plus.

— Bruce, tu as trouvé autre chose dans les vidéos ?

— Non, mais nous ne les avons pas encore toutes visionnées.

— D'accord. Oh, Bruce, contacte Villerie et fais-le revenir. Je veux savoir si Della Penna était à son gala.

QUATRE HOMMES – Beau, Tollison, Bruce, et Crymes Villerie – derrière un miroir sans tain regardaient la salle d'interrogatoire où Della Penna était attablé, seul.

— Il faisait bien partie des invités, confirma Villerie, mais je l'ai aussi vu dans cette maison de l'avenue Saint-Charles, le jour où j'ai acquis mes deux tableaux. Il s'est approché de moi et a fait un commentaire sur une autre peinture que je regardais.

— Eureka ! déclara Beau. Je pense que nous avons notre voleur, messieurs.

— Mais où sont les tableaux ? demanda Tollison. Je veux bien que Robinette et Della Penna aient été complices, mais, sauf si ma théorie est archifausse, ce n'est pas Della Penna qui a commis le vol.

— Ça ne m'étonnerait pas que vous vous soyez trompé du tout au tout, déclara sèchement Bruce.

Beau intervint :

— Bien, je vais aller interroger Della Penna. J'espère pouvoir le faire passer aux aveux.

— DEUX INTERVIEWS dans la même journée avec la police ? Si j'étais vous, M. Della Penna, je serais plutôt nerveux.

Assis en face de son suspect numéro un, Beau eut un sourire menaçant.

— Je ne vois pas pourquoi je serais nerveux. Je n'ai rien fait.

— Sans blague ? Vous êtes pourtant un voleur renommé dans le monde de l'art…

Della Penna l'interrompit, un doigt levé.

— Un voleur *réformé*, inspecteur. Et j'ai payé ma dette envers la société.

Beau enchaîna :

— De plus, vous étiez en relation avec Dudley Robinette, avec lequel je vous ai vu échanger des paroles plutôt échauffées. Or, le voilà mort.

Della Penna écarquilla les yeux.

— Mort ? Comment, ça, mort ?

Il détourna la tête et étouffa un juron.

— Je l'ignorais, ajouta-t-il.

— Avez-vous déjà été à la galerie Renaissance ?

— Je n'en sais trop rien. C'est possible... Je suis sans arrêt invité à des expositions, des vernissages.

— Bien, essayons autre chose : connaissez-vous Crymes Villerie, le propriétaire de la galerie ?

— Non, je ne crois pas.

— C'est étrange, car nous avons une vidéo qui vous place à proximité de sa galerie peu avant son récent gala. De plus, Crymes Villerie vous a doublement identifié : d'abord comme faisant partie de ses invités la nuit du vol, mais également comme un marchand qu'il a rencontré à une vente, sur l'avenue Saint-Charles le jour où il acheté les deux peintures que vous lui avez dérobées six mois plus tard.

— Comme je vous le disais, il m'arrive d'aller à des vernissages. De plus, je rencontre beaucoup de gens, en particulier des marchands d'art. Il est donc très possible que j'aie assisté à ce gala et/ou croisé ce monsieur pendant une exposition. Mais nous n'avons pas été présentés... Je vous certifie que je n'ai rien volé ni encore moins assassiné qui que ce soit.

Beau gifla la table de sa paume. Il se leva et se mit à arpenter la pièce.

— En clair, je dois croire que vous n'avez rien à voir avec cette histoire ? C'est pure coïncidence que je vous ai vu discuter de façon très houleuse avec un homme mort peu après, celui-là même qui avait vendu à M. Villerie les tableaux qui lui ont été volés plus tard ? C'est pure coïncidence aussi que vous ayez rencontré au moins deux fois M. Villerie, d'abord, le jour où il a acquis les tableaux, ensuite, six mois plus tard dans sa galerie la nuit du vol ?

— Croyez ce que vous voulez, inspecteur, mais pour la nuit du vol, j'ai un alibi. D'ailleurs, vous ne m'avez jamais demandé avec qui je dînais Chez Brennan...

Beau eut un mauvais sourire.

— Je n'en avais pas besoin, je le savais déjà.

— Et M. Cruz vous a-t-il dit qu'il n'a rien tiré de moi ? Pourquoi espérez-vous en obtenir davantage ?

— Je mène mon enquête comme je l'entends.

— Je ne vois pas pourquoi vous essayez de m'accuser !

— Parce que tout vous désigne. Et les faits ne mentent pas.

— Eh bien, vous vous trompez. Êtes-vous bien certain d'avoir étudié toutes les pistes ? Peut-être le voleur est-il bien plus près que vous ne le pensez.

— Ceci ne mène à rien, déclara Beau avant de quitter la pièce.

IL REJOIGNIT Tollison et Bruce de l'autre côté du miroir.

— J'ai l'impression qu'il cherche à me dire quelque chose. Mais quoi ?

— À mon avis, il en sait plus qu'il ne le dit, déclara Tollison. Le problème, c'est qu'il ne peut rien te dire sans reconnaître sa complicité. Laisse-moi m'entretenir avec lui.

— C'est une plaisanterie, j'espère ? intervint Bruce. Della Penna est un suspect et vous n'êtes même pas flic. Beau, il est fou. Dis-lui !

— J'ai été comme lui, insista Tollison. Il me parlera parce que nous sommes du même bord.

— D'accord, vas-y, dit Beau.

D'une main levée, il empêcha Bruce de protester davantage.

— MAINTENANT QUE le 'méchant flic' est parti, c'est au tour du 'gentil flic' ? ricana Della Penna. Sauf que vous n'êtes pas flic, Cruz. Enquêtez-vous réellement pour les assurances ?

Tollison s'installa à table devant lui.

— Pour le moment, oui, je suis officiellement enquêteur, mais j'ai acquis bien d'autres titres au cours de ma carrière… On m'a même accusé d'être un voleur, vous savez, sans rien pouvoir prouver d'ailleurs. J'avais aussi plusieurs noms, à l'époque, en fonction des pays où je résidais – momentanément. À Zurich, j'étais Luca Birrer. En Espagne, la police cherchait un Cruz Del Olmo, et en Angleterre, Scotland Yard m'avait surnommé Kiwi. Quant à vous, vous m'avez probablement connu sous le nom de Kane Pousso.

Della Penna parut se ranimer.

— Pardon ? Le Musée des Beaux-Arts de San Francisco en 2006 ? C'était vous ?

— Oui, confirma Tollison.

— Comment avez-vous contourné les détecteurs ?

— J'ai acheté aux Chinois un émetteur anti-ondes.

— Nom d'un chien !

Tollison s'adossa dans son siège avec un sourire. Della Penna réfléchit quelques instants, puis reprit :

— Et vous voilà à collaborer avec les flics... Ils vous ont proposé un deal... ?

Tollison s'accouda sur la table.

— Non, c'est juste une question d'intelligence. J'ai fini par réaliser qu'un jour ou l'autre ça tournerait mal, qu'il y aurait de la casse. Et je préférais que ça ne tombe pas sur moi.

— Je n'ai pas tué Robinette, déclara Della Penna. Le Moyne non plus, d'ailleurs

— Mais vous étiez à la galerie la nuit où Le Moyne a été tué et les tableaux, volés. Et nous vous avons entendu vous engueuler avec Robinette.

Della Penna le fixa un long moment, puis il soupira.

— Je n'ai pas été engagé pour voler ces foutus tableaux. Mon contact me réclamait simplement de tester le système de sécurité de Renaissance et d'en identifier les points faibles. C'est tout. Pour ma peine, j'ai reçu une avance de cent mille dollars. Et si je me suis emporté contre Robinette, c'est parce qu'il voulait me fourguer les tableaux ! Je lui ai dit d'aller se faire foutre ! Même si ma vie en dépendait, je ne veux plus jamais avoir affaire à ce gars-là. C'est à cause de lui que j'ai passé cinq ans en prison après le cambriolage du Musée d'art de La Nouvelle-Orléans. C'est lui qui m'avait engagé et il a témoigné contre moi. J'ai été condamné, il s'en est sorti blanc comme neige.

— Où sont les tableaux ? demanda Tollison.

— Je n'en sais rien. Je ne les ai jamais vus.

— Et merde ! grogna Tollison entre ses dents. Bien, qui vous a engagé ?

— Si vous êtes celui que vous prétendez être, vous savez très bien que tout passe à travers un tiers. C'est plus sûr.

— Oui, jusqu'au moment où l'on vous désigne comme bouc émissaire, répondit Tollison.

— C'est bien pourquoi j'ai été très surpris que Robinette me contacte en personne. Il devait être aux abois.

— Initialement, Robinette a fait appel à vous pour savoir comment pénétrer dans la galerie et voler les tableaux. Ensuite, il a eu besoin de vous pour les revendre.

Della Penna roula des yeux.

— C'est possible. Mais j'ignorais que je travaillais pour lui. Je ne comprends pas pourquoi la première fois, il a eu recours à un tiers et ensuite, il m'a contacté, ce qui le grillait…

— Il était peut-être aux abois, comme vous le disiez.

— Peut-être. En tout cas, pendant que j'étais à la galerie, j'ai repéré quelqu'un avec un comportement très étrange. Je l'ai senti tout le temps me fixer de son œil d'aigle.

— Qui ?

Tollison écouta avec attention le compte rendu de Della Penna. Ensuite, il ne put retenir son sourire. Il jeta un coup d'œil en direction du miroir sans tain : il espérait bien que Beau avait tout entendu. Ces nouvelles informations renforçaient sa théorie. *Voilà de quoi rabattre à Bruce son caquet !*

Tollison se mit debout.

— Très intéressant, dit-il. Bien, ne bougez pas.

— Ce n'est pas comme si j'avais le choix, grommela Della Penna.

— Je vais voir ce que je peux faire pour vous.

QUAND IL sortit dans le couloir, Beau l'attendait.

— Tu as tout entendu ? demanda Tollison.

— Oui. Mais…

— Allez, insista Tollison, il n'avait aucune raison de mentir.

Beau se passa les doigts dans les cheveux et commença à faire les cent pas.

— Bien sûr que si ! C'est un voleur. Il est très capable de nous raconter des bobards.

— Non, pas cette fois. Il sait très bien que tu n'as rien de concret contre lui. Il est passé par là plusieurs fois : il n'a qu'à attendre et tu seras obligé de le libérer à la fin de sa garde à vue. Il connaît la musique.

Beau prit sa décision.

— D'accord. Bruce ! Laisse-le filer. Mais rappelle-lui qu'il ne doit pas quitter l'État.

EN REVENANT dans son bureau, Beau se laissa tomber dans son fauteuil ; il posa les coudes sur la table et la tête dans ses mains.

— D'après toi, Robinette a tout organisé ? demanda-t-il.

Tollison contourna le bureau, empoigna les épaules de Beau et se mit à les masser, cherchant à détendre les muscles noués. En même temps, il parla... comme s'il réfléchissait à haute voix.

— Si Della Penna dit la vérité – et d'après moi, c'est le cas –, Robinette est certainement impliqué.

Beau fit rouler sa tête d'une épaule à l'autre.

— Mmm. C'est très agréable. Mais j'ai l'impression que nous avons manqué un indice.

— D'accord, je vais jouer l'avocat du diable : si Robinette s'est chargé lui-même du cambriolage, je suis certain qu'il a tué LeMoyne.

— Peut-être, mais ça ne nous dit pas qui a assassiné Robinette.

— Effectivement, reprit Tollison, car il nous manque un motif. D'un autre côté, si Robinette a engagé un complice pour voler les tableaux, ledit complice peut avoir d'abord tué Le Moyne et ensuite, Robinette pour ne pas partager le butin. Il nous reste à découvrir ce complice... ce qui peut aussi nous rapprocher des tableaux disparus.

Après une dernière petite tape, Tollison abandonna les épaules de Beau et alla reprendre sa place habituelle.

— Merci, dit Beau. Je me sens beaucoup mieux.

— Tant mieux ! Alors, qu'est-ce que tu en dis ? Si Della Penna est innocent, tu ne trouves pas que ma théorie devient de plus en plus probable ?

Beau esquissa un sourire.

— En clair, tu m'as massé pour m'amadouer ?

— Peut-être. C'est efficace ?

— Malheureusement, oui. Mais avoir une théorie ne suffit pas, il faut la prouver de façon formelle. Pour le moment, nous n'avons rien pour étayer tes soupçons.

On frappa à la porte, tous deux se tournèrent du même mouvement. Bruce passa la tête dans la pièce, l'air plutôt content de lui.

— J'ai trouvé un truc ! Beau, regarde ta boîte mail.

D'un signe, Beau appela Tollison à le rejoindre devant son écran d'ordinateur. Il cliqua sur le dernier email reçu de Bruce : il comportait en pièce jointe un fichier vidéo. Le film était assez sombre, mais il permettait quand même de distinguer une silhouette dans un sweat à capuche qui sortait de la ruelle, derrière la galerie, la tête baissée, les mains dans les poches.

Beau regarda l'horodatage au bas de la vidéo.

— Regardez l'heure : 3 h 30 ! Ça correspond ! Et ce n'est pas Robinette.

— Yes ! murmura Tollison.

Beau lui jeta un coup d'œil par-dessus son épaule.

— Tu le reconnais aussi ?

Tollison acquiesça.

— Bien sûr.

Perplexe, Beau secoua la tête.

— Mais si c'est lui le voleur, où diable sont les tableaux ? Il n'a rien dans les mains.

— Et s'ils n'avaient jamais quitté la galerie ? déclara Tollison.

Beau soupesa cette nouvelle idée.

— Ça expliquerait certainement pourquoi ils n'ont pas encore fait surface.

— Et pourquoi l'autre vidéo n'a rien montré ! ajouta Bruce.

Beau se leva et récupéra sa veste et ses clés.

— Et Robinette ? demanda-t-il à Bruce. Tu as découvert quelque chose sur lui ?

— Pas encore, à part son ancienne complicité avec Della Penna. Il n'a pas menti, d'ailleurs : c'est bien ce témoignage accablant qui l'a envoyé en prison.

Beau ouvrit la porte de son bureau.

— Messieurs, allons-y. Nous avons une galerie à fouiller.

VIII

— M. VILLERIE, expliqua Bruce, j'espère ne pas vous déranger trop longtemps, mais nous allons devoir faire de nouvelles recherches dans votre galerie.

Déjà, Beau et Tollison se mettaient en quête des cachettes où les tableaux volés avaient pu être dissimulés.

Crymes leva les mains.

— Je suis prêt à vous aider par tous les moyens. Faites comme chez vous.

Tollison demanda par-dessus son épaule :

— Mme Hayes est-elle là ?

— Malheureusement non, répondit Crymes. Harper a emmené sa mère se reposer deux jours dans un spa de Shreveport [38]. Ma femme se remet mal de... eh bien, vous savez bien. Elle subit une terrible pression. Elle avait besoin d'une pause.

Bruce hocha la tête.

— Bien sûr, je comprends. Nous ferons vite et débarrasserons le plancher dès que possible.

— Merci. Je vous laisse travailler. Je serai dans mon bureau si vous avez besoin de moi.

Il tourna les talons et disparut dans l'escalier.

FRUSTRÉ, BEAU arpentait la galerie de long en large.

— Bien, récapitulons : le premier voleur est probablement Le Moyne et le second Robinette, ou un complice payé pour agir à sa place ; ils sont entrés soit par la cour de derrière, soit par les portes-fenêtres de l'appartement qui donnent sur la terrasse du toit. Un moment donné, l'un surprend l'autre, et Le Moyne finit avec une balle dans la tête.

Tollison s'empressa d'enchaîner :

---

38 Troisième ville de Louisiane, sur la rivière Rouge, à quatre heures de La Nouvelle-Orléans

— Le voleur numéro deux réalise alors qu'il n'aura pas le temps d'emporter les tableaux, il les cache quelque part avec l'intention de les récupérer plus tard et il s'échappe par un des deux accès que tu viens de mentionner.

— À présent, déclara Bruce, il ne nous reste plus qu'à retrouver ces fichues peintures pour confirmer notre théorie.

Ils avaient déjà exploré toute la galerie, vérifiant chacun des placards et réduits susceptibles de contenir deux toiles sans leur cadre – soit un espace d'environ un mètre carré. Outre les murs, où les tableaux auraient vite été remarqués, bien entendu, la seule option du rez-de-chaussée était le coin-cuisine, utilisé durant les galas et vernissages. Malgré une fouille approfondie, ils n'avaient rien trouvé.

— Nous allons passer aux étages, décida Beau.

Il monta les marches deux par deux. En arrivant sur le palier, il trouva Crymes au seuil de son bureau, l'air interrogateur.

— Nous allons aller inspecter l'appartement, annonça l'inspecteur. Avez-vous reçu des hôtes depuis la nuit du meurtre ?

— Non, répondit Crymes. L'inspecteur Jenkins nous a indiqué que c'était une scène de crime et qu'il ne fallait rien y toucher.

— Très bien, pourriez-vous nous donner les clés ? demanda Tollison.

— Bien sûr.

Crymes disparut dans son bureau et en revint peu après avec un trousseau. Il les accompagna au bout du couloir et déverrouilla la porte du duplex.

— Voici, messieurs. Puis-je vous demander ce que vous cherchez ?

Beau entra le premier.

— Vos tableaux, répondit-il, désinvolte.

Crymes se tétanisa, éberlué.

— C'est absurde ! Pourquoi le voleur les aurait-il laissés derrière lui ?

Beau lui jeta un coup d'œil par-dessus son épaule.

— Les gars, veuillez expliquer à M. Villerie ce que nous avons découvert.

Il essaya d'occulter la conversation ayant lieu dans son dos et jeta autour de lui un regard scrutateur. Rien n'avait bougé dans l'appartement, d'après ce qu'il voyait, depuis la nuit du meurtre. La petite entrée ouvrait sur un salon de bonnes dimensions d'environ trois mètres soixante sous plafond, avec d'épaisses moulures « à la française » sur les murs et des baies vitrées donnant sur la terrasse.

Côté gauche, une kitchenette avec évier, petit frigo, lave-vaisselle, four micro-ondes et cafetière. L'espace était restreint – Beau avait à peine la place de se retourner ; il paraissait peu vraisemblable qu'un tableau ait été caché là. Il passa la tête dans la salle d'eau : toilettes et lavabo. *Non plus*, décida-t-il.

Lors de sa première visite, il s'était concentré sur le cadavre sans prêter attention à la décoration de l'appartement. À présent, il réalisait que Villerie devait y recevoir ses clients les plus importants, car le salon était somptueusement meublé. Un seul mot venait à l'esprit : « luxueux ». Les meubles paraissaient d'authentiques antiquités, même si Beau n'avait rien d'un expert en ce domaine. S'il s'agissait de reproductions, c'était de la belle ouvrage.

Tollison apparut à ses côtés et siffla longuement.

— Ben dis donc ! Je n'avais pas trop fait attention la dernière fois, mais c'est plutôt classe, hein ?

Beau eut un sourire.

— C'est ce que je me disais aussi. Je ne me ferais pas prier pour m'installer ici.

Tollison hocha la tête.

— Je vois ce que tu veux dire. À mon avis, Villerie reçoit essentiellement une clientèle masculine. Cet appartement a une atmosphère virile.

— Je le trouvais luxueux, mais viril le décrit encore mieux.

Beau inspecta les étagères-bibliothèques qui couvraient un des murs du salon du sol au plafond. Solidement fixées à la paroi, elles ne pouvaient rien dissimuler. Les placards en dessous étaient trop étroits. Quand Beau se retourna, il vit Tollison qui promenait une lampe stylo sous le canapé – à quatre pattes, le cul en l'air. Beau s'accorda quelques secondes pour admirer ce spectacle, avec des images mentales des plus graphiques de ce qu'il espérait faire subir à ce même cul plus tard dans la nuit.

Tollison se redressa, mettant fin à ses fantasmes éveillés. Beau ouvrit une porte située entre la cuisine et le salon, et constata qu'il s'agissait d'un placard à balais. Il y trouva un aspirateur, un seau, une serpillière et divers produits de ménage. Les tableaux auraient pu passer la porte, mais le réduit manquait de profondeur.

Beau fronça les sourcils. Il ne restait plus que la chambre. Tollison s'engagea le premier dans l'escalier, Beau marchant derrière lui, deux marches en dessous, désireux de profiter à nouveau d'une chute des reins mise en valeur par une démarche chaloupée. Et quand Tollison se retourna pour lui adresser un clin d'œil lubrique, Beau comprit que le déhanchement avait été délibéré. *Il fait exprès de me torturer,* pensa-t-il en réajustant son sexe dans son pantalon.

En haut des marches, Tollison s'arrêta net et Beau, distrait, le heurta de plein fouet. Pour retrouver son équilibre, il l'agrippa par les hanches et frotta son érection contre les fesses fermes.

— Oh, non, mon grand, ce n'est pas le moment, chuchota Tollison sans se retourner. Attends ce soir… je te planterai ma queue si profondément que tu la sentiras jusque dans ta gorge.

Amusé, Beau soupira, avant d'embrasser la nuque ployée.

— Ce n'est pas ça qui va m'aider à me calmer.

La voix furieuse de Bruce les interrompit.

— Qu'est-ce que vous comptez faire, baiser ici et maintenant ? Et si vous pensiez un peu au boulot, hein ?

Beau se racla la gorge.

— Hum. Nous étions, juste, euh… nous faisions…

— Je sais très bien ce que vous faisiez !

Bruce les repoussa d'un coup de coude et entra dans la chambre.

Tollison se mit à ricaner, Beau lui gifla violemment le cul, provoquant un gémissement outré.

— M. Cruz, vous êtes censé enquêter pour la Lloyd of London, veuillez cesser de me distraire !

— Oui, inspecteur Bissonet, répondit Tollison.

Avec un sourire, Beau secoua la tête. Il ouvrit la porte à sa droite et trouva derrière une minuscule buanderie avec un lave-linge et un sèche-linge en colonne, et une étagère de produits lessive. La porte d'à côté ouvrait sur le local chaudière & climatisation.

Quand il referma, Tollison demanda :

— Quelque chose ?

— Rien. Et toi ?

— Juste un placard à linge, draps, serviettes ; rien d'intéressant.

— Il ne nous reste que la chambre.

— Tu te crois capable d'y rester décent avec moi ?

— Oui, répondit Beau. Tant que Bruce est avec nous, tu ne risques rien.

Pourtant, quand il entra dans la chambre, il ne vit pas son ex.

— Bruce ?

— Je suis dans la salle de bain, cria Bruce.

134

Beau leva les yeux au ciel et entendit Tollison glousser.

La chambre était grande, mais plus basse de plafond que le salon. D'un côté, deux chiens-assis donnaient sur l'avant du bâtiment, c'est-à-dire sur la rue Royale. De l'autre, les portes-fenêtres ouvraient sur la terrasse et l'arrière-cour. Contre le mur du fond, le lit immense était entouré d'un baldaquin et de tentures en brocart. En face, il y avait une commode ancienne surmontée d'un écran plat fixé au mur. L'ameublement était complété par un bureau et son fauteuil, et un canapé, entre les deux chiens-assis.

Beau alla soulever la tenture derrière le lit, espérant y trouver les deux tableaux, et il fut presque surpris de voir un mur nu. Tollison s'agenouilla une fois de plus, le cul en l'air, pour regarder sous le lit. Beau fit cependant l'effort de ne pas le regarder. Une porte dissimulée dans les lambris attira son attention. Il l'ouvrit, chercha l'interrupteur et découvrit une grande penderie, avec un miroir de plain-pied, tiroirs, tringles et tout le bataclan. Comme il y avait peu d'effets personnels, la fouille fut facile et rapide.

Beau s'apprêtait à refermer et à éteindre lorsqu'il repéra une autre découpe dans le mur du fond. *Une porte secrète ?* Il chercha une poignée, en vain. Énervé, il fit claquer sa main contre la paroi. À sa stupéfaction, celle-ci coulissa et s'ouvrit.

— Nom de Dieu !

Derrière la porte se trouvait une chambre forte et, au centre de la porte blindée, un cadran à six chiffres.

Tollison apparut à ses côtés.

— Joli boulot !

Beau s'inclina profondément.

— Merci, mon bon monsieur.

Il sortit la tête de la penderie et cria :

— Hé, Bruce ! Va me chercher Villerie !

Peu après, Bruce le rejoignit.

— Quoi ?

— Va me chercher Villerie, répéta Beau. Et je veux qu'il m'ouvre son coffre.

VILLERIE ENTRA la combinaison et fit tourner le cadran à droite, puis à gauche. Il y eut un déclic. Il glissa la clé dans la serrure, activa la poignée et ouvrit la lourde porte. Deux douzaines de tableaux apparurent rangées sur la tranche.

— Ah, ah, fit Tollison. Nous avons touché le gros lot, à ce qu'on dirait.

Villerie paraissait perplexe.

— Quoi ? Voyons, messieurs, il s'agit de notre inventaire.

— Pardon ? fit Beau. Quel inventaire ?

— Eh bien, pour mieux attirer l'intérêt de notre clientèle, nous n'exposons pas toujours les mêmes tableaux. Quand une peinture ne se vend pas, nous la remplaçons par une autre. Nous gardons ici une partie de notre inventaire. Il nous arrive aussi de les proposer dans une vente privée à des clients sélectionnés.

— Je vois, dit Beau. Nous aimerions cependant examiner chacun de ces tableaux. Ne serait-ce que par curiosité.

Villerie acquiesça.

— Bien sûr, mais maniez-les avec soin, inspecteur. Chacun d'eux représente beaucoup d'argent.

— Dans ce cas, pourquoi ne pas les manipuler vous-même ? Sortez-les un par un et présentez-les-nous, ça suffira amplement.

Villerie s'exécuta sans protester. Il sortit tous les tableaux et les aligna contre le mur de la chambre. Une fois le coffre vidé, Beau inspecta les parois métalliques de près, sans y trouver de compartiment secret.

— Rien, marmonna-t-il, déçu.

Villerie commença à ranger les tableaux dans le coffre.

— Bruce, donne-lui un coup de main, ordonna Beau.

Planté au centre de la chambre, il se frotta le menton.

— Retour à la case départ, marmonna-t-il. Réfléchissons… si j'étais le voleur, où aurais-je caché un tableau ?

Quelques secondes plus tard, il se frappa le front, se précipita vers le lit et arracha les draps.

— Viens m'aider, Tollison.

Ensemble, les deux hommes renversèrent le matelas qui heurta le sol avec un bruit sourd. Beau s'attendait à trouver les tableaux en dessous. Il jura entre ses dents en voyant que ce n'était pas le cas.

— Ils ne sont pas là !

Tollison pointa du doigt.

— Attends un peu ! Regarde !

Beau se pencha. Il lui sembla distinguer une forme carrée à travers la toile du sommier. Tollison dirigea dessus sa lampe-stylo.

— Ces agrafes sont plus récentes que les autres, annonça-t-il.

Beau sortit de sa poche un canif et fit sauter quelques agrafes, libérant ainsi la toile le long du cadre du sommier.

Villerie et Bruce émergeaient de la penderie. Le premier se rua vers le lit en criant :

— Arrêtez ! Qu'est-ce que vous faites ?

— Je découpe le sommier, déclara Beau.

Il récupéra le drap et s'en enveloppa la main avant de tâtonner dans la fente qu'il venait de créer. Il sourit, puis reprit prudemment sa tâche en veillant à ce que la lame de son couteau n'abîme pas le bois du châssis.

— Vous êtes fou ! hurla Villerie. Pourquoi massacrer ce lit ?

Beau souleva un pan de la toile, laissant apparaître des yeux : Robert E. Lee semblait regarder les hommes penchés sur le lit.

— Bingo ! déclara Beau. Voilà ce que je cherchais, M. Villerie.

Peu après, il retirait le premier tableau de sa cachette. En dessous, il y avait le second, légèrement plus petit.

— Seigneur ! s'exclama Villerie. Vous aviez raison : les tableaux n'ont jamais quitté la galerie !

— Ainsi, le voleur n'avait pas à craindre qu'on l'aperçoive, déclara Tollison. Il a pu sortir et déambuler tranquillement dans la rue.

Beau leva la main pour dire :

— Nous savons que notre voleur a également assassiné Le Moyne, et Dudley Robinette, plus tard. Combien de temps faut-il pour défaire le lit, découper le matelas, y glisser les deux tableaux, puis agrafer la toile et refaire le lit ? Comment le voleur pouvait-il être sûr de ne pas être dérangé pendant cette opération ?

Il s'adressait à Tollison.

— Je dirais une demi-heure, au moins.

— Oui, confirma Beau. Aussi, ça n'a pu être accompli entre le moment où l'alarme a sonné et l'arrivée de la police…

Soudain, Villerie changea d'expression.

— D'après vous, le coupable est quelqu'un de la maison !

— Bien sûr.

— Attendez ! s'écria Villerie. Ce n'est pas moi !

Beau sourit.

— Vraiment ? Je veux bien croire que vous ayez eu des complices, M. Villerie. Expliquez-moi le rôle de Le Moyne, Della Penna et Robinette dans cet embrouillamini.

— Je n'en ai aucune idée. J'ai rencontré Robinette et Della Penna le jour de la vente de l'avenue Saint-Charles. Quant à Le Moyne, je ne l'avais jamais vu avant qu'il fasse irruption à la galerie pour m'accuser de l'avoir volé. Je vous le jure.

— Voyons, intervint Tollison, nous savons que vous étiez lourdement endetté et que vous risquiez de tout perdre. Et voilà que nous retrouvons les tableaux volés cachés chez vous, sans que personne ne soit au courant. Très astucieux, je dois le reconnaître. Vous avez déjà touché la prime de l'assurance et remboursé la banque. D'ici quelques années, quand l'affaire sera oubliée, vous pourrez sans doute vendre ces tableaux au marché noir, ou à un collectionneur peu scrupuleux, je suis certain que, dans votre position, vous savez tout des personnes qui s'intéressent à l'art sudiste durant la Guerre civile. C'est une opération rentable et rondement menée. Vous touchez deux fois le prix de votre investissement.

— Non ! s'emporta Villerie. Vous vous trompez ! D'ailleurs, je compte cesser de travailler, j'ai d'ores et déjà transféré ma galerie à…

Il s'interrompit quelques secondes, puis reprit :

— Non… Ce n'est pas possible…

— À qui avez-vous cédé la galerie, M. Villerie ? insista Beau.

— À ma fille.

Les deux inspecteurs de la NOPD échangèrent un regard entendu. Tollison se contenta de sourire.

— Non ! s'écria Villerie. Ce n'est pas Harper ! Je ne veux pas y croire !

— Bruce, appelle une voiture et…

— C'est déjà fait, coupa Jenkins. M. Villerie, vous êtes en état d'arrestation pour recel.

Il poursuivit en énonçant au père effondré ses droits Miranda.

— Vous savez, ajouta Beau, j'espère pouvoir très bientôt vous inculper aussi de vol, d'escroquerie et de complicité de meurtre.

— Je suis innocent, répéta Villerie.

— Bruce, cherche-moi dans quel spa sont ces dames. Contacte la police de Shreveport. Je veux qu'on me récupère Mme Hayes et qu'on me la ramène sans attendre à La Nouvelle-Orléans. Il est tard, Tollison et moi allons rentrer.

Il regretta ses paroles impulsives en voyant l'expression chagrinée de Bruce, mais ce dernier se reprit assez vite.

— D'accord.

— J'interrogerai Mme Hayes au poste demain matin, ajouta Beau.

Tollison enveloppa chacun des deux tableaux dans un des draps du lit.

— Ils appartiennent dorénavant à la Lloyd of London, annonça-t-il. Demain matin à la première heure, je préviendrai mon patron que nous les avons récupérés.

— Je vais devoir les garder quelques jours de plus au poste, indiqua Beau, tant que l'enquête n'est pas terminée. Je veux aussi que la police scientifique y relève d'éventuelles empreintes. Dès que possible, tu seras libre de les rapporter à leur légitime propriétaire.

Beau récupérera un des tableaux, laissant l'autre à Tollison, chacun d'eux veillant bien à ne pas poser directement les mains dessus.

Ils quittèrent la galerie et remontèrent peu après dans le SUV.

BEAU SE sentait nerveux, sans trop savoir pourquoi. En général, il n'était pas aussi mélancolique quand il s'apprêtait à conclure une enquête, au contraire.

Tout à coup, il réalisa ce qui le chagrinait : Tollison avait récupéré ses toiles, sans doute ne tarderait-il pas à retourner à Atlanta. Leur relation allait-elle finir avant même d'avoir vraiment commencé ?

Beau démarra et prit la direction du centre-ville.

— Apparemment, tu avais raison, déclara-t-il. Bravo !

Tollison sourit.

— Merci. C'était juste une intuition, rien de plus.

— J'espère que demain, nous pourrons prouver que tu as vu juste.

Tollison ne répondit pas. Beau se racla la gorge.

— Maintenant que tu as terminé ta tâche, j'imagine que tu comptes bientôt rentrer chez toi, à Atlanta ?

— Oui, c'est probable. J'ai encore besoin d'un jour ou deux pour peaufiner les détails.

Beau n'eut pas le temps de répondre, car il arrivait déjà au poste. Il se gara au parking, sortit de la voiture, récupéra les tableaux dans le coffre et alla les déposer au greffe.

De retour dans son bureau, Beau griffonna son adresse sur un papier qu'il tendit à Tollison.

— Il faut que j'aille faire mon rapport au capitaine. Tu devrais rentrer à l'hôtel, prendre une douche et te préparer un sac. Ça te dit de passer la nuit chez moi ?

Tollison sourit.

— Bonne idée. J'amène quoi ?

D'un coup d'œil à la porte, Beau s'assura de ne pas avoir de témoins. Il s'approcha de Tollison et lui plaqua la main entre les jambes.

— Ça, répondit-il.

Il l'embrassa avec force avant de s'écarter. Tollison se lécha ses lèvres.

— J'emporte toujours mon matériel, remarqua-t-il d'une voix sensuelle.

— Parfait, dans ce cas, nous sommes parés. Toi et ton matériel, je vous donne rendez-vous dans… disons une heure et demie. Ça te va ?

Tollison consulta sa montre.

— C'est jouable.

EN QUITTANT le bureau de Beau, Tollison était animé de sentiments mitigés. Il attendait avec impatience la soirée – et la nuit – à venir, mais ce serait probablement leur dernière fois ensemble et cette idée le déchirait.

Arrivé à sa voiture, il déverrouilla la portière, mais n'y entra pas tout de suite. Il s'adossa à la carrosserie et croisa les bras sur la poitrine. Il était toujours plongé dans un dilemme émotionnel qu'il n'avait pas envie de gérer quand une voiture de patrouille se gara à côté de lui. Un agent en émergea, ouvrit la portière arrière et fit sortir Villerie menotté. Bruce resta un peu plus longtemps dans le siège passager, son téléphone à l'oreille. Il raccrocha, rangea son appareil dans sa poche et sortit de la voiture. Son regard tomba alors sur Tollison.

Une émotion étrange passa sur son visage. Jusqu'ici, Tollison n'avait eu aucun mal à décrypter l'inspecteur Bruce Jenkins. Méfiance, haine, mépris, rejet… de sa part, il avait eu droit à tout durant cette enquête. Ce soir, Bruce semblait adouci.

L'inspecteur, désignant Villerie, s'adressa d'abord à son subordonné :

— Emmenez-le en salle d'interrogatoire, Tom. Je vous rejoins sous peu.

L'agent acquiesça et disparut peu après dans le bâtiment avec son prisonnier.

Bruce s'approcha de Tollison.

— Hé, ça va ? Vous sembliez troublé.

Surpris de cette marque d'intérêt inattendu, Tollison esquissa un sourire.

— Ça va. Merci.

— Je pensais que Beau et vous seriez déjà en train de fêter votre victoire.

Tollison, conscient que Bruce possédait encore des sentiments pour Beau, chercha comment répondre sans mettre les pieds dans le plat. Il ne tenait pas à se montrer cruel, mais il ne voyait pas non plus comment esquiver la vérité.

— Beau a un débriefing avec le capitaine Trenchard. Nous avons prévu de nous retrouver tout à l'heure.

Bruce ne chercha pas à cacher sa douleur. Manifestement, son attachement restait vivace, Tollison se prépara à une réaction violente. Au contraire, Bruce soupira et s'adossa lui aussi à la carrosserie, le visage détourné. Il semblait hésiter à parler.

— Allez-y, déclara Tollison. J'ai les reins solides.

Bruce tourna la tête et le regarda dans les yeux.

— Je vous demande de m'excuser.

Tollison en resta bouche bée. Du doigt, il remit sa mâchoire en place.

— Eh ben, je ne m'attendais pas à ça… je le reconnais.

— Je sais, marmonna Bruce.

— En tout cas, c'est sympa de votre part. Merci.

Bruce hocha la tête. Il semblait toujours hésitant. Tollison décida de crever l'abcès.

— Autre chose ? reprit-il.

— Ça ne me regarde pas, je sais, mais….

— Allez-y !

Bruce se racla la gorge.

— D'accord. Euh… Beau et vous, c'est… sérieux ?

Tollison gloussa.

— Comment voulez-vous que je le sache ? Je le connais depuis moins d'une semaine et nous avons assez mal commencé, mais… il me plaît, ça, c'est sûr. Il me plaît beaucoup.

— Il est génial ! Et je l'aime toujours.

— Écoutez, Bruce…

Bruce leva la main pour le faire taire.

— Je vous en prie, laissez-moi finir.

— D'accord.

— Lui et moi, c'est fini, j'en suis conscient. Beau tient beaucoup à la fidélité, il a besoin de confiance et jamais il n'oubliera ce que j'ai fait.

— Il faut être deux pour danser le tango, répondit Tollison. D'après ce qu'il m'a raconté, les torts étaient partagés.

— Oui, peut-être, cependant c'est moi qui l'ai trompé. J'ai commis une erreur. Une erreur irréparable que je regretterai jusqu'à la fin de ma vie.

Tollison se sentit soudain désolé pour lui.

— Écoutez, ça arrive à tout le monde, c'est humain. Ce ne sont pas nos erreurs qui nous définissent, mais plutôt ce que nous faisons pour les réparer. Cessez de vous en vouloir. Vous avez eu tort et vous l'avez reconnu. Tirez-en une leçon et faites mieux la prochaine fois. À mon avis, il est temps pour vous d'oublier le passé et de penser à l'avenir.

— Merci. Vous avez raison. C'est valable aussi pour Beau.

— Sans doute.

— J'aimerais sincèrement le voir heureux, vous savez. Vous êtes le premier auquel il s'intéresse depuis notre séparation. Avec vous, il semble plus détendu – c'est un sacré changement ! Merde, il me traite presque normalement ces derniers temps !

— Il a réalisé qu'il se montrait injuste envers vous.

— Possible, reconnut Bruce. Quand il a commencé à se calmer, j'ai cru qu'il me pardonnait et peut-être qu'il me donnerait une seconde chance. À présent, je sais que c'était grâce à vous qu'il a oublié son amertume, qu'il s'est enfin autorisé à penser à un autre.

— Je suis désolé. Je sais ce que c'est d'aimer sans retour.

— C'est nul, hein ?

— Oui.

— Vous comptez retourner à Atlanta ?

— Oui. Dès que Beau me rendra les tableaux.

— Atlanta n'est pas si loin, vous savez. Vous aurez l'occasion de vous revoir.

— J'aimerais bien, mais je ne connais pas les projets de Beau. Le hic…

— … c'est que les relations à distance foirent très vite, c'est ça ?

— Exactement.

Ils gardèrent le silence quelques minutes. Puis Bruce se redressa et tendit la main.

attendu à trouver en entrant dans la maison. Côté droit, un mur de brique apparente et une grande télévision à écran plat au-dessus de la cheminée. Devant, une table basse et un canapé en cuir marron en forme de L avec des clous en laiton, garni de plusieurs gros coussins. Côté gauche, un bureau, un ordinateur, un fauteuil à roulettes, en cuir noir, et une bibliothèque remplie de dossiers. Manifestement, c'était là que Beau passait l'essentiel de son temps ! L'ambiance était décontractée et fonctionnelle. Et Tollison l'adorait !

— À l'étage, j'ai deux salles de bain et deux chambres, dont la mienne, que tu découvriras tout à l'heure, annonça Beau avec un sourire entendu.

— J'espère bien !

Beau retourna dans la cuisine et ouvrit le frigo.

— Qu'est-ce que tu veux boire ? De la bière ou du vin ? Oh, j'ai aussi de la Grey Goose et des olives, si tu préfères un cocktail.

— Et toi, qu'est-ce que tu prends ?

— Je vais commencer par une bière. Je prendrai du vin au dîner.

— Très bien, pareil pour moi.

— J'ai de la Blue Moon [41], ça te convient ?

— Bien sûr.

Tollison renifla ostensiblement.

— Ça sent hyper bon ! ajouta-t-il.

— J'espère que tu aimes le carré d'agneau.

— Tu fais la cuisine ? Je suis ébloui. Eh oui, j'adore l'agneau !

— Pas de quoi être ébloui, je n'avais pas le temps de faire un repas en rentrant, je me suis donc arrêté chez un traiteur de la rue Magazine. J'ai pris aussi des pommes de terre au romarin et des asperges. Je n'ai plus qu'à tout faire réchauffer. Par contre… j'ai préparé la salade tout seul !

Il se rengorgeait. Tollison éclata de rire

— Je reste ébloui, tu es débrouillard !

— Là, je veux bien te croire. C'est le métier qui veut ça.

Tollison prit un tabouret au comptoir de la cuisine et sirota sa bière en regardant Beau s'activer et vérifier ses plats. Tollison trouvait très émouvant de découvrir ainsi, dans son environnement familier.

---

41 Bière de style belge originaire du Colorado, actuellement brassée au Canada.

— J'aime assez Beau pour vouloir son bonheur, même s'il le trouve avec un autre. Si vous lui rendez le sourire, vous avez ma bénédiction.

Tollison accepta la main tendue.

— Merci, Bruce.

L'inspecteur essuya une larme sur sa joue, tourna les talons et s'éloigna sans un regard en arrière.

TOLLISON RETOURNA à son hôtel. Une fois dans sa suite, il jeta son trousseau de clés sur la console de l'entrée et alla tout droit au minibar. Il sortit une bière Stella, la décapsula, se débarrassa de sa veste et de ses chaussures, et sortit sur le balcon qui surplombait la rue Bourbon. La nuit était tiède, les trottoirs encombrés de touristes, occupés à boire ou à déambuler, savourant l'ambiance de La Nouvelle-Orléans. L'air embaumait de délicieux arômes épicés de la cuisine locale, une musique de jazz montait jusqu'aux étages.

Tollison fixait les badauds du Quartier Français, en pensant à Beau. Il évoqua sa conversation avec Bruce et se demanda s'il rendait réellement heureux l'inspecteur Montgomery Beauregard Bissonet. Sans doute était-il trop tôt pour savoir si leur aventure avait une chance de devenir une véritable relation, pourtant Tollison se sentait une forte connexion avec Beau. La sensation était-elle mutuelle ? Ce qui le chagrinait le plus, c'était qu'il n'aurait probablement jamais la réponse aux questions qu'il se posait.

Bruce avait raison. Une relation longue distance était vouée à l'échec. De plus, maintenant que Beau avait pardonné à Bruce et qu'il était prêt à oublier le passé, sans doute ne tarderait-il pas à retrouver un compagnon. C'était un homme de cœur, intelligent, plein d'esprit, beau à tomber – il portait bien son prénom ! –, bâti comme un athlète. Bref, irrésistible.

Et Beau ne lui avait pas donné la moindre indication qu'il désirait davantage que du sexe. Dans ce cas, pourquoi se torturait-il ? *Tu as encore une nuit. Peut-être deux. Alors, profites-en.*

Tollison retourna dans la chambre et referma la porte-fenêtre. Il termina sa bière et passa dans la salle de bain. Il se déshabilla, entra dans la douche et alluma l'eau, très chaude. Il soupira de plaisir lorsque le jet brûlant apaisa sa tension et ses muscles noués. La vapeur commençait à embuer la cabine. Tollison posa les deux mains sur le carrelage, la tête ballante, laissant l'eau couler sur ses épaules et son dos, emportant avec elle ces questions stressantes.

Dans ce cocon, chaud et humide, il se retrouva à évoquer Beau. Il l'imagina au lit, couché sur le dos, fouillant son âme de ses prunelles bleu-gris. Il eut une érection. Il se laissa tomber sur le banc de la douche et versa du gel douche dans sa main droite. Il écarta les jambes et commença à se masturber, savourant le contraste entre sa main calleuse et la peau veloutée de son sexe. De la main gauche, il se frotta la poitrine, pinça ses mamelons. Dans sa tête, il avait les jambes de Beau sur les épaules et ses gémissements marquaient le rythme de ses coups de boutoir. Ce fantasme en son et lumière lui permit de trouver l'orgasme en quelques minutes. Avec un cri rauque, il renversa la tête en arrière et regarda son sperme jaillir entre ses doigts.

Hors d'haleine, il resta un moment assis avant de se redresser pour terminer ses ablutions.

Il sortit, se sécha, et enfila un jean et un polo. Il prépara aussi un sac avec des affaires de rechange, plus un costume et une chemise propre pour le lendemain, c'est-à-dire l'interrogatoire de Mme Hayes au poste de police.

Une fois prêt, il quitta l'hôtel.

UNE FOIS dans sa voiture, il entra l'adresse de Beau dans le GPS et suivit les indications. Quittant le Vieux Carré, il traversa la rue du Canal et arriva vingt minutes plus tard devant un cottage acadien à deux étages, peint en vert menthe, avec des bordures vert Charleston [39], un grand porche et deux fauteuils à bascule, une immense baie vitrée allant du sol au toit, et une lucarne en vitrail sur la porte d'entrée. Tollison n'avait pas eu d'idée préconçue sur la maison de Beau, mais ce qu'il vit l'enchanta. Le style correspondait bien à la personnalité de son amant : viril, élégant, original et optimiste.

Il monta les marches du porche, son sac sur l'épaule, sa housse à costume à la main. Il leva sa main libre pour frapper, mais il n'en eut pas le temps. La porte s'ouvrit et Beau apparut sur le seuil, les pieds nus, les cheveux mouillés, dans un tee-shirt bleu ciel et un short kaki – absolument magnifique !

— Salut, dit-il avec un sourire accueillant. Laisse-moi t'aider à porter tout ça.

Il récupéra le costume. Tollison resta tétanisé sur place, dévorant Beau des yeux, incapable de détourner la tête. *Il est à croquer !*

39 Vert très foncé, presque noir

En arrière-fond, John Legend [40] chantait, mais Tollison ent[...] peine, ne voyant que l'homme en face de lui. Pour la première foi[...] leur rencontre, Beau paraissait détendu et heureux. Ce qui laissait[...] sans voix, au sens littéral.

Remarquant sans doute son regard éperdu, Beau éclata de ri[...]
— Ça va ?

Tollison acquiesça et se décida à entrer. Il claqua la porte de[...] lâcha son sac au sol et se jeta sur Beau, l'acculant contre le mur[...] son visage dans le cou de son amant et il huma son odeur, propre[...] un mélange de gel douche et de musc naturel. Il lécha la gorge tan[...] au menton et enfin aux lèvres qu'il revendiqua dans un baiser to[...]

Lorsqu'il recula enfin, Beau lui sourit.
— C'est une très agréable façon de me dire bonjour. Je po[...] habituer.
— Moi aussi. Au fait, tu es superbe !
— Toi aussi. Et je te souhaite la bienvenue dans mon humb[...]
— J'aime beaucoup ta maison, déclara Tollison avec franc[...] si je n'ai pas tout vu.
— Viens, je vais te faire visiter.

Il entra au salon et déposa le costume sur le canapé. Toll[...] autour de lui : la décoration était plus contemporaine que pré[...] était blanche, avec des touches de couleurs vives ; le mobi[...] confortable, aux lignes nettes. Tollison fut impressionné qu'u[...] vive dans un cadre si élégant. La salle à manger avait une[...] étroite constituée d'une plaque de verre posée sur des arce[...] entourée de huit chaises noires, cuir et métal, et un tapis orien[...] opposé, un buffet d'acajou.

À une des extrémités de la table, le couvert était m[...] assiettes en porcelaine, verres en cristal, couverts et candé[...] *Très romantique !*

De la salle à manger, une arche donnait sur un bure[...] d'eau. La cuisine était grande, avec des placards en merisi[...] de granit noir et d'innombrables appareils ménagers en ino[...]

En voyant le bureau, Tollison sourit franchement :[...] Beau. En fait, il réalisait à présent que c'était exactemen[...]

40 Compositeur, pianiste et chanteur américain (né en[...] R'n'B et rap.

Ils discutèrent de tout et de rien, évitant cependant d'évoquer leur enquête en cours. Quand ils passèrent dans la salle à manger pour se mettre à table, Tollison décida que c'était sa plus agréable soirée depuis… un bail !

Beau déposa les plats sur la table, alluma le candélabre et servit deux verres de vin.

Au cours du repas, Tollison raconta sa conversation avec Bruce. Il scrutait aussi le visage de Beau, cherchant à y trouver un signe indiquant qu'il gardait des sentiments pour son ex. À dire la vérité, il ne découvrit rien, ni regret, ni chagrin, ni jalousie.

Beau posa sa fourchette et secoua la tête.

— Il nous a donné sa bénédiction ? Non, mais sans blague ! Comme si j'en avais besoin pour faire ce qu'il me plaît !

— Ce n'était pas comme ça qu'il entendait. Il t'aime encore Beau. Il sait qu'il a déconné et qu'il a raté sa chance avec toi, mais il tient à te voir heureux.

— C'est vraiment sympa de sa part !

— Allez Beau, sois gentil. Imagine au moins ce qu'il doit ressentir en nous voyant ensemble, et en sachant ce qui se passe dès que nous sommes seuls. À sa place, je trouverais ça très dur.

— Je croirais entendre parler Auggie !

— Et alors ? Tu devrais peut-être nous écouter.

— J'ai fait un effort afin que Bruce et moi puissions travailler ensemble dans un climat moins tendu, mais pour le moment, il n'y aura que ça entre nous. Avec le temps, qui sait ? Nous pourrons peut-être redevenir amis. Je crois que je lui en veux toujours. J'ai envie de lui mettre un gnon dès que je le regarde.

— Ça se voit, répondit Tollison. Ce qui me chiffonne le plus, c'est la raison de ta colère. Tu ne crois pas que tu tiens encore à lui ?

Beau s'étrangla à moitié.

— Quoi ? Bien sûr que non ! Bruce est un brave type, je te l'accorde, mais je n'éprouve plus rien pour lui. Franchement, pour qui me prends-tu ? Comment pourrais-je être avec toi si je tenais encore à lui ?

Tollison en fut tout rasséréné.

— Oh, tu es *avec* moi ?

— J'aimerais bien ! Nous nous connaissons depuis peu, d'accord, mais je sens un lien entre nous. J'aimerais voir où ça nous mène, pas toi ?

À travers la table, Tollison prit la main de Beau.

— Si, mais quand je rentrerai à Atlanta, nous serons séparés par huit cents kilomètres. D'après mon expérience, une relation longue distance fonctionne rarement.

Beau referma les doigts sur les siens.

— En voiture, il n'y a que huit heures. En avion, une heure et demie. Je pense que deux adultes sont capables de gérer ça un certain temps.

— Mais je suis si souvent en déplacement ! Comment trouverons-nous l'occasion de nous voir ?

— On trouve toujours un moyen quand on le veut vraiment. Personnellement, j'ai plusieurs mois de congé à prendre, ça nous donnera du temps libre.

— Et ensuite ?

— Ensuite, si tout va bien, nous passerons à l'étape suivante. Et alors, les possibilités sont infinies.

— Tu crois ?

— Bien sûr. Je pourrais te rejoindre à Atlanta, ou tu pourrais envisager de t'installer à La Nouvelle-Orléans. Si ça marche entre nous, nous trouverons une solution qui nous satisfait tous les deux.

Submergé par l'émotion, Tollison eut de la peine à retenir ses larmes. Beau était sincère, la conviction de ses paroles lui était allée droit au cœur. Comme à point nommé, John Legend se mit à chanter : *All of Me*.

Tollison tendit la main à Beau.

— Danse avec moi.

Beau accepta sa main et se redressa. Ils s'affrontèrent un moment pour déterminer lequel d'entre eux menait : ce fut Tollison qui gagna. Beau céda. Main dans la main, joue contre joue, un bras autour de la taille, ils tournoyèrent au son de la musique. Tollison décida que, dans ses bras, Beau était idéal. Comment avait-il pu douter de la pérennité de leur couple ?

Il resserra son étreinte, baissa la tête et mordilla le cou de son partenaire. Puis, sans avertissement, il esquissa un pas de danse compliqué. À sa grande surprise, Beau le suivit souplement, sans à-coups.

Une fois l'air terminé, Tollison prit Beau par le menton et l'embrassa.

— Tu danses très bien, souffla-t-il.

— Merci. J'aime ça. Et je peux faire bien plus d'acrobaties. Tu me verrais danser le charleston ! Chaque fois que je saute, j'ai la trouille de perdre une de mes couilles !

Tollison éclata de rire.

— Je suis impatient de voir ça !

— J'aime assez Beau pour vouloir son bonheur, même s'il le trouve avec un autre. Si vous lui rendez le sourire, vous avez ma bénédiction.

Tollison accepta la main tendue.

— Merci, Bruce.

L'inspecteur essuya une larme sur sa joue, tourna les talons et s'éloigna sans un regard en arrière.

Tollison retourna à son hôtel. Une fois dans sa suite, il jeta son trousseau de clés sur la console de l'entrée et alla tout droit au minibar. Il sortit une bière Stella, la décapsula, se débarrassa de sa veste et de ses chaussures, et sortit sur le balcon qui surplombait la rue Bourbon. La nuit était tiède, les trottoirs encombrés de touristes, occupés à boire ou à déambuler, savourant l'ambiance de La Nouvelle-Orléans. L'air embaumait de délicieux arômes épicés de la cuisine locale, une musique de jazz montait jusqu'aux étages.

Tollison fixait les badauds du Quartier Français, en pensant à Beau. Il évoqua sa conversation avec Bruce et se demanda s'il rendait réellement heureux l'inspecteur Montgomery Beauregard Bissonet. Sans doute était-il trop tôt pour savoir si leur aventure avait une chance de devenir une véritable relation, pourtant Tollison se sentait une forte connexion avec Beau. La sensation était-elle mutuelle ? Ce qui le chagrinait le plus, c'était qu'il n'aurait probablement jamais la réponse aux questions qu'il se posait.

Bruce avait raison. Une relation longue distance était vouée à l'échec. De plus, maintenant que Beau avait pardonné à Bruce et qu'il était prêt à oublier le passé, sans doute ne tarderait-il pas à retrouver un compagnon. C'était un homme de cœur, intelligent, plein d'esprit, beau à tomber – il portait bien son prénom ! –, bâti comme un athlète. Bref, irrésistible.

Et Beau ne lui avait pas donné la moindre indication qu'il désirait davantage que du sexe. Dans ce cas, pourquoi se torturait-il ? *Tu as encore une nuit. Peut-être deux. Alors, profites-en.*

Tollison retourna dans la chambre et referma la porte-fenêtre. Il termina sa bière et passa dans la salle de bain. Il se déshabilla, entra dans la douche et alluma l'eau, très chaude. Il soupira de plaisir lorsque le jet brûlant apaisa sa tension et ses muscles noués. La vapeur commençait à embuer la cabine. Tollison posa les deux mains sur le carrelage, la tête ballante, laissant l'eau couler sur ses épaules et son dos, emportant avec elle ces questions stressantes.

Dans ce cocon, chaud et humide, il se retrouva à évoquer Beau. Il l'imagina au lit, couché sur le dos, fouillant son âme de ses prunelles bleu-gris. Il eut une érection. Il se laissa tomber sur le banc de la douche et versa du gel douche dans sa main droite. Il écarta les jambes et commença à se masturber, savourant le contraste entre sa main calleuse et la peau veloutée de son sexe. De la main gauche, il se frotta la poitrine, pinça ses mamelons. Dans sa tête, il avait les jambes de Beau sur les épaules et ses gémissements marquaient le rythme de ses coups de boutoir. Ce fantasme en son et lumière lui permit de trouver l'orgasme en quelques minutes. Avec un cri rauque, il renversa la tête en arrière et regarda son sperme jaillir entre ses doigts.

Hors d'haleine, il resta un moment assis avant de se redresser pour terminer ses ablutions.

Il sortit, se sécha, et enfila un jean et un polo. Il prépara aussi un sac avec des affaires de rechange, plus un costume et une chemise propre pour le lendemain, c'est-à-dire l'interrogatoire de Mme Hayes au poste de police.

Une fois prêt, il quitta l'hôtel.

UNE FOIS dans sa voiture, il entra l'adresse de Beau dans le GPS et suivit les indications. Quittant le Vieux Carré, il traversa la rue du Canal et arriva vingt minutes plus tard devant un cottage acadien à deux étages, peint en vert menthe, avec des bordures vert Charleston [39], un grand porche et deux fauteuils à bascule, une immense baie vitrée allant du sol au toit, et une lucarne en vitrail sur la porte d'entrée. Tollison n'avait pas eu d'idée préconçue sur la maison de Beau, mais ce qu'il vit l'enchanta. Le style correspondait bien à la personnalité de son amant : viril, élégant, original et optimiste.

Il monta les marches du porche, son sac sur l'épaule, sa housse à costume à la main. Il leva sa main libre pour frapper, mais il n'en eut pas le temps. La porte s'ouvrit et Beau apparut sur le seuil, les pieds nus, les cheveux mouillés, dans un tee-shirt bleu ciel et un short kaki – absolument magnifique !

— Salut, dit-il avec un sourire accueillant. Laisse-moi t'aider à porter tout ça.

Il récupéra le costume. Tollison resta tétanisé sur place, dévorant Beau des yeux, incapable de détourner la tête. *Il est à croquer !*

---

39 Vert très foncé, presque noir

En arrière-fond, John Legend [40] chantait, mais Tollison entendait à peine, ne voyant que l'homme en face de lui. Pour la première fois depuis leur rencontre, Beau paraissait détendu et heureux. Ce qui laissait Tollison sans voix, au sens littéral.

Remarquant sans doute son regard éperdu, Beau éclata de rire.

— Ça va ?

Tollison acquiesça et se décida à entrer. Il claqua la porte derrière lui, lâcha son sac au sol et se jeta sur Beau, l'acculant contre le mur. Il enfouit son visage dans le cou de son amant et il huma son odeur, propre et fraîche, un mélange de gel douche et de musc naturel. Il lécha la gorge tannée, arriva au menton et enfin aux lèvres qu'il revendiqua dans un baiser torride.

Lorsqu'il recula enfin, Beau lui sourit.

— C'est une très agréable façon de me dire bonjour. Je pourrais m'y habituer.

— Moi aussi. Au fait, tu es superbe !

— Toi aussi. Et je te souhaite la bienvenue dans mon humble demeure.

— J'aime beaucoup ta maison, déclara Tollison avec franchise. Même si je n'ai pas tout vu.

— Viens, je vais te faire visiter.

Il entra au salon et déposa le costume sur le canapé. Tollison regarda autour de lui : la décoration était plus contemporaine que prévu. La pièce était blanche, avec des touches de couleurs vives ; le mobilier, cossu et confortable, aux lignes nettes. Tollison fut impressionné qu'un célibataire vive dans un cadre si élégant. La salle à manger avait une longue table étroite constituée d'une plaque de verre posée sur des arceaux chromés, entourée de huit chaises noires, cuir et métal, et un tapis oriental. Sur le mur opposé, un buffet d'acajou.

À une des extrémités de la table, le couvert était mis pour deux : assiettes en porcelaine, verres en cristal, couverts et candélabre d'argent. *Très romantique !*

De la salle à manger, une arche donnait sur un bureau et une salle d'eau. La cuisine était grande, avec des placards en merisier, un comptoir de granit noir et d'innombrables appareils ménagers en inox.

En voyant le bureau, Tollison sourit franchement : cent pour cent Beau. En fait, il réalisait à présent que c'était exactement ce qu'il s'était

---

40 Compositeur, pianiste et chanteur américain (né en 1978) de gospel, R'n'B et rap.

attendu à trouver en entrant dans la maison. Côté droit, un mur de brique apparente et une grande télévision à écran plat au-dessus de la cheminée. Devant, une table basse et un canapé en cuir marron en forme de L avec des clous en laiton, garni de plusieurs gros coussins. Côté gauche, un bureau, un ordinateur, un fauteuil à roulettes, en cuir noir, et une bibliothèque remplie de dossiers. Manifestement, c'était là que Beau passait l'essentiel de son temps ! L'ambiance était décontractée et fonctionnelle. Et Tollison l'adorait !

— À l'étage, j'ai deux salles de bain et deux chambres, dont la mienne, que tu découvriras tout à l'heure, annonça Beau avec un sourire entendu.

— J'espère bien !

Beau retourna dans la cuisine et ouvrit le frigo.

— Qu'est-ce que tu veux boire ? De la bière ou du vin ? Oh, j'ai aussi de la Grey Goose et des olives, si tu préfères un cocktail.

— Et toi, qu'est-ce que tu prends ?

— Je vais commencer par une bière. Je prendrai du vin au dîner.

— Très bien, pareil pour moi.

— J'ai de la Blue Moon [41,] ça te convient ?

— Bien sûr.

Tollison renifla ostensiblement.

— Ça sent hyper bon ! ajouta-t-il.

— J'espère que tu aimes le carré d'agneau.

— Tu fais la cuisine ? Je suis ébloui. Eh oui, j'adore l'agneau !

— Pas de quoi être ébloui, je n'avais pas le temps de faire un repas en rentrant, je me suis donc arrêté chez un traiteur de la rue Magazine. J'ai pris aussi des pommes de terre au romarin et des asperges. Je n'ai plus qu'à tout faire réchauffer. Par contre… j'ai préparé la salade tout seul !

Il se rengorgeait. Tollison éclata de rire

— Je reste ébloui, tu es débrouillard !

— Là, je veux bien te croire. C'est le métier qui veut ça.

Tollison prit un tabouret au comptoir de la cuisine et sirota sa bière en regardant Beau s'activer et vérifier ses plats. Tollison trouvait très émouvant de le découvrir ainsi, dans son environnement familier.

---

41 Bière de style belge originaire du Colorado, actuellement brassée au Canada.

Ils discutèrent de tout et de rien, évitant cependant d'évoquer leur enquête en cours. Quand ils passèrent dans la salle à manger pour se mettre à table, Tollison décida que c'était sa plus agréable soirée depuis… un bail !

Beau déposa les plats sur la table, alluma le candélabre et servit deux verres de vin.

Au cours du repas, Tollison raconta sa conversation avec Bruce. Il scrutait aussi le visage de Beau, cherchant à y trouver un signe indiquant qu'il gardait des sentiments pour son ex. À dire la vérité, il ne découvrit rien, ni regret, ni chagrin, ni jalousie.

Beau posa sa fourchette et secoua la tête.

— Il nous a donné sa bénédiction ? Non, mais sans blague ! Comme si j'en avais besoin pour faire ce qu'il me plaît !

— Ce n'était pas comme ça qu'il l'entendait. Il t'aime encore Beau. Il sait qu'il a déconné et qu'il a raté sa chance avec toi, mais il tient à te voir heureux.

— C'est vraiment sympa de sa part !

— Allez Beau, sois gentil. Imagine au moins ce qu'il doit ressentir en nous voyant ensemble, et en sachant ce qui se passe dès que nous sommes seuls. À sa place, je trouverais ça très dur.

— Je croirais entendre parler Auggie !

— Et alors ? Tu devrais peut-être nous écouter.

— J'ai fait un effort afin que Bruce et moi puissions travailler ensemble dans un climat moins tendu, mais pour le moment, il n'y aura que ça entre nous. Avec le temps, qui sait ? Nous pourrons peut-être redevenir amis. Je crois que je lui en veux toujours. J'ai envie de lui mettre un gnon dès que je le regarde.

— Ça se voit, répondit Tollison. Ce qui me chiffonne le plus, c'est la raison de ta colère. Tu ne crois pas que tu tiens encore à lui ?

Beau s'étrangla à moitié.

— Quoi ? Bien sûr que non ! Bruce est un brave type, je te l'accorde, mais je n'éprouve plus rien pour lui. Franchement, pour qui me prends-tu ? Comment pourrais-je être avec toi si je tenais encore à lui ?

Tollison en fut tout rasséréné.

— Oh, tu es *avec* moi ?

— J'aimerais bien ! Nous nous connaissons depuis peu, d'accord, mais je sens un lien entre nous. J'aimerais voir où ça nous mène, pas toi ?

À travers la table, Tollison prit la main de Beau.

147

— Si, mais quand je rentrerai à Atlanta, nous serons séparés par huit cents kilomètres. D'après mon expérience, une relation longue distance fonctionne rarement.

Beau referma les doigts sur les siens.

— En voiture, il n'y a que huit heures. En avion, une heure et demie. Je pense que deux adultes sont capables de gérer ça un certain temps.

— Mais je suis si souvent en déplacement ! Comment trouverons-nous l'occasion de nous voir ?

— On trouve toujours un moyen quand on le veut vraiment. Personnellement, j'ai plusieurs mois de congé à prendre, ça nous donnera du temps libre.

— Et ensuite ?

— Ensuite, si tout va bien, nous passerons à l'étape suivante. Et alors, les possibilités sont infinies.

— Tu crois ?

— Bien sûr. Je pourrais te rejoindre à Atlanta, ou tu pourrais envisager de t'installer à La Nouvelle-Orléans. Si ça marche entre nous, nous trouverons une solution qui nous satisfait tous les deux.

Submergé par l'émotion, Tollison eut de la peine à retenir ses larmes. Beau était sincère, la conviction de ses paroles lui était allée droit au cœur. Comme à point nommé, John Legend se mit à chanter : *All of Me*.

Tollison tendit la main à Beau.

— Danse avec moi.

Beau accepta sa main et se redressa. Ils s'affrontèrent un moment pour déterminer lequel d'entre eux menait : ce fut Tollison qui gagna. Beau céda. Main dans la main, joue contre joue, un bras autour de la taille, ils tournoyèrent au son de la musique. Tollison décida que, dans ses bras, Beau était idéal. Comment avait-il pu douter de la pérennité de leur couple ?

Il resserra son étreinte, baissa la tête et mordilla le cou de son partenaire. Puis, sans avertissement, il esquissa un pas de danse compliqué. À sa grande surprise, Beau le suivit souplement, sans à-coups.

Une fois l'air terminé, Tollison prit Beau par le menton et l'embrassa.

— Tu danses très bien, souffla-t-il.

— Merci. J'aime ça. Et je peux faire bien plus d'acrobaties. Tu me verrais danser le charleston ! Chaque fois que je saute, j'ai la trouille de perdre une de mes couilles !

Tollison éclata de rire.

— Je suis impatient de voir ça !

148

Ils retournèrent dans la salle à manger.

Beau désigna ce qui restait sur la table.

— Et si nous mettions tout ça rapidement dans le lave-vaisselle ? Ensuite, nous pourrons nous détendre et profiter de la soirée.

— Excellente idée !

Tollison ramassa les assiettes et les verres. Beau souffla les bougies et récupéra les couverts, il rejoignit Tollison dans la cuisine.

— Mets tout ça sur le comptoir, je me charge de la vaisselle, indiqua-t-il. Emporte au salon la bouteille de vin. Je te rejoins dans cinq minutes.

Effectivement, Beau ne tarda pas à s'installer à côté de Tollison sur le canapé. Il prit la jambe gauche de son sombre amant, la posa sur ses genoux, ôta la chaussure et lui frotta vigoureusement le pied. Il fit la même chose avec le côté droit. Il allongea ensuite Tollison sur le canapé et se glissa entre lui et le dossier, appuyé sur un coude. Il frotta la poitrine de son amant de sa main libre.

— J'aime t'avoir ici, chez moi.

— J'ai du mal à croire que je vais devoir rentrer demain, murmura Tollison.

— Si tu veux, je confisque tes tableaux, proposa Beau, pince-sans-rire.

— C'est une idée. Combien de temps penses-tu pouvoir les garder avant que ça paraisse franchement louche ?

— Eh bien, jusqu'à ce qu'un de nos suspects passe aux aveux. Nous attendons toujours la confirmation de nos soupçons, pas vrai ?

— J'ai presque envie d'innocenter Mme Hayes et de reprendre l'enquête à zéro.

Beau l'embrassa sur la joue.

— Je comprends ton point de vue, mais c'est mal barré pour elle.

— Je n'en suis pas certain. Tu sais très bien que je suspecte son mari, depuis le début.

— Tu as peut-être raison. Le temps nous le dira.

— Non, mais, regarde-nous ! Tu te rends compte du chemin parcouru en une semaine ? Le jour de notre rencontre, tu ne supportais pas de me regarder, tu ne voulais pas de moi dans ton enquête.

— Oui, j'ai été très con. Mais tu te trompes sur un point.

Tollison leva un sourcil interrogateur.

Beau enchaîna :

— Je supportais *très bien* de te regarder. D'ailleurs, je te matais sans arrêt, il fallait que je me rappelle à l'ordre... parce que j'étais censé te détester.

Tollison se mit à rire.

— Je sais que tu me matais. J'ai surpris quelques-uns de tes regards lubriques.

Beau le frappa sur la poitrine.

— Sans blague ?

— Oui, et ça me plaisait beaucoup. Et si tu veux tout savoir, je te trouvais bandant.

— C'est vrai ?

— Absolument.

— Et si nous montions dans ma chambre poursuivre cette conversation ?

— Je te suis, déclara Tollison.

Il porta la main de Beau à ses lèvres et y déposa un baiser.

QUAND ILS arrivèrent au bas de l'escalier, Beau monta seulement deux marches... avant que Tollison l'empoigne, le retourne, lui lève les bras et les plaque contre le mur au-dessus de sa tête. Puis il débarrassa Beau de son tee-shirt qu'il jeta sur le sol, lui mordilla le cou, au pli de l'épaule, et pinça doucement ses mamelons, l'un après l'autre. Beau gémit.

Il baissa les bras pour prendre la tête de Tollison entre ses paumes. D'aussi près, ses yeux étaient devenus cristallins et d'une intensité que Tollison ne leur avait jamais connue. Avec un sourire sensuel, Beau mordit sa lèvre inférieure. Tollison frissonna, la sensation envoyant des étincelles jusque dans son sexe. Il bandait déjà et son érection devenait de plus en plus douloureuse.

Le prenant par surprise, Beau échangea leur position et se mit à le déshabiller. Tollison vit sa chemise s'envoler, il sentit des lèvres brûlantes aspirer son mamelon, le mordiller, le lécher. Il perdit vite la tête. Prenant Beau par la nuque, il lui pressa la tête contre sa poitrine pour l'encourager à continuer.

Beau déposa une pluie de baisers sur sa poitrine, s'attaquant à l'autre mamelon avec le même acharnement. Les escaliers étaient en bois ciré, les chaussettes n'adhéraient pas. Tollison glissa et commença à tomber. Beau le rattrapa sous les aisselles et l'aida à retrouver son équilibre.

Puis, il s'agenouilla et il souleva un pied après l'autre, lui ôta ses chaussettes qu'il jeta par-dessus la balustrade.

Ils finirent par monter l'escalier, échangeant toujours caresses et baisers.

Sur le palier du premier étage, Beau s'attaqua à la ceinture de Tollison, déboutonna sa braguette et descendit la fermeture éclair. Il fit glisser le jean jusqu'aux genoux et frotta son visage sur le coton du boxer.

Tollison fit un bond quand Beau mordit son sexe érigé à travers le fin tissu.

— Enlève-moi ça ! marmonna Beau.

Tollison leva le pied et Beau lui arracha son jean qu'il balança derrière lui : le pantalon atterrit quelque part au milieu des marches. Beau empoigna le corps de Tollison comme un pompier, le balança sur son épaule et l'emporta jusqu'à sa chambre. Il le jeta sur le lit. Quelques secondes plus tard, Tollison était nu et Beau se penchait sur lui, également dévêtu.

Tollison admira le spectacle : son amant, à quatre pattes, s'attaquait à son sexe, prenait ses bourses dans la bouche, jouait avec la peau sensible entre ses cuisses. Tollison poussa un cri quand une bouche gourmande l'engloutit tout entier, son gland heurtant le fond de la gorge de Beau.

Il serra les poings sur les draps et ferma les yeux. Alors que Beau continuait ses caresses, Tollison l'imaginait à califourchon sur lui, le chevauchant au même rythme érotique. Comme si son amant devinait ses pensées, il se redressa, ouvrit le tiroir de la table de chevet et en sortit un préservatif et du lubrifiant. Il déchira l'emballage avec ses dents et mit le latex dans la bouche. Il se pencha et déroula le préservatif sur le sexe de Tollison en utilisant uniquement ses lèvres, sa langue et ses dents.

Beau ouvrit en grand les jambes et se positionna au-dessus de son amant, pour les derniers préparatifs. Tollison faillit jouir en le voyant se verser du lubrifiant sur les doigts et les enfoncer en lui. Son cœur se mit à tambouriner, son corps à trembler d'impatience. Il profita que Beau était agenouillé au-dessus de lui pour refermer les mains sur le sexe érigé qu'il caressa avec ardeur.

Puis Beau se baissa et commença à s'empaler. À petits coups secs, il descendit jusqu'à une pénétration complète. Tollison le masturbait toujours, le temps que Beau se fasse à la sensation.

Ensuite, Beau se cambra, les mains posées derrière lui sur les cuisses de Tollison. Grâce à cet appui, il se souleva un peu et se laissa retomber, trouvant rapidement son rythme. À chaque mouvement, Tollison sentait les muscles internes se contracter sur son sexe. Il masturba son amant avec encore plus de ferveur. Il s'efforçait de garder les yeux ouverts, mais la vision de Beau le chevauchant lui faisait tourner la tête.

Beau renversa le cou, ses gémissements de plaisir scandaient les bruits érotiques qui résonnaient dans la chambre. Chaque fois que Beau retombait sur lui, Tollison le renvoyait en l'air en soulevant ses hanches du lit. Avec un grondement, Beau crispa les mains sur les cuisses de Tollison.

Il dut sentir l'intensité de son regard sur lui, car il ouvrit tout à coup les yeux. Avec un sourire béat, il se pencha en avant et dévora sa bouche d'un baiser passionné, sans cesser ses va-et-vient. Tollison s'accouda dans le lit pour mieux l'embrasser.

— Changeons de position, murmura-t-il contre ses lèvres. Je te veux sur le dos.

Sans discuter, Beau s'écarta et obtempéra. Tollison s'agenouilla entre les jambes ouvertes, les empoigna aux chevilles et les drapa sur ses épaules. Il baissa les yeux et visa l'anus luisant. Il poussa lentement, mais sûrement. Une fois de plus, Beau renversa la tête et s'accrocha aux cuisses de Tollison, le plaquant davantage contre lui.

— Vas-y, Tollison. Par pitié, vas-y.

Tollison ne se fit pas prier. Très vite, il trouva sa cadence et se lança avec frénésie vers la ligne d'arrivée.

— Ouiii ! hurla Beau.

Quand Tollison voulut refermer les doigts sur le sexe de Beau, celui-ci écarta sa main.

— Non, je veux que ça dure le plus longtemps possible.

Tollison continua à le marteler, se guidant aux cris qu'il arrachait à son amant. Il baissa la tête pour l'embrasser et Beau lui passa les bras autour du cou. Leur nouvelle position comprimait fortement le sexe coincé entre leurs deux corps en mouvement.

— Oh, mon Dieu ! souffla Beau sur les lèvres de Tollison. Je vais jouir.
— Moi aussi.

Durant le sprint final, Tollison sentit son orgasme monter, monter, puis exploser. Son corps se couvrit de chair de poule, la déflagration du plaisir le traversa des pieds à la tête. Avec un cri rauque, Beau se contracta autour de lui et jouit à son tour, son sperme chaud les collant l'un à l'autre. Tollison continua à bouger pour extirper de Beau jusqu'aux derniers spasmes.

Quand ce fut terminé, il s'écroula lourdement, à bout de souffle, incapable de parler. Beau paraissait dans le même état : sa poitrine se gonflait et retombait à toute allure, comme un soufflet de forge.

Puis Tollison s'écarta, devinant plus qu'il ne la voyait la grimace de douleur que ne put retenir son amant.

Tollison se pencha sur Beau et nettoya son sexe à coups de langue, puis il essuya leurs deux ventres avec le drap froissé. Il retomba ensuite sur le lit, les bras écartés, épuisé et repu, mais il prit le temps d'attirer Beau contre lui.

Beau le débarrassa de son préservatif et le jeta en direction de la corbeille.

— C'était dément, murmura-t-il. J'adore t'avoir en moi. La sensation est… explosive !

— De mon côté, ce n'est pas mal non plus, je t'assure.

— Tollison, je voudrais vraiment…

Il s'interrompit sans terminer sa phrase. Tollison souleva la tête pour le dévisager. Beau semblait hésiter.

— Tu voudrais quoi ? Vide ton sac, Bissonet.

— Je voudrais que ça marche entre nous. Tu me plais beaucoup.

— Ça tombe bien ! C'est pareil pour moi.

Beau lui lança un œil noir.

— Je suis sérieux. Depuis cette histoire avec Bruce, c'est la première fois que j'ai à nouveau envie… d'une vraie relation.

Tollison roula sur le côté et s'accouda dans le lit.

— Ça fait deux jours que je me morfonds à l'idée de quitter La Nouvelle-Orléans – et surtout de te quitter, toi –, sans avoir exploré jusqu'au bout notre connexion. Reconnais que jusqu'à ce soir, tu ne m'avais donné aucune indication que tu voulais davantage que du sexe. Écoute, nous ne sommes plus des ados, pas vrai ? Je sais bien que nous nous connaissons depuis peu et que nos premiers jours ont été… eh bien, disons plutôt pénibles.

— Je pensais que la question avait été réglée.

— Bien sûr, mais tu…

Beau le coupa avec fermeté.

— J'ai été con, odieux, épouvantable, et j'en passe.

— C'est exact. Mais, ce qui m'inquiète le plus, c'est la façon dont tu as traité Bruce. Je ne supporterais jamais que tu te comportes comme ça avec moi.

Beau roula sur le dos, en faisant la grimace quand ses reins heurtèrent le matelas.

— Si tu veux éviter ça, Tollison, c'est très simple : ne t'avise jamais de me tromper.

— Ce n'est pas mon genre, je suis monogame ! Si tu me gonfles un jour, je te le dirai, mais je ne te tromperai pas. À mes yeux, personne n'a besoin de drame ou de dispute. Pourquoi se compliquer la vie ?

— Bien, nous sommes sur la même longueur d'onde. Nous n'aurons donc aucun problème.

— Si tu le dis.

Ils restèrent silencieux un long moment, chacun plongé dans ses pensées. Puis Beau frotta la tête de Tollison avant de jouer avec ses épais cheveux noirs.

— Tu as déjà été en couple ? demanda-t-il à mi-voix.

— Une fois.

— Et comment ça s'est fini ?

— J'ai dû choisir entre mon job et lui.

— Ah, pourquoi ? Qu'est-ce qu'il reprochait aux assurances ?

Tollison eut un petit rire.

— Je ne travaillais pas pour la Lloyd à l'époque.

Beau comprit ce que cela impliquait.

— Je vois… il n'appréciait pas les cambrioleurs ?

— Exactement.

— Tu sais, je suis un peu comme lui. Je suis très heureux de t'avoir rencontré maintenant que tu es sur le droit chemin.

— Je sais bien, Beau, mais, même à l'époque, je ne faisais pas n'importe quoi. Je me voyais vraiment comme un redresseur de torts.

— C'est-à-dire ?

— Eh bien, je me déplaçais à travers le monde, grassement payé pour retrouver des œuvres d'art et les rendre à leurs propriétaires légitimes.

— Payé par qui ?

— Parfois, par lesdits propriétaires, parfois même par les gouvernements. Ça dépendait des circonstances.

— Et ce boulot te plaisait ?

— J'étais addict à l'adrénaline, reconnut Tollison. Sans compter qu'il y a une certaine satisfaction à être Zorro ou Robin des bois.

— Ça a duré combien de temps ? demanda Beau.

— Quoi donc ?

— Ta relation.

Tollison leva une main, les doigts écartés.

— Un peu moins de cinq ans. C'est le temps qu'il a mis à comprendre ce que je faisais dans la vie. Ensuite, il est parti.

— Tu es resté en contact avec lui ?

— Non. Aux dernières nouvelles, il réside toujours à Genève. Quand j'ai commencé à travailler à la Lloyd, j'ai laissé un message sur son répondeur. Il n'a jamais répondu. Ce qui était une réponse en soi, d'ailleurs.

— Je suis désolé pour toi, dit Beau. Mais très heureux pour moi puisque c'est grâce à ça que tu es là aujourd'hui.

Tollison éclata de rire.

— Tu es un drôle d'oiseau, Montgomery Beaumont Bissonet.

— Pas du tout. Je suis un homme tout à fait normal qui sait ce qu'il veut et n'hésite pas à tout faire pour l'obtenir. C'est pour ça que je t'ai sauté dessus à Charleston.

Tollison se blottit contre lui, un bras autour de la taille.

Il se hissa pour chuchoter à l'oreille :

— Je suis très heureux que tu l'aies fait !

IX

BEAU ET Tollison arrivèrent au poste de police et se rendirent directement au bureau de Bruce.

— Comment va Mme Hayes ce matin ? demanda Beau.

— Elle n'est pas ravie, répondit Bruce. Apparemment, étant fille unique, elle a été pourrie gâtée. Il était 4 heures du matin quand elle est arrivée à La Nouvelle-Orléans et qu'elle a demandé à voir son avocat de mari. Elle a réclamé aussi un petit déjeuner. Jamison Hayes a tenté de réveiller tous les juges que son père connaît en ville, mais entre le scandale créé par Mme Villerie et le fait que M. Villerie soit accusé de recel, aucun d'eux n'a voulu s'impliquer.

Beau sourit, satisfait.

— Dans ce cas, il est temps d'aller jouer les magiciens, annonça-t-il ensuite à Tollison.

Ce dernier lui désigna la porte :

— Après toi Houdini [42].

Quand ils entrèrent en salle d'interrogatoire, Mme Hayes leva la tête et les fusilla d'un regard noir. Beau esquissa un sourire condescendant.

— Bonjour, Mme Hayes.

Désignant Tollison, il enchaîna :

— Vous vous souvenez de M. Cruz ? Il enquête pour la compagnie d'assurances.

Harper eut un rictus dédaigneux.

— J'exige de m'en aller.

— Mme Hayes, vous n'êtes pas en position d'exiger quoi que ce soit. Vous êtes suspectée de meurtre et d'escroquerie, vous serez inculpée… sauf si vous nous fournissez des réponses convaincantes.

— Je n'ai tué personne et je n'ai certainement pas volé les tableaux de mon père.

---

42 Prestidigitateur américain d'origine hongroise (1874/1926)

— Voyons, voyons, dit Beau. Nous savons que les tableaux n'appartenaient plus à Crymes Villerie. Il a reconnu vous avoir transféré sa galerie. Tout est à vous désormais.

Une seconde durant, le visage de Harper se figea, sans expression, puis elle se reprit.

— Je ne vois pas en quoi tout ceci vous regarde. Il s'agit de mon héritage, je n'ai pas à m'en justifier.

— Si, parce que les tableaux disparus ont été retrouvés dans votre galerie.

Sidérée, Harper se redressa dans son siège.

— Quoi ? Vous les avez retrouvés ?

— Oui, intervint Tollison. Là où vous les aviez cachés.

— Cachés ? répéta Harper. Je vous ai déjà dit n'avoir rien volé !

Beau pencha la tête sur le côté.

— À votre place, Mme Hayes, je chercherais plutôt à plaider la légitime défense concernant les meurtres de Le Moyne et Robinette. À moins qu'il s'agisse d'un accident ? Voilà qui pourrait enlever trente ans à votre peine de prison.

— Je n'ai tué personne ! aboya Harper.

Beau quitta son siège et, à son habitude, il se mit à arpenter la pièce.

— Mme Hayes, nous avons obtenu un mandat rogatoire, nous allons donc éplucher vos comptes, vos relevés de banque ; nous trouverons certainement la preuve que vous avez versé cent mille dollars à Della Penna pour vous indiquer les points faibles de votre système de sécurité.

— Je suis désolée, mais je ne comprends pas. Que voulez-vous dire ?

Tollison tenta un coup de dés en déformant légèrement la vérité :

— Della Penna a reconnu que vous l'avez payé pour tester la sécurité de votre galerie.

— Eh bien, il ment. D'ailleurs, même si c'était vrai, je ne vois pas en quoi ce serait un délit ?

— Je vous signale qu'un propriétaire honnête recrute rarement pour ce genre de tâche un voleur condamné pour avoir cambriolé d'un musée, ajouta Tollison.

— Au contraire, rétorqua Harper, un voleur est un expert en ce domaine. Si j'avais voulu vérifier que ma galerie était bien protégée, j'aurais certainement cherché un testeur de ce genre.

— De plus, insista Tollison, la police scientifique recherche actuellement des empreintes digitales sur les tableaux que nous avons récupérés. Je suis certain qu'ils trouveront les vôtres.

— Bien entendu ! Je travaille à la galerie où ces tableaux ont été exposés. Il est bien normal que mes empreintes y soient, ainsi que celles de mon père.

Beau n'eut pas le temps de répondre, car on frappa à la porte. Bruce passa la tête en disant :

— Désolé de vous interrompre. J'ai à vous parler.

Beau se renfrogna et jeta à Bruce un regard qui disait : « tu as intérêt à avoir une bonne raison pour me déranger en ce moment ». Bruce le décrypta cinq sur cinq. Il acquiesça.

Beau céda à contrecœur.

— Très bien. Mme Hayes, veuillez nous excuser un instant.

Il quitta la pièce, suivit par Tollison. À peine dans le couloir, il demanda :

— Qu'est-ce qui se passe ?

— Nous venons d'avoir les résultats du labo concernant les empreintes.

— Et alors ?

— Nous avons trouvé celles de Dudley Robinette, de Crymes Villerie, d'Harper Hayes, mais il y en a d'autres, sanglantes. Et, d'après nos analyses, le sang est bien celui de Le Moyne.

Beau haussa très haut les sourcils.

Tollison parla le premier :

— Laissez-moi deviner : elles appartiennent à Jamison Hayes !

— Bingo !

— Je le savais ! s'écria Tollison. Je sentais bien que ce gars-là était impliqué.

— Cette affaire ne cesse de se compliquer, déclara Beau. D'accord, fais-le amener, Bruce. En attendant, cherchons à déterminer ce que sait au juste Mme Hayes.

Ils retournèrent en salle d'interrogatoire, où Beau s'excusa à nouveau de cette interruption.

— Où en étions-nous ? demanda-t-il.

— Aux empreintes digitales, répondit Tollison.

— Oh, c'est exact.

S'adressant à nouveau à la jeune femme :

— Mme Hayes, votre mari a-t-il pu toucher à ces tableaux ?

— Je ne pense pas, répondit-elle sans réfléchir. C'est moi qui les ai déballés quand ils sont revenus de chez le restaurateur. Et juste avant le vernissage, Crymes les a accrochés lui-même sur le mur principal.

— Dans ce cas, comment expliquez-vous que les empreintes de Jamison Hayes aient été retrouvées sur le tableau, mêlées au sang de M. Le Moyne, c'est-à-dire la victime que nous avons découverte dans l'appartement ?

Harper blêmit et se mit à trembler.

— Les empreintes de J-Jamie... bredouilla-t-elle. Elles sont sur les tableaux ?

— Avec le sang de M. Le Moyne, insista Beau.

La jeune femme détourna les yeux et se mit à pleurer.

— Oh, mon Dieu ! Jamie !

Beau lui tendit un mouchoir en papier.

— Mme Hayes, dit-il, gentiment, vous feriez bien de nous révéler tout ce que vous savez. C'est la seule solution désormais.

UNE HEURE plus tard, Beau et Tollison pénétraient à nouveau en salle d'interrogatoire. Jamison Hayes s'y trouvait assis, les coudes sur la table, la tête dans les mains.

L'inspecteur déclara :

— M. Hayes, c'est terminé. Comme vous le savez déjà, nous avons votre femme et votre beau-père en garde à vue. Ils risquent tous deux une inculpation si vous ne passez pas aux aveux.

Jamison releva la tête.

— Inspecteur, je suis avocat. Je sais très bien qu'une garde à vue ne peut dépasser vingt-quatre heures. Et vous n'avez rien contre Harper et Crymes.

— Vous vous trompez, M. Hayes, nous avons toutes les preuves nécessaires.

Jamison lui jeta un regard à la fois sceptique et interrogateur.

— C'est la vérité, insista Beau. M. Cruz et moi-même avons récupéré les tableaux cachés dans l'appartement de Renaissance. Sur ces peintures, nous avons trouvé les empreintes de votre femme et de votre beau-père. Nous savons que Harper et vous aviez tout à gagner dans cette escroquerie, bien plus que M. Villerie qui venait de renoncer à la galerie. Mme Hayes a reconnu avoir payé Della Penna pour trouver les points vulnérables du système de sécurité. Si vous voulez mon avis, l'accusation me paraît plutôt solide.

Jamison frappa son poing sur la table.

— Non ! Harper n'a pas engagé Della Penna.

— C'est pourtant ce qu'elle prétend, insista Beau.

— Eh bien, elle ment ! Elle cherche sans doute à me couvrir. C'est moi qui l'ai contacté, c'est moi qui l'ai payé. Voilà ! Vous êtes satisfaits ?

— Tout à fait !

Jamison se frotta les yeux, avant de laisser retomber sa tête dans ses mains. Beau en profita pour sourire à Tollison, l'air satisfait.

Il reprit ensuite son interrogatoire :

— M. Hayes, veuillez nous dire exactement ce qui s'est passé, sinon, votre femme portera le chapeau à votre place.

Jamison se redressa, les yeux noyés de larmes.

— Elle ne savait rien ! Je le jure. Et je n'ai jamais envisagé que quelqu'un puisse être blessé. C'est de la faute de Dudley ! S'il ne m'avait pas appelé pour m'emprunter de l'argent, rien ne…

Beau l'interrompit :

— Attendez ? Dudley Robinette vous aurez téléphoné ?

— Oui. Nous sommes cousins, cousins germains, précisa Jamison. Il voulait que j'achète en son nom deux tableaux qu'il avait repérés dans la succession d'une vieille dame. Son défunt mari était collectionneur et elle n'avait aucune idée de la vraie valeur de ces peintures. Le fils Le Moyne non plus, d'ailleurs. Mais Dudley savait qu'il s'agissait d'originaux. Il m'a donc proposé de m'en porter acquéreur. Ensuite, il se chargerait de les revendre et nous partagerions les bénéfices. J'étais aux abois, il devenait impératif que je rembourse mes dettes et voilà qu'il m'offrait une solution idéale de m'en sortir !

— Sauf que vous n'aviez pas l'argent pour acquérir les tableaux, même au tarif de simples reproductions, enchaîna Beau.

— C'est vrai. J'ai alors pensé à les faire acheter par Crymes, un spécialiste de l'art sudiste durant la Guerre civile. Je savais bien qu'il reconnaîtrait au premier regard la valeur ces huiles, qu'il voudrait les acheter. Et qu'il les ferait restaurer.

Tollison hocha la tête.

— C'est donc votre cousin qui a passé le coup de fil anonyme à Crymes pour lui annoncer cette vente ?

— Oui.

— Attendez, intervint Beau, comment Robinette comptait-il récupérer les tableaux puisqu'il les avait vendus à un tiers ?

— Il a demandé à Della Penna de les voler, répondit Jamison. Après leur restauration.

— Et Della Penna a refusé ?

— Eh bien, non, il a accepté. Mais il a changé d'avis après avoir été contacté par ma foldingue de belle-mère. Il ne voulait plus avoir affaire à nous. Il comptait prendre l'argent de Mme Villerie et garder les tableaux pour lui.

— Pourquoi partager quand on peut tout garder, hein ? ajouta Tollison.

Jamison leva un doigt.

— En fait, Della Penna ne nous faisait pas confiance. Il en voulait à Dudley d'avoir témoigné contre lui dans l'affaire du musée d'art, il y a quelques années.

— Et c'est là que votre plan a commencé à se détériorer.

— Oui. À ce moment-là, Harper avait appris la situation financière de Crymes : il était sur le point de tout perdre, y compris la galerie.

— L'héritage de votre épouse, précisa Tollison.

Jamison acquiesça.

— Oui. Je me suis dit que si je volais les tableaux, si je les cachais dans la galerie, Crymes toucherait la prime et rembourserait la banque. Je savais qu'il accepterait sans doute de me prêter de quoi régler mes dettes. Mes 'créanciers'…

Jamison fit la grimace en prononçant ce mot qu'il avait entouré de guillemets, dessinés avec ses doigts. Il enchaîna :

— … parlaient de s'en prendre à Harper et de me dénoncer à mon père, à mon cabinet. Je ne pouvais accepter aucune de ces alternatives. Alors, j'ai cru… j'ai cru que c'était le seul moyen de m'en sortir.

— Une question me turlupine, intervint Tollison. Que comptiez-vous faire des tableaux ?

— Dudley devait les vendre au marché noir, plus tard. Mais il a changé d'avis.

— Pourquoi ? demanda Beau.

— Parce que vous l'avez interrogé. Il disait que vous alliez découvrir que nous étions cousins.

— C'est pourquoi vous l'avez tué.

Jamison baissa la tête.

— Il allait me dénoncer.

— Pourquoi lui avoir mis ce cadre autour de la tête ? Cet effet mélodramatique ne vous ressemble guère.

— Dans le milieu de l'art, tout le monde sait que Della Penna en voulait à son dénonciateur. Quand Dudley m'a téléphoné pour me dire que vous l'aviez entendu se disputer avec son ancien complice, j'ai compris que Della Penna serait votre premier suspect si...

Beau échangea un regard avec Tollison et secoua la tête.

— Bien, revenons à la nuit où vous avez volé les tableaux et tué Le Moyne. Je veux que vous me relatiez tout ce qui s'est passé, en détail.

— J'ai attendu que Harper aille se coucher. Ensuite, j'ai quitté discrètement la maison. En arrivant à la galerie, je suis entré par la porte principale, j'ai coupé l'alarme et enlevé les tableaux du mur. Je les ai sortis de leurs cadres et je suis monté à l'étage.

Beau l'interrompit :

— C'est là que vous êtes tombé sur Le Moyne ?

Jamison leva les yeux vers lui.

— Oui, sur le palier, devant le bureau de Crymes. La nuit du vernissage, Le Moyne était ivre mort, mais fou de rage. Sans doute avait-il décidé de récupérer lui-même ces tableaux qu'il considérait comme siens. Nous avons été aussi surpris l'un que l'autre... nous sommes restés un moment à nous regarder. Je présume qu'il m'avait déjà entendu, en bas, parce qu'il avait un revolver à la main. Quand il l'a braqué sur moi, je me suis jeté sur lui. Nous nous sommes battus. J'ai récupéré l'arme... C'était celle de Crymes, d'ailleurs.

— Le Moyne était grand et bien bâti, dit Beau.

— Et alors ? Je suis de petit gabarit, mais j'ai été plus rapide que lui. Il m'a attaqué pour récupérer son arme. Alors, j'ai tiré. Il ne m'a pas laissé le choix.

Beau posa les mains sur la table et il se pencha en avant.

— Vous avez tué un homme. Comme ça ?

— Je n'ai pas eu le choix, répéta Jamison. C'était lui ou moi. Mais je vous jure que je n'avais jamais envisagé d'en arriver là.

— Continuez, dit Beau.

— Je l'ai traîné dans la salle de bain et j'ai refermé la porte. J'ai monté les tableaux dans la chambre, défait le lit, arraché la toile du sommier. J'ai glissé les tableaux à l'intérieur, agrafé le tout et refait le lit.

Beau le regardait fixement.

162

— Ça concorde avec ce que nous avons, cela explique en particulier pourquoi vos empreintes sanglantes sont sur les deux tableaux.

Hayes grimaça.

Beau continua :

— Ensuite, vous êtes descendu et vous avez rebranché l'alarme, avant de la déclencher délibérément.

— Oui. Mais avant ça, j'ai enlevé le capteur sur la porte de la cour : je voulais faire croire que le voleur s'était enfui par là.

— Comment avez-vous pu rebrancher le système de sécurité si ce capteur était déconnecté ? demanda Tollison.

— C'est une question de timing : il y a environ trente secondes de battement. Quand l'alarme s'est mise à sonner, j'ai pris l'escalier à toute vitesse, je suis sorti par la terrasse sur le toit, passé sur l'immeuble voisin et redescendu dans la rue par l'escalier incendie.

— Où est l'arme du meurtre ? demanda Tollison.

— Au fond du Mississippi.

Beau s'approcha de lui :

— Jamison Hayes, je vous arrête pour les meurtres de Dudley Robinette et d'Anthony Le Moyne.

TOLLISON SORTIT de la salle d'interrogatoire pendant que Beau déclamait encore à Jamison ses droits Miranda. Il retourna dans le bureau de Beau, écartelé par des émotions conflictuelles. Il s'installa dans son siège habituel et fit le bilan de ce qu'il éprouvait. Il aurait dû être extatique que cette affaire soit conclue. Ayant récupéré les tableaux volés, il allait encaisser un joli paquet et asseoir sa position d'enquêteur auprès de la Lloyd. Oui, sur le plan professionnel, tout allait bien, mais sur le plan personnel, l'horizon s'annonçait lugubre. Beau n'allait pas tarder à lui rendre les tableaux et Tollison n'aurait plus de raison de s'attarder à La Nouvelle-Orléans.

— Merde ! On dirait une écolière enamourée, murmura-t-il. Reprends-toi.

— Qu'est-ce que tu racontes ?

En entendant la voix de son amant, Tollison fit un bond.

— Euh, rien. Je parlais tout seul.

Beau s'approcha de lui et posa les mains sur ses épaules. Il se mit à masser les muscles noués.

163

— Bon, M. Hayes est en cellule, je viens de relâcher Villerie et sa fille. Sacrée histoire, pas vrai ?

— C'était plutôt compliqué, reconnut Tollison. J'ai vite suspecté l'implication de Jamison, mais je n'arrivais pas à le prouver.

— C'est sûr que ses empreintes nous ont bien arrangés !

Beau embrassa Tollison sur le haut de la tête, lui pressa l'épaule une dernière fois, puis il fit le tour de son bureau pour s'asseoir dans son fauteuil.

— Maintenant, enchaîna-t-il, passons à la partie la plus passionnante d'une enquête. C'est-à-dire…

Tollison joignit sa voix à la sienne pour dire :

— … la paperasserie !

Ils changèrent un sourire complice.

— J'en ai aussi à remplir pour la Lloyd, ajouta Tollison. Et je dois téléphoner à mon patron et lui raconter ce qui s'est passé. Il va vouloir savoir quand je pourrais récupérer les tableaux.

Sa voix, sur la dernière phrase, manquait nettement d'enthousiasme.

Beau le dévisagea un instant. Puis, il répondit d'un ton prudent :

— Écoute, je crois qu'il vaut mieux que je les garde encore un moment… euh, le temps de boucler le dossier. Ce qui va me prendre au moins un jour et demi. Nous sommes vendredi, donc, je te les rendrai au plus tôt lundi après-midi. Peut-être même mardi.

Rassuré, Tollison sourit.

— Il va te falloir tout ce temps ?

Beau lui rendit son sourire au centuple.

— Je crois bien.

— Parfait, je ferai passer le message à mon patron.

Beau l'examina, les yeux éclairés d'espoir.

— Et si tu libérais ta chambre à l'hôtel pour passer le weekend avec moi ?

Tollison étudia la proposition au moins deux ou trois secondes.

— Ça me plairait beaucoup, chuchota-t-il.

Beau se rengorgea, ravi.

— Parfait ! Dans ce cas, je te retrouve dès que tu as terminé ton rapport. Et essaie de travailler rapidement. ! L'après-midi va me paraître interminable ! Je suis impatient d'être en weekend.

Tollison se mit au garde-à-vous.

— Oui, *monsieur*.

Amusé, Beau secoua la tête.

164

— Enfoiré ! Maintenant, file. Avec toi, j'ai deux fois plus de mal à me concentrer. Et il me faut remplir ces foutus papiers.

TOLLISON RETOURNA à l'hôtel. Une fois dans sa chambre, il s'assit au milieu de son lit, en tailleur. Il avait enlevé ses chaussures et conservé ses chaussettes. Il avait aussi posé son ordinateur portable devant lui, sur le lit. Le numéro de son patron était préenregistré, il pressa le numéro et écouta les sonneries.

Il fit son rapport, le téléphone coincé contre l'oreille, en tapant en même temps sur son clavier le début de son compte rendu.

Bien entendu, la Lloyd fut enchantée d'avoir récupéré les tableaux volés. Tollison reçut l'ordre de rester sur place le temps que la police les lui rende, puis de faire emballer, protéger et expédier les œuvres d'art à Atlanta en fourgon blindé.

Tollison fit semblant d'être contrarié de devoir patienter quelques jours de plus à La Nouvelle-Orléans. En son for intérieur, il rêvait déjà aux heures qu'il allait passer avec Beau.

— *Ça se passe un peu mieux avec ce cinglé d'inspecteur ?* demanda son patron. *D'après ce que j'ai compris, il n'a pas apprécié que vous soyez impliqué dans son enquête.*

Tollison ne put retenir un gloussement.

— Nous avons trouvé un terrain d'entente.

— *Tant mieux. Joli boulot.*

— Merci.

— *Envoyez-moi votre rapport par mail dès qu'il sera terminé.*

— Oui, bien sûr, je l'ai déjà commencé. Vous l'aurez d'ici la fin de l'après-midi. Je retournerai à Atlanta en début de semaine prochaine.

— *Pardon ? Pourquoi la police met-elle tant de temps à vous rendre nos tableaux ? Est-ce encore ce foutu inspecteur qui fait du mauvais esprit ?*

Tollison prit son ton le plus diplomate :

— D'après ce que j'ai compris, l'inspecteur Bissonet tient à boucler son dossier avant de se dessaisir d'un élément de preuve.

Son patron grogna :

— *C'est ce que nous allons voir.*

L'appel fut coupé. Tollison haussa les épaules et jeta son téléphone sur le lit.

TROIS HEURES et demie plus tard, il signait électroniquement le compte rendu détaillé de son travail et l'envoyait sans plus attendre.

— Voilà, marmonna-t-il. Avec ça, le patron devrait être occupé tout le weekend.

Il referma son ordinateur portable, le déposa sur la table de chevet et s'étira longuement en étouffant un bâillement. Peut-être pourrait-il s'octroyer une petite sieste ?

Il jeta un coup d'œil à sa montre.

Il quitta le lit d'un bond.

— Merde ! Déjà ? Je n'ai pas vu le temps filer !

BEAU SOUPIRA et referma le dossier qui se trouvait devant lui, sur son bureau.

— Et voilà, c'est terminé ! dit-il à voix haute.

Hayes ayant fait des aveux complets, la suite des opérations devrait, selon l'inspecteur, se dérouler sans anicroche. Certes, il y aurait un procès, mais la condamnation du coupable paraissait assurée.

Il pivota dans son siège pour ranger son classeur dans l'armoire derrière son bureau.

Il se retourna en entendant un petit toussotement à la porte.

— Salut, Bruce. Qu'est-ce que tu veux ?

— Euh… Rien de spécial. C'est le weekend, je m'apprêtais à m'en aller. Je voulais juste vérifier avant de partir que tu n'avais plus besoin de moi.

— Non, merci. J'ai presque terminé. Je finirai lundi avant d'envoyer le tout au capitaine.

Beau s'adossa dans son siège, les mains derrière la tête.

— Tu as une minute, Bruce ? ajouta-t-il.

— Bien sûr. Qu'est-ce qu'il y a ?

— Entre et ferme la porte. D'accord ?

Peu après, Bruce prenait un siège visiteur. Beau se pencha en avant et posa les bras sur son bureau.

— Tollison m'a parlé de la conversation qu'il a eue avec toi l'autre jour, sur le parking. Je voulais te remercier.

Bruce baissa la tête.

— C'était sincère, Beau. J'aimerais que tu sois heureux. Et si c'est avec Cruz, eh bien… tant mieux.

Beau se pencha davantage.

— Nous n'en sommes pas encore là. Nous nous connaissons à peine. Pourtant, il me plaît beaucoup, ça, c'est sûr.

— Le problème, déclara Bruce, c'est qu'une relation longue distance n'est jamais facile.

— Oui, je sais. D'un autre côté, j'ai pas mal de congés en retard. Je vais les utiliser. Peut-être que…

Beau s'interrompit et secoua la tête.

— Laisse tomber, ajouta-t-il.

Mais la curiosité de Bruce était éveillée.

— Qu'est-ce qu'il y a ? Allez, Beau, dis-moi. Tu ne crois pas qu'il est grand temps que nous soyons francs l'un envers l'autre ?

Beau acquiesça.

— Tu as raison. Je me disais juste que si j'avais davantage pris mes congés pendant que nous étions ensemble, la situation aurait pu évoluer différemment.

La lèvre de Bruce se mit à trembler et une larme glissa sur sa joue. Il l'essuya rapidement. Il paraissait cependant infiniment soulagé.

— Merci, murmura-t-il.

Il baissa les yeux, ses mains s'agitant nerveusement sur ses genoux.

— Tu sais, reprit-il, j'ai ressassé ce qui s'était passé, encore et encore. Et chaque fois, je m'en voulais davantage. J'ai provoqué notre rupture. Si nous en sommes là, tous les deux, aujourd'hui, c'est à cause de moi. Et je ne veux plus que tu souffres d'une erreur que j'ai commise.

Beau se leva et fit le tour de son bureau. Une fois devant Bruce, il se pencha et le prit par le menton.

— Si nous en sommes là, tu n'en es certainement pas le seul responsable. J'ai eu aussi mes torts. Et… il est grand temps que je le reconnaisse.

Beau se redressa, la main tendue. Bruce la saisit et se releva. Les deux hommes échangèrent une accolade chaleureuse.

— Les torts sont partagés, Bruce, chuchota Beau.

Bruce cacha son visage dans le cou de Beau et éclata en sanglots. Beau comprit que son ami se libérait d'un fardeau qu'il portait depuis dix-huit mois et fut heureux de pouvoir lui offrir ce soulagement. Il s'étonna de tout ce qui avait changé récemment dans sa vie. En si peu de temps ! Que s'était-il passé ?

Une seule réponse lui vint : Tollison.

Oui, Tollison avait été l'élément déclencheur. Depuis que Beau avait fait sa connaissance, il s'était peu à peu libéré de sa colère, de son amertume. Tant mieux ! Il s'était trop longtemps accroché à sa rancœur, devenue un boulet qui l'empêchait d'avancer. Très malheureux, il s'était acharné à rendre à Bruce la vie difficile.

— Il est temps d'oublier le passé, Bruce, déclara-t-il. C'est valable pour nous deux. Avec Tollison, je ne sais pas où ça me mènera, mais j'ai envie de tenter le coup, ce qui est déjà un grand pas en avant pour moi. Et si tu veux mon avis, tu devrais toi aussi te chercher un nouveau compagnon.

Bruce recula et s'essuya ses yeux avec la manche de sa chemise.

— Je sais. C'est amusant que tu me dises ça, d'ailleurs, car j'ai rendez-vous demain soir… avec l'ami d'un ami. Ça fait plusieurs fois qu'il m'invitait à dîner, jusque-là, je refusais. Il m'a rappelé juste après ma discussion avec Cruz et, va savoir pourquoi, j'ai accepté de dîner avec lui. J'avais peut-être besoin de reconnaître que tout était fini entre nous avant de passer à autre chose.

— Je suis heureux pour toi, Bruce.

Bruce recula encore et lissa l'avant de sa chemise. Il se tamponna les yeux d'un mouchoir, passa les doigts dans ses cheveux et regarda Beau.

Beau comprit sa question informulée.

— Non, ça va. On ne voit pas que tu as pleuré.

— Merci.

Puis Bruce désigna la porte.

— Tu ferais mieux de te magner le train, ajouta-t-il. Je suis sûr que Cruz t'attend.

— Tu as raison, je suis en retard.

Bruce s'apprêta à quitter le bureau. La main sur la poignée de la porte, il se retourna pour dire :

— Bonne chance, Beau. Sois heureux !

— Toi aussi Bruce. J'espère que tout se passera bien demain soir.

Bruce esquissa un sourire, ouvrit la porte et s'éloigna dans le couloir.

Une fois seul, Beau sortit son portable et composa le numéro de Tollison.

Sans même un salut, une voix stressée lui répondit :

— Je sais, je sais, je suis affreusement en retard. Je viens de terminer mon rapport et je boucle ma valise.

Beau éclata de rire.

— Du calme, moi aussi, je suis en retard. Par contre, j'ai repoussé la fin de mon rapport à lundi. Écoute, inutile de perdre du temps à venir me chercher au poste. Tu n'as qu'à aller directement chez moi.

— Bonne idée. J'aurai fini mes bagages d'ici une petite demi-heure.

— D'accord, à tout à l'heure. Et Tollison ?

— Oui ?

— Je suis vraiment impatient de passer le weekend avec toi. Sois prudent sur la route, d'accord ?

— Pareil pour moi. À très vite.

X

B<small>EAU ÉTAIT</small> à dix minutes de chez lui quand son téléphone sonna. Il vérifia le numéro qui clignotait sur son tableau de bord et reconnut celui de Bruce.

— Je pressens une emmerde de dernière minute, marmonna-t-il.

Il prit l'appel en mains libres.

— Salut, Bruce, j'avais cru comprendre que tu rentrais chez toi.

Bruce soupira.

— *C'est ce que j'espérais. Je viens d'apprendre que Jamison Hayes est revenu sur ses aveux. Il compte plaider 'non coupable'.*

— Merde ! hurla Beau. C'était trop beau !

L'écho de son cri résonna dans l'habitacle du SUV.

— *Je sais. Je sais. Il a pris un avocat, Collins Parker, de son cabinet. Parker réclame la libération sous caution de son client, il prétend que ses aveux ont été extorqués.*

— Quelle foutaise ! Nous avons peut-être un peu forcé nos preuves, mais il a avoué tout seul. J'ajouterais même qu'il a longuement détaillé sa façon de procéder.

— *Tu prêches un convaincu ; je voulais juste te prévenir.*

Beau arrivait devant chez lui. Il se gara dans son allée.

— Merci. Et si Hayes obtient une liberté sous caution, préviens-moi tout de suite, d'accord ?

— *Bien sûr. Je suis certain qu'il l'obtiendra. Sa famille a des relations très haut placées.*

Beau soupira.

— Oui. Si nous allons jusqu'au procès, ça sera un vrai cirque !

Bruce se mit à rire.

— *Je n'en doute pas. Et nous serons les clowns du spectacle.*

— Pas question ! J'entrerai dans l'arène sur mon beau cheval blanc. Je savais dès le départ que l'affaire était délicate, à cause des suspects impliqués. Dans mon rapport, j'ai veillé à ce que nos hypothèses et déductions soient parfaitement étayées. La procédure a été respectée à la lettre. De plus, les aveux de Jamison Hayes ont été enregistrés. Et j'ai deux témoins : Tollison et toi.

— *À mon avis, son avocat va tenter d'éviter le procès. Il réussira sans doute à lui obtenir un marché – et une réduction de peine.*

Beau coupa le Bluetooth, récupéra son portable et sortit de la voiture, claquant la porte derrière lui.

— C'est probable. Mais ça ne sera pas si facile. Parker va tirer une sacrée tronche quand il verra la vidéo des aveux de Hayes.

— *Bon, affaire à suivre. Je te préviens dès que j'ai des nouvelles de sa libération sous caution.*

— D'accord. Merci.

— *Beau ?*

— Oui ?

— *Merci encore pour... eh bien, pour ce qui s'est passé tout à l'heure. Je me sens libéré, tout léger. Je peux enfin continuer ma vie.*

En entendant ces paroles, Beau fut surpris de sa réaction : lui aussi se sentait plus léger, plus heureux.

— Une franche explication fait parfois du bien, remarqua-t-il. Bon weekend.

— *Toi aussi.*

Beau monta les marches du porche avec son téléphone toujours à la main. Il pressa le numéro d'Auggie et se laissa tomber dans un fauteuil à bascule de sa terrasse. Au cours des derniers jours, il avait tenu son partenaire au courant des progrès de l'enquête, espérant toujours qu'Auggie se remettrait vite et reprendrait son poste.

Auggie prit l'appel. À sa voix affaiblie, Beau comprit qu'il était loin d'être guéri. Pourtant, Auggie affirma aller mieux et parla de se remettre au travail dès le lundi suivant. Beau lui relata les aveux de Hayes, sa rétraction, puis il passa à l'explication qu'il avait eue avec Bruce et termina par un bref bilan de sa relation avec Tollison.

— *Eh ben ! Il s'en est passé des choses en une semaine,* déclara Auggie. *J'ai tout manqué ! Tu sais, ça me fait plaisir que tu te sois enfin réconcilié avec Bruce. Je pense que ça vous fera du bien à tous les deux.*

Beau vit arriver la voiture de Tollison et décida de couper court à la conversation.

— Auggie, je suis bien content que tu ailles mieux. Tollison vient d'arriver. Je vais te laisser. À lundi.

— *Passe un bon weekend. Tu m'as l'air très pressé de le voir !*

Son rire rauque résonnait encore au bout du fil quand Beau raccrocha.

Il se redressa, descendit les marches et s'approcha. Tollison avait ouvert le coffre et faisait le tri de ce qui se trouvait à l'intérieur.

D'un geste tendre, Beau écarta les cheveux noirs qui tombaient dans les yeux de son amant. Il lui vola aussi un baiser avant de jeter un coup d'œil à la voiture.

— Ben, dis donc ! Tu en as des bagages ! Tu voyages toujours avec tout ça ? C'est pour avoir l'embarras du choix,

— Hé, je ne sais même pas en partant combien de temps va durer mon séjour. Parlons maintenant de notre weekend. À ton avis, j'ai besoin d'un costume ou pas ?

— J'ai l'intention de te garder essentiellement enfermé dans ma chambre. Je ne suis même pas certain que tu aies besoin de vêtements.

— D'accord.

Tollison esquissa le geste de refermer son coffre sans rien en sortir. Beau lui bloqua le poignet.

— À la réflexion, je veux aussi t'emmener dîner dans un bon restaurant. Prends un de tes sacs, celui que tu veux.

Il y en avait deux dans le coffre. Tollison en sortit un, le tendit à Beau, puis récupéra une grosse besace en cuir.

— J'en ai besoin, indiqua-t-il, c'est là que j'ai rangé mon matériel : préservatifs et lubrifiant.

Beau eut un grand sourire.

— Tu as raison, prends-le !

Il passa le bras autour de la taille de Tollison et l'entraîna vers la porte principale. Il s'arrêta avant d'entrer en disant :

— Au fait, Bruce vient de me téléphoner : Jamison Hayes s'est rétracté.

— Quoi ?

— Son avocat – qui fait partie de son cabinet – prétend que les aveux de son client lui ont été extorqués.

— Ce n'est pas vrai !

Beau entra dans la maison et referma la porte derrière eux.

— Je sais. Mais Hayes ne devrait pas tarder à être libéré sous caution.

— Sans blague ? C'est possible ?

— Il vient d'une famille influente avec des amis bien placés, expliqua Beau. Un juge peut lui accorder le bénéfice du doute. À mon avis, il sortira de prison dès ce soir.

Tollison parut pensif.

— Il sait qu'il est foutu. Il n'est pas du genre à supporter l'idée de passer toute sa vie en prison. À mon avis, s'il sort, il risque de se suicider.

— La prison n'est pas le pire qui puisse lui arriver, répondit Beau. La Louisiane n'a pas aboli la peine de mort. Avec Le Moyne, Hayes pourrait plaider la légitime défense, mais pour Robinette, il y a préméditation. Il est avocat, il le sait très bien.

Beau déposa le sac dans l'entrée, poussa Tollison contre la porte et lui caressa avidement la poitrine. Il posa un baiser sur le cou renversé, remonta jusqu'à l'oreille et en mordilla délicatement le lobe.

— À présent, souffla-t-il, oublions cette enquête. Nous avons mieux à faire.

Il empoigna Tollison par les cheveux et lui dévora la bouche. Quand il dut relever la tête pour respirer, il avait le visage empourpré d'excitation. Tollison, également.

— Tu sais, haleta-t-il, ta façon de me dire bonjour s'améliore chaque fois !

Tollison s'accrochait à la bandoulière de la besace qu'il portait sur l'épaule. Quant à Beau, il bandait si fort que s'en était douloureux. Il se réajusta, déposa un dernier baiser sur la bouche de Tollison et récupéra le sac posé à terre.

Il s'éloigna vers son bureau et jeta à Tollison un regard par-dessus son épaule.

— Ça va être dur de faire mieux, tu ne crois pas ?

Tollison rit.

— Certainement, mais je suis impatient de te voir essayer.

— Me voilà en compétition contre moi-même ? Un corps à corps, en quelque sorte. Quand j'étais plus jeune, un dédoublement de ce genre m'aurait beaucoup plu.

— Ce n'est pas du tout ce que je sous-entendais !

Tollison déposa sa besace près de son sac, à côté de la porte, puis se laissa tomber sur le canapé de cuir.

— Je sais, mais on peut toujours rêver, tu ne crois pas. Qu'est-ce que tu veux boire ? Une bière, ça te va ?

— C'est parfait.

Beau alla chercher deux bières dans la cuisine, avant de revenir s'asseoir à côté de Tollison. Il lui passa une bouteille et s'exclama :

— Bon sang ! J'ai l'impression d'avoir passé les deux dernières semaines à travailler d'arrache-pied sans un moment de repos !

Tollison déposa sa bière sur la table basse, il glissa jusqu'au bout du canapé et tapota la place libre entre Beau et lui.

— Enlève tes chaussures et allonge-toi, indiqua-t-il.

Beau devina tout de suite le sens de cette proposition. Sans hésiter, il obtempéra et mit ses pieds sur les genoux de Tollison.

Tollison commença par le pied gauche, pressant les pouces sur la plante, massant sur toute la longueur jusqu'aux orteils, qu'il étira un par un.

— Dieu, que c'est bon ! gémit Beau. Par pitié, n'arrête pas !

Il appuya la tête sur l'accoudoir et ferma les yeux. Tollison continua à le masser, avant de passer au pied droit. Il jeta un coup d'œil à Beau, s'attendant presque à l'entendre ronronner comme un gros matou.

Quand Tollison se redressa enfin pour déguster sa bière, Beau ouvrit un œil, l'air béat, un sourire aux lèvres. Au bout d'un moment, il quitta le canapé pour s'agenouiller devant Tollison.

— C'était jouissif ! Merci.

Il desserra la cravate de Tollison, la fit glisser autour de son cou et la jeta derrière lui. Ensuite, il déboutonna la chemise et commença à la retirer. Tollison se pencha en avant pour l'aider. La chemise elle aussi s'envola.

Beau poussa un soupir de plaisir en posant les mains sur la peau chaude et bronzée de son amant.

— Seigneur, que tu es beau !

Je me demande vraiment ce qu'il peut me trouver !

Au même moment, Tollison l'embrassa avec passion.

N'y pensons plus ! décida Beau. *Autant en profiter.*

Il rompit le baiser, impatient de se déshabiller. Il arracha ses vêtements, peu aidé par le fait que Tollison lui caressait la poitrine et le dos. Beau renversa la tête quand des doigts fureteurs se mirent à jouer avec ses mamelons, alternant pincements et douces caresses.

Puis Tollison déposa une pluie de baisers sur son ventre, enfonça la langue dans son nombril et mordilla la peau juste au-dessus de la ceinture élastique de son boxer.

Beau poussa Tollison sur le dos sur le canapé et il se coucha sur lui, ses doigts s'incrustant dans la chair souple de la taille. À son tour, il s'attaqua au torse de Tollison, mordit le mamelon gauche, apaisa la douleur d'un coup de langue, puis passa de l'autre côté et répéta le processus.

En même temps, il frottait son sexe érigé contre celui de Tollison. Affamé, désespéré, il reprit ses lèvres. Il gémit quand Tollison glissa la main entre leurs deux corps, referma les doigts sur son sexe et pressa du pouce le méat trempé. Un spasme qui mêlait douleur et plaisir traversa Beau comme une décharge électrique.

Se redressant, il termina de se déshabiller. Tollison, resté à genoux sur le canapé, se jeta sur son sexe et l'engloutit dans sa bouche. Beau gémit, les jambes presque coupées. Il prit son amant par la nuque et le guida doucement, regardant son membre coulisser dans ce fourreau de velours humide. Puis Tollison abandonna son sexe pour jouer avec ses bourses, envoyant des fourmillements le long de sa colonne vertébrale, en vagues de plaisir de plus en plus intense.

Beau s'agenouilla et força Tollison à s'étendre. Il remarqua alors que son amant avait toujours ses chaussettes. Il l'en débarrassa avant de le prendre, à son tour, dans sa bouche. Il aspira goulûment, jusqu'au fond de sa gorge. Tollison geignait bruyamment, les yeux fermés, la tête ballotant de gauche à droite sur le coussin. Beau humecta l'un de ses doigts et l'insinua entre les jambes, remontant entre les fesses jusqu'à trouver son but. Il pressa doucement, sans pénétration.

Tollison se tortilla.

— Bon sang, Beau, vas-y ! protesta-t-il.

Beau serra les lèvres sur le gland de Tollison, la main gauche refermée sur la hampe. En même temps, il plongea son majeur en avant. Tollison hurla. Beau avait atteint la petite boule de nerfs qui, il le savait, le propulserait en plein ciel.

Tollison convulsa, la tête enfouie dans le cou de Beau, les ongles plantés dans son dos. Beau continua sans pitié ses attouchements, conscient que l'orgasme de son amant devenait de plus en plus irrépressible.

Mais il voulait son sexe planté dans Tollison, pas seulement son doigt. Il s'écarta.

— Où est ta sacoche avec les préservatifs et le lubrifiant ? demanda-t-il.

Tollison ouvrit des yeux vitreux et agita la main en direction de la porte. Beau se releva et trouva vite ce qu'il lui fallait. Revenant près du canapé, il déchira le sachet avec ses dents et déroula le préservatif sur son sexe. Tollison se mettait déjà sur le ventre. Beau l'enduisit en profondeur de lubrifiant, s'assura qu'il était prêt à le recevoir, puis il lui souleva les reins et se positionna. Il poussa doucement.

Impatient, Tollison s'écarta les fesses à deux mains en lui disant :

— Vas-y ! Vas-y !

Il semblait presque désespéré. D'un coup de reins, Beau s'enfonça complètement, arrachant à Tollison un long gémissement guttural. Accroché à ses hanches, il se mit à le pilonner, chaque poussée obtenant la même bruyante réaction.

Puis Beau changea de position : il s'allongea sur le dos et incita Tollison à le chevaucher, une jambe sur le sol, l'autre sur le canapé. Beau appréciait follement le spectacle. On l'aurait cru sur un bronco sauvage en plein rodéo ! Il se mit à masturber au même rythme le sexe humide à sa portée.

Tollison renversa la tête en arrière et ferma les yeux, avec un cri extatique. D'un mouvement puissant, Beau décolla du canapé, souleva le corps qui pesait sur lui, roula sur lui-même, prit Tollison par les chevilles et le martela de toutes ses forces.

Tollison avait les deux mains serrées sur l'arrière de ses cuisses et la crispation de ses doigts était éloquente : il en voulait encore, et encore.

Beau baissa les yeux et regarda son sexe pénétrer le corps de son amant, vision qui l'envoya sur orbite. Il se tétanisa, agité de spasmes des pieds à la tête.

— Bon Dieu, Tollison ! Je vais jouir !

Déjà, il explosait. Tollison empoigna son sexe, décidé à partager son orgasme. Il hurla le nom de Beau en jouissant. Ce cri émut profondément ce dernier et lui arracha un dernier spasme. Puis il s'écroula, épuisé.

Les deux amants étaient à bout de souffle. Beau tentait de respirer et de rire à la fois, ce qui n'arrangeait pas son état. Tollison eut un gloussement un peu hystérique.

Quand il retrouva la capacité de parler, il gémit en disant :

— Bordel, Beau, tu n'y as pas été de main morte ! Je vais avoir du mal à marcher toute la semaine.

Beau s'affola, pensant avoir été trop brutal.

— C'est vrai ? Merde, je suis désolé. Je ne voulais pas…

Tollison l'interrompit d'un doigt sur les lèvres.

— Ne t'excuse pas. J'ai adoré. De temps à autre, ça me plaît vraiment d'avoir une session énergique. Ça fait circuler le sang. Je suis certain que c'est très sain, médicalement parlant.

Très soulagé, Beau embrassa Tollison et rit de sa crédulité.

— Tu es incroyable !

— Toi aussi !

Ils s'embrassèrent encore, puis, Beau se redressa, quitta le canapé et tendit la main à Tollison.

— Que dirais-tu de prendre une douche et de sortir dîner dans un endroit sympa. Nous pourrions aller danser, si ça te dit...

— Sublime programme !

— Je mangerai volontiers un bon gros hamburger bien juteux, ajouta Beau. Je connais un petit restaurant où ils les font super bien.

— Allons-y ! Je ne refuse jamais de la viande rouge.

ILS RENTRÈRENT à 2 heures du matin et se couchèrent épuisés, très satisfaits de leur soirée. Beau posa la tête sur la poitrine de son amant, qui lui caressa les cheveux.

Avant de s'endormir, Tollison passa en revue les dernières heures. Après l'intermède sur le canapé, Beau et lui s'étaient douchés, chacun cherchant à laver l'autre, ce qui avait vite provoqué un second round sexuel. Ils étaient sortis de la salle de bain tout fripés, la peau écarlate, le sourire aux lèvres. Après avoir enfilé un jean et un polo, ils étaient retournés en ville ; Beau au volant, Tollison à la place du mort.

En chemin, Beau avait expliqué que Port of Call, sur l'avenue Esplanade, était un restaurant célèbre : on y mangeait les meilleurs hamburgers de La Nouvelle-Orléans.

Il leur avait fallu une demi-heure pour trouver une place, car les rues étaient bondées de voitures et de badauds. En arrivant au restaurant, une foule de clients s'agglutinait devant le bar. Beau avait galamment fait passer son amant devant lui. Tollison avait adoré sentir au creux de ses reins une main chaude possessive. *Je m'y habituerais très facilement.*

Ils avaient attendu une table pendant plus d'une heure, mais avaient passé le temps agréablement, au comptoir, à discuter, rire et décompresser. Par chance, ils furent placés dans un coin, ce qui leur offrait une intimité relative. Beau avait pris la main de Tollison dans la sienne, les yeux chaleureux et attentifs. En y réfléchissant, Tollison n'avait encore jamais vu l'inspecteur Bissonet aussi détendu. Et Beau en devenait encore plus... *beau.* Son visage paraissait rajeuni et ses yeux plus lumineux. Malgré la lumière tamisée, ses prunelles étincelaient comme du cristal et Tollison perdait le souffle chaque fois qu'il s'y noyait. Même les cheveux blonds semblaient assombris, comme si Beau était un autre homme.

Poussé par la curiosité, Tollison n'avait cessé de poser des questions. Durant le peu de temps qu'il leur restait à passer ensemble, il voulait en apprendre autant que possible concernant son amant, en particulier ses goûts, ses plaisirs.

Beau s'était montré très patient, répondant sans se faire prier. Tollison se renfrogna en voyant arriver leurs assiettes : c'était presque une intrusion. Mais ensuite… il mordit dans son hamburger et poussa un gémissement d'extase. C'était divin !

Couché dans la chambre obscure, Tollison sourit en évoquant son dîner : rien que d'y penser, il en avait l'eau à la bouche. C'était sans aucun doute un des meilleurs hamburgers qu'il ait jamais mangés. Il comprenait tout à fait pourquoi Beau appréciait tant ce restaurant.

Ensuite, les rôles avaient changé : Beau l'avait interrogé sur son enfance, sa famille, ses amis, ses goûts en couleur, cuisine, musique. Il avait aussi demandé à connaître les endroits où Tollison avait vécu, ses voitures, etc. Bref, tout ce qui lui passait par la tête. De toute évidence, Beau avait un cerveau à la fois brillant et chaotique. Tollison s'était beaucoup amusé de cette inquisition – qui prouvait l'intérêt que son amant lui portait.

En quittant le restaurant, Beau l'avait entraîné sur l'avenue Esplanade, jusqu'à la rue Bourbon, au cœur du Quartier Français. Leur destination était le pub Bourbon, une boîte de nuit. Ils avaient marché, côte à côte, un bras de Beau sur ses épaules de Tollison et cette proximité l'avait réchauffé jusqu'au fond du cœur.

Il ferma les yeux et se souvint du pub, de la façon dont Beau l'avait pris par la main et entraîné jusqu'à la piste de danse. La clientèle était essentiellement masculine, les corps à demi nus, la sexualité affichée et provocatrice. Tollison avait été sidéré par la façon de danser de Beau : souple, naturelle, fluide. Jamais il ne se serait attendu à tant de grâce chez un homme qu'il avait d'abord cru coincé, tendu, maussade et agressif.

Ils avaient dansé toute la nuit et fini épuisés, en nage, les vêtements trempés.

Une soirée parfaite ! Il y avait des années que Tollison ne s'était pas senti aussi bien. Il resserra son étreinte sur Beau, endormi. Sa respiration était basse, régulière, parfois il émettait un doux ronflement. Enfin, Tollison ferma les yeux et céda à l'assouplissement.

Un portable se mit à sonner.

— Et merde ! marmonna Beau.

Il tendit la main et, à tâtons, récupéra son téléphone posé sur la table de chevet. Il releva la tête pour vérifier qui l'appelait. Bruce.

Il accepta l'appel et brancha le haut-parleur.

— J'espère que tu as une bonne raison de me réveiller, grogna-t-il.

— *Hé ! C'est toi qui m'as demandé de te prévenir dès que Hayes serait libéré. C'est fait.*

Beau, la tête toujours posée sur la poitrine de Tollison poussa un juron furieux.

— Quoi ? Merde ! Sa caution est de combien ?

— *Un million de dollars.*

— Comment diable ont-ils pu obtenir ça au milieu de la nuit ?

— *Je te rappelle que Villerie et Hayes senior sont des gens connus, avec des amis hauts placés. Ils ont fait pression, et convaincu un juge de quitter prématurément un dîner mondain pour gérer la libération de Hayes.*

— Tu te fous de moi ? Quel juge ?

— *Devine !*

— Nooon. Michelson ?

— *Oui.*

— Non, mais, c'est dingue ! Cette ville est complètement corrompue ! Et Michelson est sûrement le gourou de tous ces snobinards qui se considèrent au-dessus de la loi.

— *Je me suis dit que tu voudrais être tenu au courant.*

Beau soupira.

— Merci. Tu as eu raison. Et rappelle-moi s'il y a du nouveau.

— *Bien sûr. Bonne nuit.*

Furieux, Beau jeta son téléphone sur le tapis.

— Cette putain de ville me stupéfie ! Villerie et Hayes ont dû rendre de sacrés services à Michelson afin qu'il accepte de signer une libération sous caution un vendredi soir. D'autant plus qu'il n'a pas bougé le petit doigt quand Villerie a été arrêté.

— Il a sans doute préféré ne pas se compromettre avant de s'assurer qu'il n'était pas inculpé. Peut-être les Hayes ont-ils aussi plus de poids que les Villerie.

— Tu as probablement raison…

Beau enfouit son visage dans le cou de Tollison, embrassant la peau douce. Il releva aussi le genou et le posa sur le sexe de Tollison, le frottant doucement. Tollison eut une érection immédiate. Il leva les hanches pour accentuer la friction.

— Tiens, tiens ! dit Beau. Regarde un peu ce que j'ai trouvé !

Il refermait les doigts sur le sexe durci.

— Juste un petit quelque chose, répondit Tollison.

Beau resserra sa prise.

— Petit ? Sûrement pas ! Tu sais, je n'ai plus sommeil. J'ai une idée pour occuper mon insomnie.

— Je suis toujours partant pour explorer tes idées, Beau.

POUR TOLLISON, le weekend était passé bien trop vite. Déjà dimanche soir ! Beau avait été un hôte parfait. Samedi, ils avaient fait du tourisme : promenade en calèche dans le Vieux Carré, magasins de River Walk, et virée au casino Harrah où ils avaient passé quelques heures à jouer à la roulette. Le dimanche, levés de bonne heure, ils avaient pris le tramway jusqu'à l'avenue Saint-Charles pour un petit déjeuner dans un autre des restaurants préférés de Beau. Ensuite, l'après-midi avait été consacré au farniente, à Audubon Park, avec jeu de Frisbee et sieste sur l'herbe. En revenant, ils s'étaient arrêtés à Rouses, un magasin de fruits de mer, et chez un caviste. Tollison avait proposé de mitonner pour le dîner un « ragoût du pêcheur », une recette portugaise qu'il tenait de sa mère. Il assortissait toujours ce plat d'un vin spécifique.

Pendant que le ragoût mijotait, ils s'étalèrent sur le canapé, devant la télévision, en regardant un match des Braves [43]. Tollison avait les pieds nus et surélevés sur un pouf et Beau, étendu de tout son long, reposait la tête sur ses genoux.

Une fois de plus, ils furent dérangés par le téléphone.

— Je ne suis pas là ! hurla Beau.

— Bien sûr que si.

Tollison vérifia l'écran et tendit l'appareil à Beau.

— C'est encore Bruce, annonça-t-il.

— Merde !

Beau se redressa et brancha le haut-parleur.

— Qu'est-ce que tu as encore comme catastrophe à m'annoncer ?

— *Ça ne va pas te plaire,* l'avertit Bruce.

— Je t'écoute.

---

43 *Atlanta Braves*, équipe de baseball qui joue en Ligue majeure

— *Ils viennent de retrouver Hayes mort dans son garage. Il s'est pendu.*

Beau plaqua la main sur le combiné et chuchota à Tollison :

— Merde ! Tu avais raison. Hayes s'est suicidé.

Puis il reprit sa conversation :

— Donne-moi l'adresse, Bruce.

— *Je te l'envoie par texto dès que j'ai raccroché.*

— Nous te retrouvons là-bas.

Beau coupa la connexion. Il fixa Tollison d'un œil vague.

— Comment savais-tu que Hayes allait se tuer ?

Tollison se releva et passa dans la cuisine éteindre le feu sous son ragoût. Il revint au salon et dit :

— C'était presque un cliché : un gamin né dans une famille riche, une cuillère en argent dans la bouche, étudiant modèle, fils modèle, mari modèle, gendre modèle. Imagine un peu sa situation : comment supporter de déshonorer sa famille et sa femme en étant jugé et condamné à mort pour crime avec préméditation ? Et même dans le meilleur des cas, comment accepter de passer le reste de sa vie derrière les barreaux ? Maintenant qu'il est mort, la famille va pouvoir le proclamer innocent et inventer une belle histoire comme quoi il n'a pas supporté l'idée d'aller à prison pour un crime qu'il n'a pas commis.

— Je vois.

Beau s'approcha de Tollison et lui glissa les deux bras autour de la taille.

— Je suis désolé, ajouta-t-il. J'avais prévu autre chose pour ce soir.

— Tu es inspecteur. Si nous sommes ensemble, j'ai intérêt à m'habituer à ce genre de contretemps.

Beau lui vola un baiser.

— J'aime ta façon de penser. Et ton ragoût ? Peut-il attendre ?

— Bien sûr, il sera tout aussi bon dans une heure ou deux.

— Dans ce cas, allons-y. Plus tôt nous aurons réglé cette histoire, plus tôt nous pourrons rentrer et nous régaler.

EN ARRIVANT à l'adresse indiquée, Beau et Tollison trouvèrent dans le patio une Harper Hayes en larmes, le visage caché dans les mains. Ses parents et un autre couple âgé – les beaux-parents sans doute –, agglutinés autour d'elle, cherchaient à la consoler.

Les deux hommes passèrent devant elle sans qu'elle les remarque. Ils soulevèrent le ruban jaune qui entourait la scène de crime et entrèrent dans le garage. Bruce se mit à discuter avec un agent en uniforme. Tollison examina la scène : Hayes était encore suspendu à une des poutres par un câble rouge. Un escabeau renversé se trouvait sous le corps.

Bruce les rejoignit.

— Salut, les gars. Désolé de vous avoir fait ressortir un dimanche soir.

— Ce n'est pas de ta faute, déclara Beau. Alors, qu'est-ce que nous avons ?

— Eh bien, le coroner ne va pas tarder. J'ai interrogé Mme Hayes et les Villerie : ils se sont rendus tous ensemble ce matin à l'église. D'après eux, Hayes semblait dans son état normal.

Beau haussa un sourcil sceptique.

— Il faisait probablement semblant, déclara Tollison. Il a cherché à duper sa famille et sa communauté paroissiale. D'ailleurs, les Villerie et les Hayes sont probablement sortis pour montrer un front uni.

Bruce continua son rapport :

— En sortant de l'église, ils sont tous allés prendre un brunch Chez Brennan. D'après le personnel, Hayes était de bonne humeur. Après le repas, Harper et Jamison sont rentrés directement chez eux. D'après sa déclaration, Mme Hayes a ensuite passé environ une heure à la galerie. À son retour, la porte de garage s'est ouverte automatiquement devant sa voiture. Et elle a trouvé son mari pendu.

— A-t-il laissé un message ? demanda Beau.

— Oui.

Bruce lui tendit un sac scellé qui contenait une note manuscrite, avec l'en-tête de Jamison Hayes.

À ma famille,

Merci d'avoir cru en moi. Malheureusement, les preuves contre moi me semblent accablantes. Je ne peux accepter l'idée d'aller en prison pour un crime que je n'ai pas commis.

Harper, je suis désolé de déshonorer notre famille en choisissant la voie de la facilité, mais si je passe en jugement, je serai probablement condamné à mort. Je préfère donc en finir.

À mon avis, c'est la meilleure solution.

Je vous aime tous très fort.

Jamie

Beau fit passer le sac à Tollison.

— Une fois de plus, tu avais raison, remarqua-t-il.

Tollison lut le message et secoua la tête.

— C'était sa dernière option. Il a au moins cherché à préserver sa famille.

Après avoir récupéré le sac, Beau le rendit à Bruce.

— Fais vérifier l'écriture par nos graphologues. Je veux être certain que ça vient bien de Jamison. Je ne peux écarter l'hypothèse que nous ayons un nouveau meurtre sur les bras.

— Bien sûr, j'ai déjà demandé à son cabinet des échantillons de son écriture.

Beau se renfrogna.

— À présent, je dois présenter mes condoléances à la veuve et à la famille. Bon Dieu ! C'est toujours un moment difficile !

Quittant le garage, Beau et Tollison retournèrent dans le patio. Les Hayes et Villerie étaient toujours autour de Harper, inconsolable.

— Mme Hayes, je suis vraiment désolé.

Elle releva la tête et le fusilla du regard, sans chercher à cacher ses larmes, sa haine et sa colère.

— Tout est de votre faute ! hurla-t-elle

Elle se releva d'un bond et se jeta sur Beau, les poings en avant. Son père la rattrapa de justesse et la tint contre lui.

— Il était malade ! cria-t-elle. Vous auriez dû le laisser tranquille.

— Toutes mes condoléances, madame, dit Beau.

Villerie lui fit une petite grimace d'empathie et secoua la tête. Il entraîna ensuite sa fille vers la maison.

— Si vous voulez bien nous excuser, jeta-t-il derrière son épaule.

Ni les Hayes seniors ni Mme Villerie n'étaient intervenus. Tous semblaient sous le choc.

Tollison et Beau, pensifs, retournèrent jusqu'au SUV. Hors de portée d'oreilles, Beau s'exclama, outré :

— Elle est gonflée quand même ! Son mari vole son beau-père et tue deux hommes de sang-froid et… c'est de *ma* faute ?

Tollison ne put retenir un gloussement. Il s'en excusa très vite.

— Désolé, ce n'est vraiment pas le moment de rire. C'est juste que, présentée comme ça, la réaction de Mme Hayes est absurde.

— Exactement ! Il y a peu, ça m'aurait mis en rogne.

— Et aujourd'hui ?

— Je m'en fiche, reconnut Beau.

Tollison s'arrêta et posa les mains sur ses épaules.

— Comment ça, tu t'en fiches ? Beau, c'est encore plus absurde qu'entendre Harper dire que tout est de ta faute.

— D'accord, elle me fait de la peine. Elle aimait son mari, même s'il était un voleur et un assassin. Il est mort et elle porte son deuil.

— Je suis également désolé pour Harper, mais Hayes a payé ses crimes ; c'est tout. Je ne le regretterai pas.

— Moi non plus. Mais on voit toujours le pire côté des gens dans la police. Parfois, c'est déprimant.

— Rentrons à la maison, proposa Tollison. Je vais te faire couler un bain chaud et tu te détendras pendant que je finis le dîner. Tu te sentiras mieux ensuite.

— Excellente idée. À condition que tu prennes ce bain avec moi.

— Mon ragoût risque de brûler.

Beau se frotta le ventre avec un sourire.

— Un peu de régime ne me ferait pas de mal. J'ai besoin de perdre du poids.

Tollison éclata de rire.

— Qu'est-ce qu'il ne faut pas entendre ! Allez, monte dans la voiture et cesse de dire des bêtises.

Beau hésita.

— Tu sais, je tiens quand même à vérifier que c'est bien un suicide, ce qui repousse la fermeture du dossier. Tu vas devoir rester quelques jours de plus à La Nouvelle-Orléans.

— Je ne m'en plaindrai pas.

PLUS TARD, quand ils se couchèrent, Beau et Tollison restèrent simplement collés l'un contre l'autre. En rentrant chez lui, Beau avait – dans cet ordre – savouré un bain à remous, une pipe, et le plus délicieux des ragoûts portugais assorti d'un vin capiteux.

À présent, il se sentait agité et nerveux, ses pensées tourbillonnant dans tous les sens.

Chacun des deux amants était conscient du problème sous-jacent. Pourtant, ni l'un ni l'autre n'avait envie de l'aborder.

Tollison s'en irait dans quelques jours. Cette obsession ne quittait pas la tête de Beau. Il était certain que Tollison pensait à la même chose.

Quand diable se reverraient-ils ? Aucune idée.

Beau tenta de nier l'évidence. Il avait reçu par miracle un cadeau : un amant qui l'avait arraché à sa neurasthénie... Et il allait le perdre tout aussi rapidement.

— Montgomery Beaumont Bissonet, je t'entends ressasser.

— Tollison Eduardo Braga Cruz, tu ne cesses de me surprendre. Tu es superbe, merveilleux, magnifique, remarquable baiseur, redoutable enquêteur. Et voilà qu'en plus, tu lis dans les esprits ?

Tollison éclata de rire.

— Primo, je me demande comment tu te souviens de mon nom ! D'après mes souvenirs, je ne l'ai mentionné qu'une seule fois. Secundo, tu as un visage très expressif : tu es facile à décrypter.

— Primo, répondit Beau sur le même ton, j'ai une excellente mémoire et je m'intéresse à tout ce qui te concerne. Secundo, va te faire voir !

Tollison rit de plus belle.

— Personne n'a jamais retenu mon nom, sauf mes parents, bien entendu.

— Et moi.

Beau posa la tête sur la poitrine de Tollison et la jambe sur son bas-ventre. De la main droite, Tollison tenait les doigts de Beau, de l'autre, il dessinait des petits cercles sur son dos nu.

— Et si nous parlions de l'éléphant qui se trouve entre nous ? chuchota-t-il.

— Ça ne m'intéresse pas. Sauf si tu fais référence à mon énorme appendice.

— Allez, Beau ! Nous n'avons plus que deux ou trois jours à passer ensemble. Il faut qu'on parle.

Beau soupira.

— Je n'en ai aucune envie.

— D'accord. Je peux tenter une autre approche ?

— Je t'écoute.

— Pourquoi ne pas planifier notre prochaine rencontre ?

— D'accord, ça me plaît beaucoup plus.

— Tout à l'heure, j'ai reçu un mail de mon patron. Apparemment, il m'enverra à Prague pour ma prochaine enquête.

— Combien de temps seras-tu absent ?

— Je ne sais pas, répondit Tollison. Ça dépendra du temps que je mettrai à récupérer ce qui a été volé. C'est toujours pareil. En arrivant à La

Nouvelle-Orléans, j'ignorais le temps que ça me prendrait de retrouver les tableaux.

— J'ai changé d'avis, gémit Beau. Ta nouvelle approche ne me plaît pas non plus.

Tollison lui passa les doigts dans les cheveux. Beau renversa la tête pour mieux s'offrir à la caresse.

— Écoute, en revenant de Prague, je prendrai quelques semaines de congés. Tu pourrais venir me rejoindre à Atlanta, je t'emmènerais en Géorgie du Nord, dans les montagnes, pour une escapade en tête-à-tête. Qu'en dis-tu ?

— Ça me paraît une très chouette idée. En attendant, je vais souffrir pendant que tu batifoleras à l'étranger.

Tollison releva le visage de son amant pour le regarder dans les yeux.

— Tu sais, pour moi aussi ce sera très dur.

— C'est vrai ?

— Oui. Je me suis beaucoup attaché à vous, M. Bissonet.

— Moi pareil, souffla Beau.

Tollison l'embrassa sur le sommet de la tête.

— Dans ce cas, c'est décidé : dès que je reviens de Prague, nous nous offrons une escapade de quinze jours en montagne.

Beau acquiesça, en silence. Tollison lui souleva la tête et posa un doux baiser sur ses lèvres. Très vite, le baiser s'intensifia. Beau se mit à gémir et à caresser fiévreusement la poitrine de son amant.

Ils firent l'amour avec douceur, avec tendresse, chacun explorant le corps de l'autre comme si c'était la dernière fois.

Ils s'endormirent dans les bras l'un de l'autre et refirent l'amour en se réveillant. Désespéré, Beau tentait de graver dans sa mémoire le moindre détail de Tollison – et réciproquement. Leurs ébats avaient changé de nature : ce n'était plus seulement du sexe frénétique, mais une union, presque une fusion. Chacun posait sur l'autre un regard adorateur.

AU LEVER du soleil, Tollison se tenait devant la fenêtre, nu. D'une main, il soulevait le rideau et admirait l'aube d'un jour nouveau. La veille au soir, il s'était montré fort, car Beau avait besoin de lui, mais l'idée de quitter son amant le brisait. Pourquoi, alors qu'il le connaissait depuis si peu de temps ? Comment Beau s'était-il tant implanté dans son cœur ?

Tollison regrettait de ne pas mieux contrôler sa vie : il restait soumis aux ordres de son patron. À cause de son travail, il devait se rendre là où on lui disait d'aller. Pouvait-il y échapper ? Il avait des économies. Et il s'était toujours promis de raccrocher le jour où son boulot lui deviendrait une corvée.

Était-ce le cas ? Jusqu'à présent, plongé dans une enquête après l'autre, il n'avait pas eu l'occasion d'y réfléchir sérieusement. Aujourd'hui, il n'était pas heureux, mais c'était essentiellement d'avoir à quitter Beau.

Si l'inspecteur Bissonet avait continué à se comporter en parfait connard, Tollison savait bien qu'il se serait rué vers l'aéroport à peine les tableaux récupérés. Mais ce n'était pas le cas. Et Tollison avait un mal fou à quitter cet homme merveilleux.

Bon, il aimait son travail, ses enquêtes, ses succès. C'étaient juste les incessants déplacements qui commençaient à lui peser. Au cours des dernières années, il avait rarement dormi un mois de suite dans son lit. Et il en avait assez.

Mais était-il prêt à tout laisser tomber ?

Sentant le poids d'un regard sur lui, il jeta un coup d'œil par-dessus son épaule. Beau s'était accoudé sur le lit, la tête dans la main.

— Tu es magnifique ! souffla-t-il.

Il souleva la couette, invitant Tollison à venir se recoucher.

Tollison força un sourire et retourna s'étendre près de son amant.

— Tu es glacé, remarqua Beau.

Il couvrit Tollison de son corps et l'embrassa doucement.

— Ça va ? demanda-t-il ensuite.

— Oui. Je suis juste triste.

— Je sais. Moi aussi. Mais tu verras, tout se passera très bien.

Cette fois, c'était Beau qui cherchait à le rassurer. Le sourire de Tollison devint plus authentique.

— Tu te feras peut-être à mon absence, déclara-t-il. Mais je ne suis pas certain de supporter cette séparation.

Beau ouvrit de grands yeux inquiets. Tollison devina instantanément ce qu'il pensait.

— Non ! reprit-il. Ce n'est pas ce que je voulais dire ! En fait, la vie que je mène commence à me gonfler. En particulier les voyages et les déplacements. Beau, je tiens à toi. Je tiens même *beaucoup* à toi. J'ai très envie de te revoir, j'aimerais savoir où tout ça nous mènera. Par contre, je ne suis pas certain que ce soit possible si je continue à parcourir le monde pour retrouver des voleurs.

Beau écoutait avec attention.

— Et alors ? Qu'est-ce que tu envisages ?

Nerveux, Tollison quitta le lit et se mit à arpenter la pièce. Il passa les doigts dans ses cheveux.

— Je ne sais pas encore. C'est peut-être le moment de changer de boulot... j'aime mon travail, mais merde, quoi ! Je veux une vie normale. Et un compagnon pour la partager... toi, par exemple.

Il parlait avec sincérité et enthousiasme. Beau le rejoignit, la couette à la main. Il prit Tollison dans ses bras et les enveloppa tous les deux. Puis il écarta le rideau et pointa du doigt le soleil qui se levait

— Regarde ! Un jour nouveau, rien que pour nous. En tout cas, nous pouvons faire semblant d'y croire. Concernant ton travail, ne prends pas de décision hâtive. Tu vas aller à Prague. Quand tu reviendras, nous irons quinze jours en vacances ensemble. Si tout va bien, nous pourrons réfléchir et faire des projets à deux. D'accord ?

Tollison acquiesça, pas tout à fait convaincu, mais quand même, c'était mieux que rien. Il reverrait bientôt Beau, leur histoire n'était pas terminée.

L'un contre l'autre, ils regardèrent le soleil éclairer peu à peu l'horizon.

— En attendant, reprit Beau, la nuit n'est pas tout à fait finie...

— Tu as raison. Nous avons encore quelques heures de répit. Merci, Beau.

XI

QUAND BEAU et Tollison entrèrent au poste de police, le capitaine Trenchard les attendait – et il ne paraissait pas content.

— Dans mon bureau, Bissonet.

Les deux hommes échangèrent un regard. Puis Beau carra les épaules et suivit son supérieur dans son bureau, refermant la porte derrière lui.

Sans proposer à Beau un siège, le capitaine aboya :

— Savez-vous qui vient de m'appeler pour faire un scandale à la première heure ce matin ?

— Non, monsieur. Aucune idée.

— Un ponte de la Lloyd of London.

Beau pencha la tête de côté.

— Et alors ?

— Il insiste pour récupérer le plus tôt possible ses tableaux et son enquêteur. Apparemment, Cruz doit partir à l'étranger pour une affaire très urgente.

Beau sentit son cœur sombrer. Il parvint cependant à garder un visage impassible.

— C'est exact, Monsieur, les tableaux que nous avons récupérés sont toujours au greffe. J'attendais de boucler le dossier.

— Hayes s'est suicidé, le dossier est bouclé, trancha Trenchard.

Beau n'aimait pas les interférences durant une enquête. Il fronça les sourcils.

— Je tiens à comparer le dernier message qu'a laissé Hayes avec des échantillons de son écriture. Je n'ai pas encore reçu le rapport des graphologues. En fait, je tiens à m'assurer qu'il s'agit bien d'un suicide et pas d'un meurtre camouflé.

— D'accord, Bissonet, cependant je ne vois pas le rôle des tableaux dans ce nouvel aspect de l'enquête. Même si Hayes a été assassiné, ce n'est certainement pas pour des œuvres d'art qui n'étaient plus en sa possession. Et la Lloyd of London a beaucoup insisté !

Beau ouvrit la bouche pour protester, mais le capitaine leva les mains pour l'empêcher de parler.

— Débarrassez-vous de ces tableaux. C'est un ordre.

— Oui, Monsieur, marmonna Beau, les dents serrées.

Trenchard contourna son bureau et s'installa dans son fauteuil.

— Ce sera tout, inspecteur.

Beau s'en alla, furieux.

Il trouva Tollison assis sur un coin de son bureau, les bras croisés sur la poitrine, l'air anxieux.

— Ça va ?

— Non ! Trenchard exige que je te rende les tableaux sans attendre. Il a reçu un appel de la Lloyd ce matin, il s'est fait faire remonter les bretelles et c'est retombé sur moi. Apparemment, tu es attendu à Prague avec beaucoup d'impatience !

Tollison baissa la tête, jetant à Beau un regard chagriné à travers ces cils.

— C'est bien ce que je craignais.

— Quoi ? aboya Beau. Pourquoi ?

— Parce que la dernière fois que j'ai eu mon patron au téléphone, il n'a pas eu l'air de gober mes explications concernant le délai… tu sais, ton enquête à boucler. Il tenait à récupérer les tableaux au plus vite. Il a dû intervenir auprès de qui de droit.

— Merde !

— Écoute, nous savions bien que ça nous pendait au nez, déclara Tollison d'une voix lamentable. Je pensais que nous avions encore quelques jours, quelques heures…

— Moi aussi, dit Beau, sans cacher sa déception. Je suis désolé. J'ai fait tout ce que j'ai pu pour te garder un peu plus. Le rapport des graphologues concernant Hayes va sans doute me permettre de tirer un trait définitif sur cette affaire – en attendant, j'espérais *tirer* autre chose, toi, par exemple.

Tollison sourit affectueusement.

— J'aurais bien aimé. En attendant, il faut que je m'organise pour rapporter ces foutus tableaux à Atlanta.

— Tu ne vas pas les enregistrer avec tes bagages dans l'avion ?

— Tu plaisantes ?

Beau fit le tour de son bureau et s'installa dans son fauteuil. Tollison se redressa, tête basse.

— Dis, reprit-il, je dois contacter un transporteur digne de confiance. Y a-t-il une pièce vide que je peux utiliser pour passer des coups de fil ?

Beau consulta sa montre et se releva vivement.

— Non. Reste ici. J'ai une réunion du personnel dans cinq minutes. Et ça me prendra au moins une heure.

— Tu es sûr que je ne te dérange pas ?

— Certain.

Comme habitude, Beau vérifia d'un coup d'œil que la porte était bien fermée, puis il se pencha et embrassa rapidement Tollison sur les lèvres.

— À tout à l'heure, souffla-t-il.

Tollison le retint par l'épaule et sa main glissa tout le long du bras. Un bref instant, leurs doigts s'effleurèrent avant que Beau s'éloigne, rompant leur connexion.

Il ne revint dans son bureau qu'une heure et quart plus tard. Tollison était encore au téléphone, l'air à la fois frustré et déprimé. Beau prêta l'oreille et comprit qu'il cherchait à réserver un vol. Sans doute discutait-il avec une compagnie aérienne.

— Vous êtes certain que vous n'avez rien d'autre ? s'écria Tollison. Ça va être très juste !

Il consulta sa montre avant d'enchaîner :

— D'accord, vous avez raison, je peux encore arriver à temps. À condition que ça aille très vite avec l'agence de location quand je leur rendrai ma voiture.

Beau agita la main pour attirer son attention.

— Tollison !

— Une minute, jeta Tollison dans le combiné.

Il couvrit l'appareil de sa main et demanda à Beau :

— Oui ?

— Je peux me charger de rendre ta voiture. Je vais te suivre à l'aéroport. Tu me laisseras tes clés, je t'accompagnerai jusqu'à ton avion et j'irai à l'agence une fois que tu seras parti. Ça ne me prendra pas longtemps.

— Je suis désolé de t'imposer ça, protesta Tollison. Tu as certainement mieux à faire !

— Pas du tout. De toute façon, je comptais bien t'accompagner à l'aéroport.

Tollison sourit.

— Tu es sûr ?

— Certain. Tu peux confirmer ton vol.

Tollison reprit sa conversation et raccrocha peu après.

— Je voulais un avion en fin de soirée, nous aurions pu dîner ensemble, mais tout est déjà complet.

— Quand pars-tu ?

— À 14 h 55.

— Et tes tableaux ?

— Une entreprise spécialisée avec qui la Lloyd travaille régulièrement passera les chercher à midi. Ils ont l'habitude des dépôts de valeur.

— Ça ne nous laisse pas longtemps, marmonna Beau.

— Je sais. Je suis désolé, je n'ai pas pu faire mieux.

— Bien sûr, je comprends. Ne t'excuse pas.

— Je t'assure que je le regrette autant que toi, affirma Tollison

On frappa à la porte, ils se retournèrent en même temps. C'était Bruce.

— Excusez-moi. Je vous dérange ?

— Non, répondit Beau. Pas du tout.

— Tu es sûr ? Vous tirez une drôle de tête tous les deux.

— Tollison prend l'avion cet après-midi.

Il dévisagea Bruce et tenta de décrypter sa réaction : son ami paraissait sincèrement désolé pour eux.

— Quoi ? Tu n'envisageais pas de garder les tableaux jusqu'à ce que le dossier soit bouclé ?

— Si, répondit Beau. Mais la Lloyd s'impatiente et le capitaine a reçu un appel ce matin. Il m'a donné l'ordre de les libérer instantanément.

Bruce sembla hésiter.

— Et moi qui étais désolé de t'apporter la nouvelle ! Finit-il par dire. Je viens d'avoir la réponse des graphologues. C'est bien Hayes qui a écrit le message. Ils en sont certains à cent pour cent.

Beau ricana.

— Incroyable ! Quand c'est urgentissime, ces foutus techniciens lanternent en vous balançant les excuses les plus foireuses. Mais quand rien ne presse… Pouf ! ça arrive plus vite que l'éclair.

Bruce baissa les yeux, comme s'il ne savait quoi répondre.

— Cette fois, le dossier est bel et bien clos, tu ne crois pas ?

Fataliste, Tollison haussa les épaules.

— Bon, même si mon patron n'était pas intervenu, je serais quand même parti aujourd'hui.

Bruce se tourna vers lui.

192

— Tollison, j'avais fini par m'habituer à vous. Vous avez une intuition tout à fait remarquable. Je regrette de vous voir partir. Et je n'aurais jamais cru que je dirais un truc pareil !

— *Mieux vaut tard que jamais*, répondit Tollison. En tout cas, c'est ce que prétend le proverbe.

Bruce tendit la main, Tollison l'accepta de grand cœur.

— Au fait, Bruce, intervint Beau, comment s'est passé ton dîner l'autre soir ?

Un peu gêné, Bruce esquissa un sourire.

— Bien, vraiment. Merci.

Beau hocha la tête.

— Tant mieux !

— Bon voyage, Tollison. Et j'espère vous revoir bientôt à La Nouvelle-Orléans.

— Moi aussi.

Après le départ de Bruce, Tollison fit remarquer :

— J'ai l'impression que tu as fini par te réconcilier avec lui.

— C'est vrai. Grâce à Auggie, d'ailleurs. C'est lui qui m'a botté le cul et convaincu d'oublier ma rancœur. Avec le temps, je pense que Bruce et moi redeviendrons des amis.

— J'en suis heureux pour vous deux.

PEU AVANT l'arrivée du transporteur, Tollison passa rapidement chez Beau récupérer ses affaires. Il revint à temps pour veiller au départ des tableaux et signer la paperasserie nécessaire.

Il retrouva Beau dans son bureau, assis dans son fauteuil pivotant, dos tourné à la porte, les pieds posés sur une petite console située entre deux armoires métalliques.

Tollison se racla la gorge pour attirer son attention.

— Ça va ?

Beau se retourna.

— Oui, marmonna-t-il. Et pour tes tableaux, tout s'est-il bien passé ?

— Oui. Ils sont en route pour Atlanta. Bien, il est temps d'y aller.

Beau se leva, traversa la pièce et referma la porte de son bureau. Il prit ensuite Tollison dans ses bras et l'embrassa avec passion.

Quand les deux hommes se séparèrent, ils étaient à bout de souffle, les lèvres gonflées et humides.

— *Maintenant*, on peut y aller, dit Beau.

TOLLISON EUT l'impression d'arriver à l'aéroport en quelques secondes. Il avait passé son temps à jeter des coups d'œil sur le rétroviseur pour s'assurer que Beau était bien derrière lui. « Quelle idiotie ! » protestait son cerveau, mais son cœur préférait continuait à vérifier.

Il se gara au parking de l'aéroport, Beau s'arrêta juste à côté. Tollison n'eut même pas le temps d'ouvrir sa portière : Beau s'en chargea pour lui, se pencha et lui dévora à nouveau la bouche.

Désespéré, Tollison lui rendit son baiser, en souhaitant ne jamais s'arrêter. Il agrippa Beau par la nuque, plaqua sa bouche à la sienne et laissa la passion lui enflammer le sang.

Il était conscient de se comporter comme un adolescent enamouré – il ne connaissait Beau que depuis quelques semaines, après tout –, mais putain, comme c'était agréable de l'avoir contre lui ! Et comme leur couple lui paraissait solide, authentique !

Au nom du ciel, il ne voulait pas s'en aller. Il voulait rester ici, avec Beau, et voir jusqu'où ils iraient ensemble.

Son cœur s'emballa, des idées de plus en plus folles lui traversèrent l'esprit. *Il pouvait démissionner aujourd'hui, tout de suite. Et rester avec Beau...*

Mais ce n'était pas ce que voulait son amant. Au contraire, Beau lui avait conseillé d'aller à Prague et de réfléchir avant de prendre une décision hâtive, ou impulsive. Et il avait raison, bien entendu. Tollison le savait bien.

Il avait eu de nombreuses aventures, soit durant ses voyages, soit à Atlanta. Rien de sérieux. Rien d'important. Avec Beau, c'était différent. En tout cas, pour lui. Jusqu'à ce jour, s'en aller ne lui avait jamais posé de problèmes.

L'heure tournait. Il devait enregistrer ses bagages et passer les contrôles, sous peine de rater son avion. *Bonne idée ! Et si je ratais l'avion...*

Il posa les mains sur les épaules de Beau et le repoussa doucement, rompant à contrecœur le baiser.

— Je suis désolé, mais j'ai un avion à prendre.

194

— Je sais, répondit Beau. J'ai vraiment envie que tu le rates, mais ce serait stupide et irresponsable.

— Je t'en prie, ne me tente pas. Sinon, je vais tout balancer aux quatre vents et rester avec toi aussi longtemps que tu voudras bien me garder.

— D'accord, dit Beau. Alors…

Tollison lui posa le doigt sur les lèvres.

— Je t'ai demandé de ne pas me tenter ! protesta-t-il.

Beau ne put retenir son sourire.

— Je n'ai pas pu m'en empêcher !

ILS ENTRÈRENT dans l'aéroport main dans la main, sans se soucier d'attirer ou pas les regards. Tollison enregistra ses deux sacs, puis vérifia le numéro de sa porte d'embarquement. Ils s'y rendirent ensemble.

En y arrivant, Tollison s'apprêtait à faire ses adieux à Beau, mais celui-ci sortait déjà son badge et le présentait au préposé de la sécurité.

— Je vais escorter M. Cruz jusqu'à son avion, annonça-t-il, d'un ton autoritaire.

Quand ils furent hors de portée d'oreilles, Tollison demanda :

— Comment as-tu pu passer ton arme sans faire sonner le portique ?

Beau lui adressa un clin d'œil complice.

— Je l'ai laissée dans la voiture.

— Oh ! C'était donc prémédité ? Tu es très prévoyant !

Quand ils arrivèrent à la porte d'embarquement, les passagers du vol pour Atlanta faisaient déjà la queue pour monter à bord. Beau entraîna Tollison à l'écart, le pressa contre le mur et l'embrassa avec ferveur.

— C'est pour que tu te souviennes de moi, dit-il en se redressant.

— Je n'avais pas besoin de ça, souffla Tollison, mais je ne compte pas me plaindre.

Beau l'accompagna jusqu'à la porte.

— Appelle-moi dès que tu auras atterri, demanda-t-il.

— Bien sûr

L'hôtesse scanna sa carte d'embarquement et lui fit signe de passer. Une fois sur le tarmac, Tollison s'arrêta et se retourna. Beau était toujours là, derrière la vitre. Les regards se croisèrent. Tollison sourit et agita la main, les yeux brûlants.

Puis il se précipita pour monter la passerelle.

IL TÉLÉPHONA à Beau de l'aéroport d'Atlanta, puis le rappela plus tard, en arrivant chez lui. Ils discutèrent deux heures durant, pendant que Tollison vidait ses sacs avant de les remplir d'affaires propres.

Dans l'avion, il avait lu le dossier de l'affaire qui l'appelait à Prague. Il expliqua à Beau qu'il aurait à récupérer un objet en cristal de valeur inestimable volé dans une collection privée lors d'une soirée à but caritatif.

Il était relativement tard quand Tollison, à contrecœur, dit enfin bonsoir à Beau. Les deux amants se promirent de communiquer régulièrement, par téléphone ou par Skype, durant tout le temps de leur séparation.

Beau proposa à Tollison son aide à distance pour discuter de l'« affaire du cristal » au cours des prochains jours, sinon des prochaines semaines, deux cerveaux valant toujours mieux qu'un. Tollison accepta bien volontiers.

XII

TOLLISON ÉTAIT à Prague depuis deux mois – qu'il avait trouvés très longs. L'enquête, difficile, avait impliqué tous les invités de la soirée. Il les avait laborieusement interrogés un par un, avant de les séparer entre « innocents » et « suspects », et tenter de trouver des connexions entre ceux du second groupe. Tous les jours, il s'était entretenu avec Beau qui, comme promis, l'aidait dans ses investigations. Il relevait les indices sur un tableau et discutait avec lui des progrès de l'affaire.

Cette collaboration à près de huit mille cinq cents kilomètres de distance – à continent séparé – s'était avérée un vrai challenge. Beau et Tollison avaient tous les deux établi un tableau reprenant chaque élément du vol et la liste des suspects potentiels, et ils en discutaient, au téléphone ou via Skype.

Comme avec le « casse de la rue Royale », Beau avait pu constater la différence de leurs techniques et processus de raisonnement, mais justement, ça ouvrait de nouvelles perspectives enrichissantes. Et très efficaces !

Au final, c'était Beau qui avait trouvé un lien vital entre les suspects : une des servantes avait un amant qui, comme par hasard, était livreur chez le traiteur chargé de fournir le buffet de la soirée. À partir de là, l'enquête avait vite révélé la culpabilité du couple. Ils avaient profité du chaos (pendant et après le gala) pour s'infiltrer dans les salons et dérober le cristal estimé à un million de dollars ; la servante l'avait ensuite caché dans un lot de verres du traiteur que le livreur avait embarqué – avec le reste de la vaisselle sale. Le tout avait été chargé dans sa camionnette sous l'œil attentif des gardes et des propriétaires.

Pour Beau le plus dur, comme prévu, avait été de gérer sa séparation d'avec Tollison. Il avait ainsi pu tester son désir de voir tous les jours son amant, de le rejoindre tous les soirs… et de lui faire l'amour. Il avait eu plus de sexe par téléphone au cours des deux derniers mois que durant toute sa vie précédente. Il avait adoré cette expérience, car Tollison s'était montré patient, attentif, et plein d'imagination. Beau s'était même dit que Skype devrait utiliser cette idée pour faire sa pub : « l'amour intercontinental ! »

En expurgeant la partie graphique, sans doute… Non, car les bien-pensants et les coincés n'apprécieraient pas.

En tout cas, Tollison revenait et, dès ce soir – ou même avant, si c'était possible –, Beau comptait bien retrouver une « vraie » version du sexe.

L'enquête étant résolue, le cristal retrouvé, Tollison devait rentrer aux États-Unis et atterrir à Atlanta à 13 h 35.

BEAU ARRIVA en avance : il était 12 h 57 quand il pénétra dans l'aéroport. Il prit un escalator, se faufilant dans le flot continu des passagers allant d'un terminal à l'autre. Son cœur battait d'anticipation à l'idée de revoir son amant.

Cinq minutes avant l'heure dite, il trouva la porte où devait débarquer Tollison. Il arpenta d'abord le hall d'un pas nerveux, puis tenta de s'asseoir. Son sang bouillonnait dans ses veines, son bas-ventre pulsait d'excitation.

Le premier passager à sortir des portes coulissantes fut… Tollison ! À sa vue, Beau sourit béatement. Il ouvrit ses bras dès que leurs regards se croisèrent. Tollison se mit à courir et se jeta contre lui. Ils s'embrassèrent devant le panneau « Delta Airlines », devant Dieu et le monde entier…

Beau retrouva le goût de ces lèvres comme un toxicomane, sa cocaïne. En une seconde de lucidité absolue, il décida de passer le reste de sa vie avec Tollison. Peu importait qu'il le connaisse à peine ! Il se sentait prêt à tout pour garder ce corps solide pressé contre le sien.

Le trajet retour jusqu'à l'appartement de Tollison, à Buckhead [44], fut une torture. Beau ne cessait de caresser son amant de sa main libre. À chaque arrêt, il embrassait Tollison, redécouvrant son cou, sa mâchoire, sa bouche. À grand-peine, ils se continrent jusqu'à l'appartement avant de faire voler leurs chaussures et vêtements. Tollison prit Beau par la main et l'entraîna dans sa chambre. Ils terminèrent de se déshabiller et tombèrent sur le lit, Beau écrasant son amant sous lui.

Une heure plus tard environ, ils gisaient nus et en nage sur les draps froissés, savourant un nirvana postcoïtal. Malgré la satisfaction de cette première étreinte, leur désir mutuel se réveillait déjà, un peu moins urgent, mais tout aussi ardent.

Beau caressa la poitrine de Tollison.

---

44 Quartier select d'Atlanta, Géorgie

— Tu m'as tellement manqué ! Bon Dieu, je viens de vivre les deux mois les plus longs de ma vie !

— Je sais. Ça a été atroce pour moi aussi. Et sans ton aide, je serais encore à Prague !

Beau roula sur le côté, s'accouda dans le lit et se pencha vers lui.

— J'en doute. Tu aurais débusqué ces deux cocos-là, comme tu l'as fait pour Hayes. J'ai juste pris l'affaire sous un autre angle, et ça a marché.

— En tout cas, je suis ravi d'être rentré. Et t'ai-je déjà dit que j'adore la perspective de passer deux semaines avec toi dans la montagne ?

Beau rit.

— Oui, je crois que tu m'en as déjà touché deux mots. Je suis aussi excité que toi… non, plus ! J'ai regardé sur Internet, l'endroit semble génial !

— Oui, nous deux, seuls sur Black Rock Mountain, sans personne à des kilomètres à la ronde – notre chalet est le seul bâti dans le coin. Nous aurons aussi des chevaux, un 4 x 4 et, merveille des merveilles, une cuisine équipée et un bar bien rempli.

Beau se frotta les mains.

— De plus en plus génial ! Combien de route pour y arriver ?

— Environ deux heures et demie, en fonction de la circulation.

— Ça va être chouette ! Quand partons-nous ?

Beau paraissait aussi excité qu'un gosse à la veille de Noël. Tollison ne put retenir un sourire ravi.

— Demain matin à la première heure. En attendant, j'ai d'autres projets tout aussi chouettes qui te concernent.

— Nous verrons, j'en jugerai sur pièces. Mais vas-y, je…

Il ne put finir sa phrase : Tollison venait de mordre son mamelon. Beau étouffa un cri.

— Alors ? demanda Tollison.

— C'est un bon début, haleta Beau. Continue.

LE LENDEMAIN matin, à 5 heures, Tollison réveilla Beau d'un baiser et d'une tasse de café chaud. À l'idée de l'aventure qui les attendait, Beau bouillonnait d'impatience et son excitation s'aggravait de minute en minute.

Ils chargèrent leurs sacs dans la voiture et se mirent en route un peu avant 6 heures, en espérant ne pas tomber dans les embouteillages matinaux d'Atlanta. Au mois d'octobre, en Géorgie, l'air était frais. Par chance, le soleil parut, aussi Tollison baissa-t-il la capote de son coupé BMW. Il mit également de la musique.

En discutant de leurs goûts en la matière, ils découvrirent qu'ils aimaient tous les deux le rock classique. En fait, Beau semblait connaître les paroles de presque toutes les chansons que Tollison avait sur sa playlist.

Beau refusa de se servir du GPS et décida de la jouer « à l'ancienne ». Il déplia donc sur ses genoux une carte routière de Géorgie et guida Tollison à chaque croisement et carrefour. Ils finirent par prendre le GA400 [45].

Trois quarts d'heure plus tard, les montagnes apparaissaient à l'horizon. Le panorama devint de plus en plus somptueux au fur et à mesure qu'ils roulaient vers le nord. Suivant toujours les instructions de Beau, Tollison s'engagea dans des routes sinueuses vers les hauteurs ; le vert sombre des sapins contrastait avec le bleu cobalt du ciel, on aurait cru à un lumineux tableau.

En pénétrant dans le parc fédéral de Black Rock Mountain, les routes devinrent plus étroites, surtout celles qui montaient vers les sommets. La vue dégagée ouvrait une perspective incroyable malgré la brume matinale. Atlanta n'était qu'à deux heures de route, pourtant, Beau avait l'impression d'être en pleine nature, dans un décor sauvage, intact ; le paysage lui rappelait les contreforts du Colorado.

Tollison prenait souplement les épingles à cheveux et Beau se sentait presque dans un film produit par Hallmark, la chaîne familiale romantique.

Ils s'arrêtèrent pour ouvrir une clôture grillagée et s'engagèrent sur une longue allée sinueuse qui les mena à un chalet en rondins, au toit de cèdre patiné et pentu, perché sur un aplomb. Un porche en faisait tout le tour avec, sur le côté, un énorme âtre de pierre et une cheminée. Le hangar à voitures était sur la gauche, près de l'écurie. Devant était garé un vieux pick-up attelé d'un van pour transporter les chevaux.

La vue était absolument fabuleuse.

À peine Tollison avait-il coupé son moteur qu'un vieillard aux cheveux argentés descendit du pick-up pour avancer vers eux. Il s'appuya contre la portière de Tollison.

— Bonjour, jeunes gens. Je suis Isaac Templeton, c'est moi qui m'occupe du chalet. Lequel d'entre vous est Tollison Cruz ?

Tollison tendit la main

---

45 *Georgia State Route 400*, voie rapide qui relie Atlanta à sa banlieue nord (au sens large).

— C'est moi. Et lui, c'est Beau Bissonet.

— Bienvenue à Black Rock Manor. Enchanté de vous rencontrer. Si ça vous dit, je vais vous faire faire le tour du propriétaire.

Peu après, Isaac les entraînait vers la grange.

— Vous savez monter ?

Beau acquiesça.

— Oui, répondit Tollison.

— Bien. Les chevaux sont bien dressés, n'hésitez pas à les utiliser. Quand vous voulez sortir, prévenez-moi une demi-heure à l'avance et je viendrai les préparer et les seller.

— D'accord, répondit Beau.

— D'ailleurs, si ça ne vous dérange pas, je passerai tous les matins de bonne heure nourrir les chevaux et nettoyer les stalles. Ensuite, vous serez tranquilles. Bien sûr, si vous n'avez pas l'intention de monter, je peux aussi ramener les chevaux au ranch. Dans ce cas, je n'aurais pas à passer.

Beau consulta Tollison du regard.

— Qu'en dis-tu ? Personnellement, faire des balades à cheval me tente bien.

— Je suis d'accord.

Tollison se tourna vers le vieillard pour ajouter :

— Laissez-nous les chevaux et venez chaque fois que ça vous convient.

Isaac acquiesça.

— Très bien. Le 4 x 4 est par là, déclara-t-il, désignant le hangar. Je vous ai fait le plein. Sinon, il y a des jerricanes de gasoil dans le fond. Maintenant, je vais vous montrer le chalet.

À peine entré, Beau se figea d'admiration. La décoration était ce qu'il attendait, un *lodge* avec une grande pièce, une cheminée en pierre d'un côté, la cuisine de l'autre. Sur l'arrière, une chambre et une salle de bain. Les meubles étaient rustiques et fonctionnels, mais confortables, l'ambiance chaleureuse. Mais le plus magnifique, ce qui venait de lui couper le souffle, c'était la vue. Toute une façade était en baies vitrées coulissantes, qui ouvraient sur une terrasse surplombant le vide. Au-delà, les montagnes et les gorges s'étalaient à perte de vue.

Laissant Tollison faire le tour des pièces, Beau sortit sur la terrasse : elle paraissait flotter dans l'air.

— Viens ici, Tollison ! cria-t-il. Il faut que tu voies ça !

Tollison et Isaac le rejoignirent sur la terrasse. Tous trois s'accoudèrent à la balustrade et admirèrent le paysage.

— C'est beau, hein ? demanda Isaac.

— C'est un euphémisme ! répondit Tollison.

— Le chalet a été construit sur cet aplomb pour avoir la plus belle vue possible, expliqua Isaac.

— C'est magnifique ! chuchota Beau.

Il ne parvenait pas à quitter des yeux ce panorama somptueux.

— Voulez-vous que je vous selle les chevaux pendant que je suis là ? proposa Isaac. Ou préférez-vous rester tranquilles aujourd'hui et me téléphoner plus tard quand vous voudrez monter ?

Tollison décida de laisser son amant choisir.

— Qu'est-ce que tu veux faire ?

Beau parut à peine l'entendre, il regardait toujours devant lui, fasciné.

— Comme tu veux, répondit-il sans détourner les yeux.

Tollison le secoua par l'épaule.

— Dis, si tu t'intéresses plus à la vue qu'à moi, je vais finir par me vexer.

Beau se retourna pour le dévisager.

— La vue est magnifique… où que je porte les yeux.

Tollison sourit, puis annonça à Isaac.

— Je pense que nous ne bougerons pas aujourd'hui. Pour demain, nous verrons. Je vous préviendrai si nous envisageons d'utiliser les chevaux.

— D'accord. Bon, je vais vous laisser vous installer. Si vous avez besoin de moi, j'ai laissé mon numéro sur le comptoir de la cuisine.

— Merci, Isaac, répondirent-ils à l'unisson.

Au cours des deux semaines suivantes, les jours et les nuits se mélangèrent dans une chevauchée fantastique où s'enchaînaient les promenades en voiture, randonnées quotidiennes, balades à cheval, repas partagés, ébats torrides, longues siestes paresseuses, ou simples moments de tranquillité sur la terrasse.

Beau et Tollison passaient leurs soirées devant une belle flambée, à déguster un vin capiteux et à savourer leur complicité.

La veille de leur départ, étendus sur les transats de la terrasse, l'un à côté de l'autre, ils partageaient une couverture en attendant le coucher du soleil. Tollison somnolait avec un discret ronflement. Beau rêvassait, les yeux parfois fixés sur le panorama devant lui, parfois sur le dormeur. Il cherchait à se souvenir de la dernière fois où il s'était senti aussi détendu et heureux.

Ces deux semaines avaient été parfaites. Tollison et lui étaient sur la même longueur d'onde, aucun nuage n'avait troublé leurs vacances. Bien entendu, Beau se doutait bien que l'avenir ne serait pas aussi serein, mais en évoquant sa triste vie avant que son amant y fasse irruption, il trouvait le changement foutrement agréable.

Ça faisait déjà un bail qu'il savait la vérité : il était amoureux de Tollison Eduardo Braga Cruz, ce beau brun, ténébreux, ombrageux. Et il ne voulait plus jamais s'en séparer. Malheureusement, dans l'état actuel des choses, leurs boulots respectifs risquaient de poser problème. Dès le lendemain, tous deux devaient retourner à Atlanta, puis Beau prendrait un avion pour rentrer à La Nouvelle-Orléans. Il ne savait pas encore quand il reverrait Tollison. Son amant serait-il à nouveau envoyé par la Lloyd à l'autre bout du monde pour une enquête ?

D'après Beau, Tollison et lui formaient un tandem professionnel efficace. Il en avait eu la preuve pendant le « casse de la rue Royale » et confirmation lors de l'« affaire du cristal » à Prague. Du coup, Beau avait eu une idée... qui devenait de plus en plus une obsession. Il avait voulu attendre la fin de ces quinze jours passés ensemble avant d'en parler à Tollison. Leur communion était si totale – et il regrettait presque : il aurait souhaité une querelle... pour voir comment ils la géraient.

Tout à coup, il sourit en se souvenant de leurs débuts chaotiques, certain que Tollison et lui seraient capables de surmonter les aléas de leur vie à deux. Il fallait simplement que Beau trouve le bon moment pour parler de son idée à son amant.

Tollison se retourna et ouvrit les yeux.

— Je me suis endormi ?

Beau gloussa.

— Oui.

— Désolé.

— De quoi ?

Tollison chercha sa main sous la couverture.

— De ne pas t'avoir tenu compagnie.

Beau décida qu'il était temps de se jeter là l'eau.

— Ça m'a donné le temps de réfléchir.

— Holà ! Voilà qui m'inquiète.

— Pas du tout. J'ai une idée géniale.

Tollison se redressa pour approcher son visage du sien.

— D'accord… Quel est le résultat de tes brillantes réflexions ?

— Euh, je trouve que nous formons une bonne équipe… ça s'est vu lors de l'affaire de La Nouvelle-Orléans et aussi à Prague. Tu es d'accord ?

— Oui. Et alors ?

Beau ferma les yeux et se lança :

— Et si nous démissionnions tous les deux pour ouvrir une agence de détectives privés ?

Tollison le dévisagea sans répondre, le visage impassible. Ce n'était pas la réaction que Beau avait espérée. Du coup, il devint nerveux. *Me serais-je trompé ?* se demanda-t-il. Fébrilement, il tenta de se souvenir de leurs conversations précédentes sur l'avenir de leur relation.

Il quitta sa chaise longue et se mit à arpenter la terrasse devant Tollison, toujours étendu.

— Écoute, reprit-il à mi-voix, dans deux jours je vais rentrer à La Nouvelle-Orléans. Et toi, Dieu seul sait où tu seras envoyé. J'ignore quand je pourrais te revoir, de tenir dans mes bras. Et je ne veux pas continuer à vivre comme ça !

Tollison restait figé comme une statue. Au bord de la panique, Beau s'assit sur le transat et prit la main de Tollison. Il passa aux aveux :

— Je t'aime, Tollison. Je veux vivre avec toi.

Cette fois, Tollison réagit. Il écarquilla les yeux, se rassit et prit le visage de Beau entre ses paumes.

— Oui !

Beau tourna la tête pour embrasser une des mains qui le tenaient.

— Oui ?

— Oui, répéta Tollison. Je n'ai cessé d'espérer, tu sais, même si j'avais peur d'y croire. Ces deux derniers jours, j'étais effondré chaque fois que je pensais que nous allions rentrer et nous séparer, sans avoir de projet. J'avais déjà décidé de donner ma démission et de m'installer à La Nouvelle-Orléans, si tu étais d'accord. Je pensais y chercher du travail, mais ton idée est bien meilleure. Je suis certain que nous formerons un tandem de choc.

— Personnel ou professionnel ?

— Les deux ! répondit Tollison avec enthousiasme. Et je t'aime aussi. Ça fait déjà longtemps que j'en suis sûr.

Beau se redressa d'un bond, prit les deux mains de Tollison dans les siennes et le tira avec force pour le relever et le prendre dans ses bras.

— Nous allons avoir une vie géniale !

— Personnelle ou professionnelle ?

— Les deux !

Beau ne put en dire davantage, car Tollison l'embrassait.

ÉPILOGUE

TOLLISON ET Beau passèrent le reste de la soirée et tout le trajet de retour, le lendemain, à discuter de leur future affaire. Ils décidèrent de s'installer à La Nouvelle-Orléans, où Beau connaissait du monde. Par son métier, les contacts de Tollison étaient plus internationaux que locaux, aussi, niveau clientèle, la ville d'Atlanta n'était-elle pas le meilleur choix.

Une fois sa décision prise, Tollison ne perdit pas de temps à la mettre en application. À peine rentré à Atlanta, il téléphona à son patron pour donner sa démission. Il expliqua ensuite ses raisons et la prochaine création de son agence, espérant la Lloyd comme futur client. Dans ce cas, se disait-il, Beau et lui pourraient partir ensemble à l'étranger. Son patron n'apprécia pas de perdre un enquêteur dont le taux de réussite était légendaire. Il proposa diverses formules à Tollison : une augmentation, une relocalisation à La Nouvelle-Orléans, une reformulation de son contrat… Tollison les refusa toutes, respectueusement, mais fermement. « Il est temps de passer à autre chose », ne cessa-t-il de répéter.

Ensuite, il mit environ un mois à mettre ses affaires en ordre : boucler ses dossiers, préparer son déménagement et organiser la vente de son appartement. Durant cette période, Beau et lui firent de nombreux allers-retours entre La Nouvelle-Orléans et Atlanta, n'hésitant pas à faire huit heures de route pour éviter de rester séparés trop longtemps.

En ce qui concernait la Lloyd of London, Tollison n'avait eu qu'une seule tâche à accomplir : récupérer des objets d'art perdus ou volés après que la compagnie d'assurance en eut versé la prime aux propriétaires. Salarié à temps complet, il était payé « à ne rien faire » quand il n'était pas en mission. Du coup, son départ avait été relativement simple à organiser.

Pour Beau, ce fut plus compliqué. Il s'entretint longuement avec le capitaine Trenchard en proposant pour le remplacer, l'inspecteur Bruce Jenkins, avec Auggie comme partenaire. Trenchard avait accepté. Cependant, Beau et Auggie avaient en cours une demi-douzaine de cas, dont le transfert demanda plus de temps que prévu.

Beau restait donc très occupé au poste de police. Et Tollison se chargea seul de poser les bases de leur nouvelle affaire. Pour commencer, il lui fallait en trouver les locaux.

Beau et Tollison avaient décidé d'opter pour une agence « à l'ancienne », comme celles des films classiques, en noir et blanc, même si, bien entendu, ils comptaient s'équiper de toute la technologie moderne. Ils tenaient également à offrir une touche personnelle à leurs clients ; donc, une image de marque. Et en particulier des locaux qui inspiraient confiance.

Sur le plan personnel, tout allait merveilleusement bien. En quatre mois à peine, ils avaient établi une joyeuse routine qui leur convenait à tous les deux. Ils étaient tombés d'accord sur un point amusant : s'ils s'étaient rencontrés en résidant dans la même ville, ils auraient évolué bien plus prudemment, sans envisager une vie commune aussi vite. Vu les circonstances, il aurait été ridicule que Tollison prenne une location en ville alors qu'il passait avec Beau l'essentiel de son temps.

Un soir, au cours du dîner, alors que Tollison exprimait vigoureusement sa frustration de ne pas trouver l'endroit idéal pour leur agence, Beau se figea, les yeux écarquillés.

Tollison sentit sa curiosité s'éveiller.

— Quoi ?

— Pourquoi pas les anciens bureaux de Robinette ? Ils sont bien placés et adorablement désuets. Je parierais que personne n'a repris le bail depuis sa mort.

— C'est une idée géniale ! Avec un peu de chance, nous pourrions même engager Mme Bourse. Elle correspond exactement à l'image que nous voulons donner.

— D'une pierre, deux coups !

Beau leva le poing pour marquer son triomphe.

BEAU AVAIT vu juste : les bureaux n'avaient pas trouvé acquéreur. Tollison s'empressa de contacter le syndic de l'immeuble, puis l'avocat qui liquidait la succession de Robinette. Il apprit alors que les biens immobiliers seraient prochainement mis en vente, mais l'annonce n'avait pas encore paru.

Beau et Tollison s'empressèrent de faire une offre – qui fut acceptée sans délai. En un temps record, ils se retrouvèrent avec ce qu'ils cherchaient.

Et comme Fiona Bourse n'avait pas de travail, elle accepta volontiers un poste de secrétaire-assistante.

L'affaire prenait forme.

À PRÉSENT, Beau avait officiellement quitté la NODP. Il pouvait donc, en compagnie de Tollison, consacrer son énergie à monter leur agence. Après avoir longuement fouillé les antiquaires de la rue Magazine, ils trouvèrent les meubles parfaits pour les bureaux et la salle d'attente, tout en acquérant un matériel informatique de top niveau.

Une semaine avant Noël, livreurs et déménageurs se succédèrent pour apporter leurs divers achats. Le téléphone et Internet avaient été installés et l'enseigne « Bissonet & Cruz, enquêtes privées » trônait sur la rue.

Tout à coup, dans un crissement de pneus, une voiture s'arrêta juste devant leurs fenêtres. Beau, Tollison et Fiona se précipitèrent pour soulever les rideaux : une blonde platinée, grande et maigre, mais encore attrayante déboula dans l'entrée, ses talons aiguilles claquant vigoureusement sur le plancher ciré. Elle s'approcha du bureau de Fiona, précédée d'un nuage de parfum entêtant.

— Puis-je vous aider, madame ? s'enquit poliment Fiona.

Beau et Tollison étaient à l'entrebâillement de la porte, examinant l'inconnue qui tambourinait le comptoir de ses longs ongles laqués rouges.

— Je suis Madeline Rothschild. Je veux voir les détectives !

Après s'être consultés du regard, Beau et Tollison s'approchèrent.

Beau se chargea des présentations.

— Je suis Beau Bissonet, et voici Tollison Cruz. Que pouvons-nous faire pour vous, Mme Rothschild ?

Elle pleurait, ses larmes faisaient couler son mascara sur ses joues.

— Mon… mon amant est mort ! s'écria-t-elle. Et la police refuse de m'écouter.

— Cette mort vous semble-t-elle suspecte ? demanda Tollison. Vous avez des soupçons ?

— Oui ! C'est sa femme qui l'a tué et tout le monde croit à un suicide ! Elle va s'en tirer ! Je vous en supplie, aidez-moi !

Beau eut un sourire béat.

— Suivez-nous, Mme Rothschild. Vous êtes notre première cliente.

SCOTTY CADE a quitté le monde des affaires en 2004, après vingt-cinq ans passés dans le marketing et les relations publiques pour acheter, avec son mari, une auberge sur l'île Martha's Vineyard [46].

S'il a commencé à écrire peu après avoir appris à lire, il n'a été publié que récemment. Quand il n'est pas à son auberge, vous le trouverez à la proue de son bateau, occupé à rédiger un roman d'amour, avec à ses côtés Mavis, son berger des Shetlands. Scotty est un vrai sudiste : il croit aux engagements, à la fidélité, aussi ses personnages finissent-ils en général bien établis dans une relation solide, même s'il leur faut parfois du temps pour en arriver là. Au final, le héros gagne toujours le cœur de son héros.

Scotty et son mari apprécient tous deux la navigation de plaisance, ils vivent à bord de leur bateau, passent leurs étés à Martha's Vineyard et descendent vers le Sud durant l'hiver.

Site : www.scottycade.com
Facebook @ Scotty.cade.com
Twitter @ScottyCade
Adresse mail pour contacter Scotty : scotty@scottycade.com.

---

46 « *Vignoble de Martha* », île sur la côte sud de Cap Cod, dans le Massachusetts, lieu de résidence d'été de la jet-set américaine et du président des États-Unis.

Par SCOTTY CADE

Le casse de la rue Royale

Publié par DREAMSPINNER PRESS
www.dreamspinner-fr.com

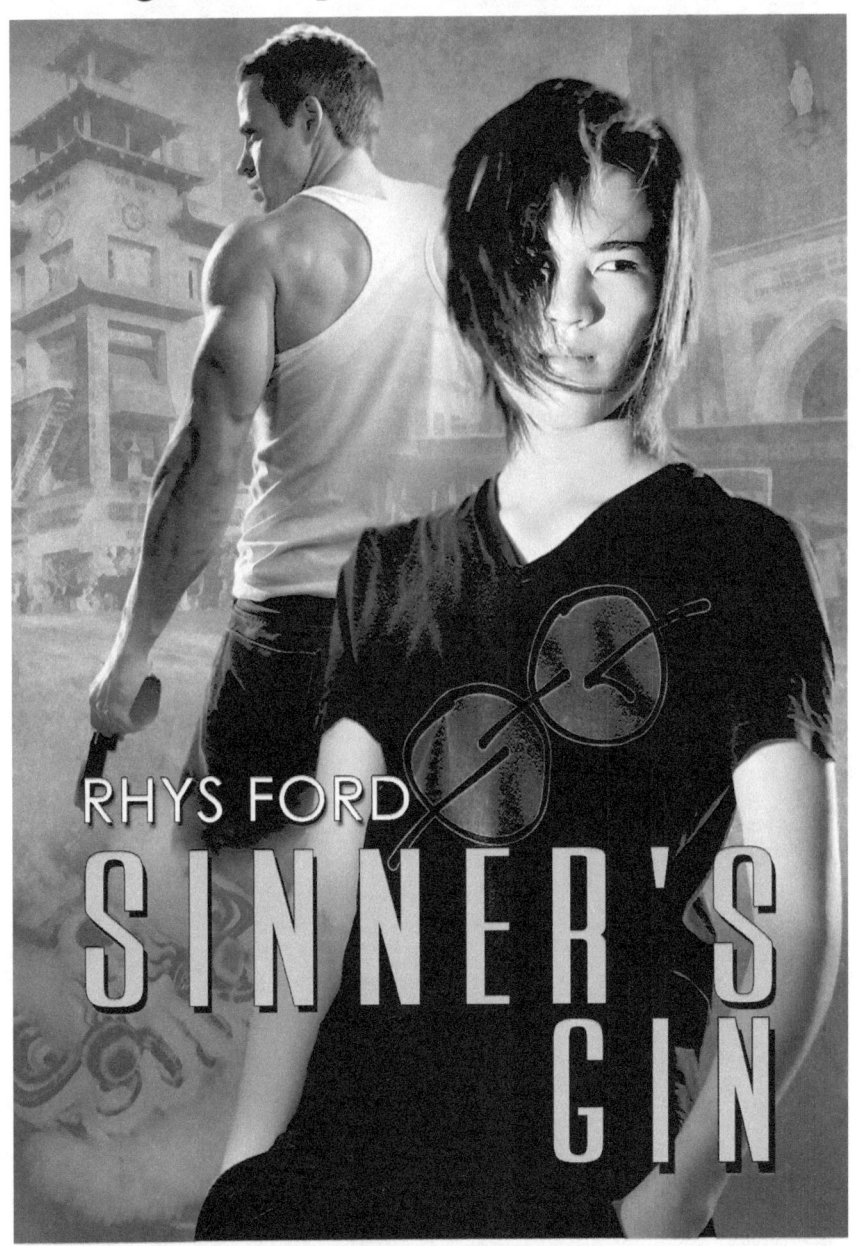

RHYS FORD

SINNER'S GIN

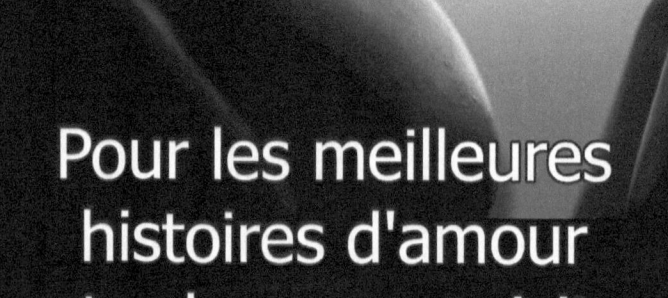